KÖLN KRIMI
18

im Emons Verlag
Herausgegeben von Christel Steinmetz

Martin Schüller, Jahrgang 1960, lebt seit fünf Jahren in Köln. Er arbeitet als freier Autor und beschäftigt sich mit Soziopathologie und Personenbeförderung, »Jazz« ist sein erster Roman.

Dieses Buch ist ein Roman. Handlungen und Personen sind frei erfunden. Ähnlichkeiten mit lebenden oder toten Personen sind rein zufällig.

Martin Schüller

Jazz

Emons Verlag Köln

© Hermann-Josef Emons Verlag
Alle Rechte vorbehalten
Umschlaggestaltung: Atelier Schaller, Köln
Umschlagzeichnung: Heribert Stragholz
Umschlaglithografie: Media Cologne GmbH, Köln
Satz: Stadtrevue Verlag GmbH, Köln
Druck und Bindung: Clausen & Bosse GmbH, Leck
Printed in Germany 2000
ISBN 3-89705-166-4

»Jazz is not dead, it just smells funny.«
Frank Zappa

»Was soll das heißen, Charlie, ›Es ist weg‹?« Marquis Ducqué beugte sich vor. Seine Fäuste verkrampften sich auf der Marmortischplatte. In dem weitläufigen Salon war die Spannung mit Händen zu greifen. John ›Jojo‹ McIntire kauerte auf seinem Sessel und starrte zu Boden. Kenny Clarke blickte angelegentlich zur Decke. Nur Charlie Parker schien die geladene Atmosphäre nicht wahrzunehmen. Entspannt lehnte er im Sofa. Er war stoned. »Reg dich ab, Victor. Ich weiß nicht, wo es ist. Vielleicht hab ich es in der Metro stehenlassen. Es ist eben weg. Was soll die Aufregung? Es ist doch nur ein Saxophon.«

*

DONNERSTAG

Jan Richter drückte die Wahlwiederholungstaste. Es war sein letzter Versuch, Christian Straaten zu erreichen.

Als der Anrufbeantworter ansprang, schien es das hundertste Mal an diesem Abend zu sein. Neu war, daß Jan von der Maschine mitgeteilt wurde, eine Aufzeichnung sei aus technischen Gründen nicht möglich. Leider.

Das Band war voll. Voll mit Jans Anrufen.

Er fühlte den Blick des großen Mannes in seinem Nacken. Jack Saphire saß seit einer Stunde fast regungslos an einem kleinen Tisch und trank Tonic-Water. Seit der Begrüßung hatte er kein Wort gesprochen.

Jan hielt den Hörer ans Ohr gepreßt. Er starrte in die Ecke und hörte sich das Besetztzeichen an.

Das Band wäre bestimmt witzig anzuhören. Am Anfang – das war heute mittag gewesen – eine dringende Bitte, sich endlich zu melden, dann über den Nachmittag hinweg zunehmend nervöseres Gequengel, gefolgt von einem furiosen Crescendo bis hin zu hysterischem Gebrüll. Nach Jack Saphires Ankunft dann unterdrücktes, zischendes Fluchen, das in einer Kadenz ebenso unterdrückten, verzweifelten Jammerns ausklang ... *The Answering Machine Blues* by Jan Richter.

Er hatte verloren.

»Nobody loves you, when you're down and out ...«, sang Billie Holiday. Jan ging zum Verstärker und drehte die Musik leiser.

Sandrine Dunestre, Jack Saphires Managerin, saß mit ihrem Filofax an der Bar. Der Martini, den sie nach einem Blick auf Jans Weinauswahl bestellt hatte, stand fast unberührt vor ihr. Immerhin hatte sie die Olive gegessen. Es war früher Abend, das Cool Moon war noch geschlossen. Zu dritt warteten sie seit einer Stunde auf Christian Straaten. Auf Christian Straaten und das Saxophon. Vor allem auf das Saxophon.

Sandrine Dunestre sah Jan kalt an.

»Nun, Monsieur Richter, Ihr Kompagnon wird also nicht erscheinen.«

Es war keine Frage, sondern eine Feststellung.

»Nein, ich fürchte, Sie haben recht. Ich bin untröstlich, und ich habe auch keine Erklärung. Ich hoffe, Herrn Straaten ist nichts zugestoßen.«

Ihr Gesichtsausdruck zeigte, daß ihr das völlig gleichgültig wäre. Sie drehte sich zu Jack Saphire um und erklärte ihm in ihrem grauenhaften Englisch die Lage. Jans Englisch war erheblich besser, Sandrine Dunestre aber bestand darauf, für Jack Saphire zu übersetzen. Ihr Deutsch war immerhin recht gut.

Jack Saphire, der letzte der Großen. Superstar, wenn es so etwas im Jazz überhaupt noch gab. Bei seinem letzten Auftritt in Köln war die Philharmonie ausverkauft gewesen.

Jetzt saß er hier. In Nippes. Im Cool Moon, Jan Richters Club.

Und er war sauer.

Um seinen Mund spielte das sanfte Lächeln, das man auf den meisten Fotos von ihm sah. Seine Augen jedoch lächelten nicht. Ganz und gar nicht.

Jan legte eine andere Platte auf, während die beiden leise beratschlagten. Er hatte sich die ganze Zeit größte Mühe mit der Musikauswahl gegeben, um Saphire zu beeindrucken. Nicht zu modern, nicht zu abgelutscht, Lee Morgan, Lockjaw Davis, solche Sachen. Jetzt griff er einfach ins Regal. Sei's drum. Er erwischte genau das richtige: »Sin and Soul« von Oscar Brown jr. ... *what ever happens, don't blow your cool ...* Jan lächelte bitter.

Sandrine Dunestre drehte sich wieder um.

»Monsieur Saphire ist ... äh, wie sagt man auf deutsch ...«
»Ungehalten«, sagte Jan.
»Ungehalten, *oui*. Das Angebot, das Monsieur Straaten uns gemacht hat, ist ungewöhnlich genug, und Monsieur Saphire und auch ich sind sehr ungehalten über sein, äh ... Geschäftsgebaren. Der Termin für das Konzert, *c'est* ...«, sie blätterte in ihrem Filofax.
»Am neunzehnten, Samstag nächster Woche«, sagte Jan.
»*Exactement*. Wir werden kommen. Monsieur Saphire wird aber nur spielen, wenn das Saxophon da ist. Und wenn er es für echt hält.«
Jan traute seinen Ohren nicht.
»Er wird kommen? Obwohl er das Saxophon nicht gesehen hat?«
»*Oui*. Monsieur Saphire ist dann noch in Deutschland, und er sagt, das Cool Moon ist ein schöner Club. Er denkt, es ist ein guter Ort für eine Live-Aufnahme. Wir werden kommen und unseren Teil des Arrangements erfüllen. Aber, *naturellement*, nur wenn Sie Ihren erfüllen, Monsieur Richter. Besorgen Sie das Saxophon. *Au revoir.*«
Saphire nickte ihm kühl zu, als die beiden das Cool Moon verließen.
Als die Tür sich hinter ihnen geschlossen hatte, fing Jan leise an zu lachen.
Ein guter Ort, um eine Jack-Saphire-Platte aufzunehmen.
Das war zu albern. Jack Saphire konnte in jedem verdammten Club der Welt eine Platte aufnehmen, das Cool Moon war so ziemlich die allerletzte Adresse für jemanden wie ihn.
Jack Saphire wollte das Saxophon. Er war so scharf darauf, daß er ein zweites Mal herkäme, auch auf das Risiko, daß es wieder nicht da wäre. Jan schüttelte den Kopf. Christian Straaten hatte tatsächlich einen Schatz in seinem Besitz.
Jetzt mußte man diesen Schatz nur noch wiederfinden. Jan Richter bekam eine zweite Chance, und er mußte sie nutzen.
Er sah auf die Uhr. Es war Zeit, den Laden aufzumachen. Er schaltete die Außenbeleuchtung ein und schloß seine tägliche Wette mit sich selbst, wann der erste Gast käme. Manchmal wettete er sogar, *ob* der erste Gast käme. »Zu cool für Nippes.« Das hatte die TagNacht über das Cool Moon geschrieben, und mittlerweile fürchtete Jan, daß es stimmte.

Bei Konzerten und Sessions kamen schon ein paar Leute, aber dann fraß die GEMA den Gewinn wieder auf. Wenn – wie heute – kein Programm anstand, konnte es recht einsam bleiben.

Er saß auf seinem Barhocker hinter der Theke und überlegte, wie es weitergehen sollte. Er brauchte das verdammte Saxophon. »Jack Saphire live at the Cool Moon, Cologne.« Das wäre die Rettung. Danach käme niemand mehr an seinem Club vorbei. Er wäre angesagt, weltweit. Und nicht zuletzt ergäben achtzig Mark Eintritt bei hundertfünfundzwanzig Plätzen genau die zehn Riesen, die er so dringend brauchte, um bei Jupp Löwenstein aus der Bredouille zu kommen. Er könnte sogar noch mehr Eintritt verlangen. Jack Saphire in so einem kleinen Club! Keiner in Köln, der wußte, wie Jazz geschrieben wird, würde sich das entgehen lassen wollen. Vielleicht könnte er eine Art VIP-Zone vor der Bühne einrichten. Wenn er es richtig anginge, würden manche Leute zweihundert Mark bezahlen.

Jan fluchte leise vor sich hin. Ausgerechnet jetzt mußte Straaten verschwinden. Vor Feierabend konnte er nichts tun, dabei fieberte er vor Anspannung. Er mußte sich so bald wie möglich auf die Suche nach Straaten und nach seinem Schatz machen.

Als das Telefon klingelte, sprang er so schnell auf, daß der Barhocker umfiel.

Es war nicht Straaten, aber immerhin seine Freundin, Marleen Pütz. Jan hatte am Nachmittag auch sie angerufen, wie so ziemlich jeden in Köln, der mit Christian Straaten auch nur entfernt bekannt war. Er hatte ihr auf den Anrufbeantworter gejammert und um Rückruf gebeten. Sie kannten sich gut, sie war Jans erste Kellnerin im Cool Moon gewesen, daraus war so etwas wie eine Freundschaft geworden. Leider ließ ihr Job ihr heute nicht mehr genug Zeit, um für Jan zu arbeiten.

»Mein Gott, was ist los? Das hörte sich ja schlimm an auf dem Band.«

»Marleen! Wo steckt dein verdammter Freund? Er hätte mich heute fast ruiniert! Er soll sich gefälligst melden, und zwar pronto!«

»Ich hab Christian seit Tagen nicht gesehen, ich habe keine Ahnung, wo er steckt. Um was geht's denn überhaupt?«

»Es geht um das verdammte *fucking* scheiß Saxophon, das er verflucht noch mal herzubringen hatte. Aber jetzt ist es eh zu spät.«

»Schrei mich bitte nicht so an. Ich kann nichts dafür.«
Jan atmete durch. Er rieb sich die Nasenwurzel, dann nickte er.
»Sorrysorrysorry, tut mir leid. Aber ich bin mit den Nerven am Ende. Okay. Weißt du irgendwas über das Sax?«
»Ich habe keine Ahnung, wovon du sprichst.«
»Er hat dir nichts davon erzählt? Sehr eigenartig.« Jan überlegte kurz. »Hast du einen Schlüssel für seine Wohnung?«
»Ja.«
»Ich muß unbedingt da rein.«
»In Christians Wohnung?«
»Genau.«
»Das kann ich nicht machen. Ich benutze den Schlüssel selbst nicht. Ich klingel immer, wenn ich zu Christian gehe. Der Schlüssel ist nur für Notfälle. Das haben wir so vereinbart.«
»Das *ist* ein Notfall, und was für einer! Christian ist seit Tagen nicht zu erreichen, und daß er den Termin heute verpaßt hat, ist eine Katastrophe. Paß auf, ich mach um eins hier dicht, dann komm ich zu dir und erklär dir alles in Ruhe. Dann kannst du dir überlegen, ob du mich reinläßt, okay?«
»Na gut, aber komm nicht so spät, ich muß früh raus.«
»Bist'n Schatz! Bis nachher.« Jan legte auf.

*

Der Abend im Cool Moon verlief genauso zäh, wie er es erwartet hatte. Außer ein paar Studenten, die sich stundenlang an ihren Kölsch festhielten, war nur die übliche Korona da: ein paar alternde WDR-Hörfunkler, der frühpensionierte Lehrer, der bei jedem Stück, das lief, nach dem Komponisten fragte, Jochen Diekes und Donato Torricelli. Donato redete auf die Studenten ein, und obwohl Jan kein Wort verstehen konnte, wußte er, worum es ging. Donato wollte eine Cool Moon-Thekenmannschaft aufstellen und versuchte ständig, Mitspieler zu gewinnen. Eine Thekenmannschaft in einem Jazzclub, Jan mußte jedesmal grinsen, wenn Donato davon anfing. Aber der blieb stur. Seine Viererkette stand schon, und Jan war Manndecker. Jans Alptraum war, daß Donato wirklich irgendwann ein Team zusammenbekäme und er mitspielen müßte. Der Markus

Babbel von Nippes. Jan hatte noch nie Fußball gespielt und nur zugesagt, damit Donato Ruhe gab. Er war davon ausgegangen, daß die Sache im Sand verliefe, aber er hatte Donatos Zähigkeit unterschätzt. Wenn der so weitermachte, gab es bald wirklich ein Team. »Inter Cool Moon«, den Namen hatte Donato schon. Schließlich war er aus Mailand.

Jan versuchte, sich mit einer Runde Kniffel mit Jochen Diekes die Zeit zu vertreiben, aber er war zu nervös, um sich wirklich ablenken zu können. Er hatte auch keine Lust zu reden, obwohl er Jochen eigentlich sehr mochte. Er hätte gern noch ein halbes Dutzend Stammgäste wie ihn gehabt. Jochen trank meist eine ganze Menge, machte dabei aber nie Ärger und zahlte jeden Abend seinen Deckel. Er hatte viel Ahnung von Jazz und einer Menge anderer Dinge, man konnte sich gut mit ihm unterhalten, ohne in das übliche Kölner-Kneipen-Aneinandervorbeigerede abzurutschen.

Jochen war Kriminalinspektor a.D., er war vor drei Jahren – mit fünfundvierzig – frühpensioniert worden. Jan hatte ihn mal nach dem Grund dafür gefragt, aber Jochen hatte nur etwas von einer Rückengeschichte gemurmelt und das Thema gewechselt. Jochen erzählte nie von seinem ehemaligen Job, dafür viel von seinem neuen Hobby, dem Handel mit alten Platten und Büchern, mit dem er seine Pension aufbesserte. Jan hatte den Eindruck, daß Jochen mit seiner Liebhaberei mehr Geld verdiente als während seiner Beamtenzeit. Auf jeden Fall leistete er sich eine Menge großer Deckel im Cool Moon.

Punkt eins komplimentierte Jan die noch verbliebene Runde hinaus. Die Stammgäste waren sauer, sie waren es gewohnt, daß Jan die Außenbeleuchtung ausschaltete und man bis mindestens drei Uhr weiter trank. Tatsächlich machte das Cool Moon die Hälfte seines Umsatzes nach Sperrstunde, aber heute hatte Jan Wichtigeres zu tun.

***

Die beiden Männer saßen schweigend in dem schwarzen BMW und starrten in die Nacht. Es war spät geworden, das gleichmäßige Rau-

schen der Autobahn über ihnen hatte begonnen, in das Heulen einzelner Wagen zu zersplittern. Ein Taxi fuhr auf der Poll-Vingster-Straße an ihnen vorbei. Im Dunkeln war ihre Limousine unter der Brücke kaum wahrzunehmen. Sie warteten seit einer Stunde. Der Mann auf dem Beifahrersitz sah auf die Uhr und schüttelte den Kopf. Es würde niemand mehr kommen. Sie waren schon zu lange hier. Langsam rollte der Wagen davon. Sie hatten die schlanke Gestalt nicht bemerkt, die sich zwischen den Altglascontainern in den Schatten preßte. Sie war vor ihnen dagewesen, und sie würde noch länger warten.

*

Jan schloß die Eingangstür ab und schob sein Rennrad über den Hof. Wenn die Leuchtreklame des Cool Moon ausgeschaltet war, war es hier stockfinster. Jan stellte fest, daß die Batterien seiner Fahrradlampen schon wieder leer waren. Er ließ das Hoftor zur Xantener Straße offen. Das gab meistens Ärger mit dem Wachdienst, aber er hatte es eilig. Ohne Licht fuhr er die Niehler Straße entlang. Bis ins Agnesviertel braucht er vier Minuten.

Marleens Wohnung lag in einem großen Hinterhof am Krefelder Wall. Das Haus war ziemlich heruntergekommen. Jan suchte mit dem Feuerzeug nach der Klingel, dann sah er, daß die Tür offenstand. Die Hälfte der Treppenhauslampen war kaputt. Er meinte, eine Ratte davonhuschen zu sehen, aber er war sich nicht sicher. Es konnte auch ein Produkt seiner überreizten Nerven sein. Im zweiten Stock klingelte er bei Marleen und klopfte leise an die Tür, um anzuzeigen, daß er schon oben stand.

Marleen öffnete im Bademantel. Sie sah aus, als hätte sie schon geschlafen.

»Wenn's nicht wirklich wichtig ist, bin ich echt sauer«, sagte sie zur Begrüßung.

Sie setzten sich in die Küche. Jan schaute sich um. Es sah aus, als hätte eine Bombe eingeschlagen.

»Du hast hoffentlich nicht erwartet, daß ich extra aufräume«, sagte sie, als sie seinen Blick bemerkte.

Jan lächelte sie an. Er mochte sie wirklich, ihre Gegenwart entspannte ihn.

Marleen holte eine angebrochene Flasche Weißwein aus dem Kühlschrank und spülte zwei Wassergläser aus, die auf dem Tisch gestanden hatten.

»Dann erzähl mal«, sagte sie.

Jan holte tief Luft.

»Christian hat ein Saxophon.«

»Das ist mir neu. Er ist doch Trompeter.«

»Es ist ein besonderes Saxophon, und es ist sehr wertvoll.«

»Kann ich mir gar nicht vorstellen, der Kerl ist doch ständig pleite. Oder hat er mittlerweile seinen Deckel bei dir bezahlt?«

»Ich weiß nicht, wie er an das Ding gekommen ist. Er wollte es mir nicht sagen. Jedenfalls hat er es mir für eine Beteiligung am Cool Moon angeboten.«

»Du willst Christian am Cool Moon beteiligen? Das würde ich mir aber gut überlegen. Er ist vielleicht ein toller Trompeter, aber als Wirt kann ich ihn mir wirklich nicht vorstellen.« Marleen nippte an ihrem Glas. »Außerdem spielst du doch gar kein Saxophon.«

»Ich wollte es ja auch nicht behalten. Es ging mehr um eine Art stille Beteiligung.« Jan zögerte. »Marleen, was ich dir jetzt erzähle, muß erst mal unter uns bleiben. In zehn Tagen kannst du es von mir aus weitererzählen, dann ist die Sache gelaufen, so oder so.«

»Was heißt so oder so?« Marleen runzelte die Stirn.

»Entweder bin ich der Held, oder ich bin erledigt.«

Jan nahm einen Schluck von dem Wein. Es war ein trockener Riesling. »Du wirst es wahrscheinlich nicht glauben, aber Jack Saphire will im Cool Moon eine CD aufnehmen. Für das Saxophon als Gage.«

Marleen lachte auf.

»Jack Saphire! Das glaube ich allerdings wirklich nicht. Nächsten Monat dann die Stones, oder was?«

Jan blieb ernst. »Jack Saphire war heute nachmittag bei mir im Laden.«

»Verarsch mich nicht, Mann!«

»Er ist bereit, im Cool Moon zu spielen. Für das Saxophon. Wie gesagt, es ist ein besonderes Saxophon.«

»Dann sag mir doch endlich, was so besonders ist an dem Ding!«

Jan zögerte erneut.

»Es gehörte Charlie Parker.«

Marleen sah ihn zweifelnd an. »Charlie Parker? Wie soll Christian denn da drangekommen sein?«

»Das hat er mir nicht erzählt. Er hat sehr geheimnisvoll getan.« Marleen tippte sich mit dem Finger an die Stirn. »Das ist doch eine Räuberpistole! Ein Saxophon von Charlie Parker! Meinst du nicht, du machst dich lächerlich?«

»Ich habe das Ding noch nicht gesehen, und ehrlich gesagt, habe ich auch meine Zweifel, ob es echt ist. Aber Christian hat sehr geheimnisvoll getan. Und Tatsache ist, daß Jack Saphire heute im Cool Moon war. Ich habe eine Stunde lang zusammen mit ihm und seiner französischen Manager-Zicke auf deinen werten Geliebten und das verdammte Saxophon gewartet. Aber er ist nicht aufgetaucht. Kannst du dir vielleicht vorstellen, wie man sich in so einer Situation vorkommt? Ich hatte das Gefühl, jede Minute um einen Zentimeter zu schrumpfen.«

»Dann bist du also nur noch einszwanzig.«

Jan sah sie genervt an.

Sie lächelte versöhnlich. »Ich kann mir das alles immer noch nicht vorstellen. Wie seid ihr überhaupt an Saphire rangekommen?«

»Christian hat einfach angerufen. Er hat der Managerin das Saxophon beschrieben, eine Stunde später rief sie zurück und sagte, wann sie vorbeikommen würden. Saphire ist zur Zeit in Europa auf Tour, das war ein ziemlicher Glücksfall.«

»Und jetzt ist der Deal geplatzt, weil der werte Herr Straaten fernzubleiben geruhte.«

»Eben nicht, das ist ja der Hammer! Saphire will den Deal immer noch machen. Daran kannst du sehen, wie wertvoll das Saxophon ist, jedenfalls für ihn. Er kommt noch mal ins Cool Moon, nächste Woche Samstag, dann soll auch die Konzertaufzeichnung sein. Das ist sein einziger freier Termin, bevor er in die Staaten zurückgeht. Bis dahin muß ich das Sax aufgetrieben haben. Und deswegen muß ich in Christians Wohnung, vielleicht ist es dort.«

»Und wieso bist du sonst erledigt?«

Jan schenkte sich Wein nach und nahm einen großen Schluck. Er lehnte sich zurück und schloß die Augen.

»Ich bin pleite, Marleen. So pleite, wie du dir das nicht vorstellen kannst. Du weißt doch, daß ich letztes Jahr eine CD mit diesem Wuppertaler Sextett produziert habe?«

»Das weiß ich noch gut. Das war ein Flop, nicht wahr?«

»Das kann man wohl sagen. Bei dieser Sache ist wirklich alles schiefgegangen, was schiefgehen konnte. Am Ende waren meine gesamten Reserven draufgegangen, ohne eine Chance, das irgendwie wieder reinzuholen. Die CD ist immer noch nicht in den Läden. Vor einem halben Jahr hat mir die Bank dann den Hahn zugedreht. Kurz darauf kam das Ordnungsamt mit Brandschutzauflagen. Ich brauchte unbedingt Geld, sonst hätte ich zumachen müssen.«

Jan setzte sein Weinglas auf einer Illustrierten ab, die auf dem Tisch lag. Er richtete den Rand der Zeitschrift parallel zum Tischrand aus. Nachdem er das Weinglas genau in die Mitte des Heftes geschoben hatte, führte er es wieder zum Mund. Marleen sah dem Spiel schweigend zu.

»Dann bin ich zu Löwenstein gegangen«, sagte er endlich.

»Um dir Geld zu leihen?«

Jan nickte.

»Das ist doch nicht dein Ernst!« Marleen schüttelte den Kopf.

Jan setzte das Glas wieder ab. Er zuckte die Schultern.

»Für so blöd hätte ich dich nicht gehalten«, sagte Marleen.

»Was zum Teufel hätte ich denn tun sollen, oder hättest du mir dreißig Mille gepumpt? Du weißt, was das Cool Moon für mich bedeutet.«

»Und jetzt geht's ans Zurückzahlen, nehme ich an.«

»Nächste Woche sind zehntausend fällig.«

»Und die willst du aus dem Konzert holen?«

»Das ist ziemlich genau der Betrag, den ich mir ausrechne. Viel wertvoller aber ist der Werbeeffekt. Spätestens wenn die CD rauskommt, wird das Cool Moon brummen. Aber dafür brauche ich das Saxophon. Und zwar dringend.«

»Kannst du dir nicht sonst irgendwo was leihen?«

»Wäre ich dann zu Löwenstein gegangen? Ich habe wirklich alles probiert.«

»Und wenn du nicht zahlen kannst?«

»Es ist die erste Rate. Vielleicht käme ich mit *einem* gebrochenen Arm davon, normal wären zwei. In jedem Fall würde Löwenstein den Laden übernehmen.«

Marleen schwieg. Sie nahm einen Schluck Wein und stand auf.

»Ich zieh mir was an und ruf uns ein Taxi«, sagte sie.

Sie verschwand im Schlafzimmer.

»Wieso weißt du eigentlich nichts von der ganzen Sache?« rief Jan durch die halboffene Tür. »Redet ihr nicht miteinander?« Er hörte die Schranktüren schlagen.

»In letzter Zeit läuft es nicht so besonders mit uns.«

»Nicht so besonders, aha.« Jan schaute in seinen Wein und zog die Brauen hoch.

»Außerdem hat er immer solche Überraschungen auf Lager. ›Hatte ich dir nicht erzählt, daß ich zwei Wochen mit dem und dem auf Tour bin, das tut mir aber leid.‹ Ich weiß von nichts und steh da wie eine Idiotin.«

»Warum läßt du das mit dir machen?«

Marleen kam aus dem Schlafzimmer. Sie trug Jeans und einen ihrer unvermeidlichen Nickis. Sie war sehr schlank, ihre kurzen Haare waren sehr dunkelrot gefärbt. Und sie hatte sehr schöne Augen.

»Ich lieb ihn halt.« Sie trat hinter Jan und legte die Arme um ihn. »Aber immerhin entwickle ich mich. Früher hatte ich immer nur Trottel, jetzt hab ich Arschlöcher.«

Jan lachte. »Euch Frauen ist wirklich nicht zu helfen.«

Marleen ging zum Telefon.

»Wie geht's eigentlich Daniela?« fragte sie süffisant.

»Nächste Frage«, sagte Jan.

»Nein, ernsthaft, du hast ewig nichts – Ja, guten Abend, bitte einen Wagen zum Krefelder Wall dreißig bei Pütz. Im Hinterhof. Ja, Danke.« Sie legte auf und wandte sich Jan zu.

»Laß uns runtergehen, der findet die Tür sowieso nicht.«

Jan war froh, daß das Thema Daniela erst mal vom Tisch war. Er haßte es, darüber zu reden. Und er haßte es, darüber nachzudenken.

Ihre Ehe war gut, sogar glücklich gewesen, bis vor drei Jahren Jans Großmutter gestorben war. Daniela wollte mit dem Erbe einen Bauernhof bei Bornheim kaufen. Sie hatte Jan mit ihrer Begeisterung geradezu überrollt. Raus aus der Stadt, ein schönes kleines Häuschen, Kinder kriegen – das war ihr Traum. Fernsehgucken, alt werden, sich zu Tode langweilen – das war die Vorstellung, die Jan damit verband. Aber er war zu feige gewesen, es ihr zu sagen. Sie hatte schon ein Haus ausgesucht, der Notartermin war vereinbart, und sie machte bereits Pläne für die Inneneinrichtung, als Jan das Loft in Nippes angeboten wurde.

Es war ja schließlich *seine* Oma, hatte er sich eingeredet. In Wahrheit stellte er seinen Lebenstraum gegen ihren. Das Cool Moon gegen einen Bauernhof. Einen Jazzclub zu haben, das war etwas, von dem er immer geträumt hatte. Er hatte sich mal als Schlagzeuger versucht, sein mangelndes Talent blieb aber unüberhörbar, so daß er sich aufs Zuhören verlegte. Und er liebte Jazz, liebte es, ihn zu hören und dabei zu sein, wenn Musiker ihn entstehen ließen. Ein Club mit interessanter Atmosphäre, in dem regelmäßig Konzerte stattfänden, müßte doch zu einer Goldgrube zu machen sein. Dachte er damals.

Und zudem war es für ihn einfach unvorstellbar, in Bornheim zu wohnen. *Bei* Bornheim!

Jetzt hatte er einen Jazzclub, aber keine Frau mehr. Das Erbe war komplett draufgegangen und noch eine Menge mehr.

Es hatte keinen richtigen Krach gegeben, mit Schreien und Teller schmeißen, wie er es erwartet hatte. Es war viel schlimmer gewesen. Daniela war einfach verstummt. Als er ihr erzählte, daß er ein Jazzlokal aufmachen und es nichts würde mit ihrer gemeinsamen Stadtflucht, da war es, als lege sich eine Eisschicht auf ihr Gesicht. Sie hatte ihn eine tödliche, lange Minute angesehen. Dann hatte sie genickt. Einfach nur genickt. Und er hatte gewußt, daß er sie in diesem Augenblick verloren hatte.

Ihre Ehe bestand weiter, aber ihr Umgang miteinander beschränkte sich aufs Organisatorische. Daniela hatte nie wieder ein Wort über die Sache verloren. Sie war da, tat, was sie immer getan hatte, aber sie entzog sich ihm völlig. Eine wirklich perfide Art von Rache, dachte Jan oft. Das Schlimmste war, daß er nicht aufhören konnte, sie zu lieben. Er begehrte sie und litt Qualen in den Erinnerungen an ihre glückliche Zeit. Und er hoffte immer noch, wieder einen Weg zu ihr zu finden. Vielleicht, wenn das Cool Moon erst einmal liefe, wenn die Durststrecke hinter ihm läge, vielleicht könnte er dann doch mit ihr aufs Land ziehen. Vielleicht nicht gerade nach Bornheim, aber vielleicht könnte man irgendwo anders etwas finden. Vielleicht, vielleicht. Vielleicht brauchte er ein Wunder.

Auf jeden Fall brauchte er das Saxophon.

»Ich hätte wohl besser nicht nach Daniela gefragt, wie?« Marleens Frage weckte ihn aus seinen Gedanken.
»Entschuldige, ich war gerade woanders.«
»Hab ich gemerkt.«
Sie standen auf der dunklen, stillen Straße und warteten auf das Taxi.
»Christian war seltsam in letzter Zeit.« Marleen zündete sich eine Zigarette an. »Es würde mich nicht wundern, wenn er eine andere hätte.«
»Wer kann dich denn ersetzen?« Jan legte einen Arm um sie. Marleen war eine Klassefrau, er verstand nicht, warum sie sich immer wieder mit Männern einließ, die sie verarschten oder ausnutzten. Männer wie Christian Straaten. Er war ein sympathischer Kerl, gutaussehend und ein verdammt guter Trompeter, vielleicht der beste in Köln. Aber Jan war sich sicher, daß er mehr als nur eine Dame am Start hatte.
»Und du liebst ihn, sagst du?«
Sie verzog den Mund und nickte.

*

Der Taxifahrer kannte die Straße nicht und fragte, ob sie den Weg wüßten.
»Mit dem Auto nicht. Ich fahr sonst KVB«, sagte Marleen.
Der Fahrer schüttelte traurig den Kopf und suchte in seinem Stadtplan nach der Laurenz-Kiesgen-Straße.
Christian wohnte in Poll. Für einen Jazzer keine coole Adresse. Aber das Haus gehörte den Eltern von Dietmar Greiner, dem besten Freund von Christian. Greiner war Kontrabassist. Er und Straaten traten selten ohneeinander auf. Und es war anzunehmen, daß Greiners Eltern das uncoole Umfeld durch einen coolen Preis zu kompensieren wußten. Am Nachmittag hatte Jan noch mit Greiner telefoniert. Der hatte auch nichts von Christian gehört.

*

Marleen schloß die Tür auf. Jan sah sich um. Ein Saxophon konnte so schwer nicht zu finden sein, wenn es denn hier war.

Die Wohnung war erstaunlich nichtssagend eingerichtet. Jan war fast immer enttäuscht, wenn er zum ersten Mal in die Wohnung eines Jazzmusikers kam. Jedesmal erwartete er einen Ausdruck von Persönlichkeit in der Einrichtung, in der Gestaltung der Wände oder einfach irgendwo zu finden. Etwas, das der Musik entsprach, die sie machten. Die sie machen *konnten*, worum er sie so beneidete. Aber meist traf er auf lieblos, oder besser, gedankenlos zusammengestellte Einrichtungen. Billig, leicht transportierbar und schnell verfügbar, das waren offensichtlich die Hauptkriterien für die Möbel. Jan war zu dem Schluß gekommen, daß jemand, der seine Seele in Musik gießt, sie nicht auch noch an eine Wohnungseinrichtung vergeuden kann.

Allzu viele Orte, wo ein Saxophon aufbewahrt oder versteckt sein konnte, gab es in dieser Wohnung nicht. Unter dem Bett lagen einige Koffer und Schachteln, manche enthielten ausgemusterte Trompeten, andere Noten und Krimskrams. In einem Aluminiumkoffer lag, sorgsam verpackt, eine Spiegelreflexkamera mit drei verschiedenen Objektiven. Christian hatte oft vom Fotografieren erzählt, er betrieb es mit einiger Ernsthaftigkeit. Er hatte auch eine eigene Dunkelkammer, Jan vermutete sie im Bad.

In der Diele gab es einen großen Wandschrank. Jan öffnete ihn. Auf den ersten Blick war nichts zu entdecken. Er wühlte sich durch die Fächer des Schrankes. Für ein Altsaxophon waren sie groß genug. Oben, hinter frischer und benutzter Wäsche, lag ein Stapel Pornomagazine. Jan versicherte sich, daß Marleen nicht guckte, und legte sie wieder in den Schrank. Ein Fach war angefüllt mit Kartons voller Fotos, Schwarzweißaufnahmen. Im untersten Fach des Schrankes standen Schuhe. Jan bückte sich und schob sie beiseite. Hinter den Schuhen war das Fach leer. Er legte sich flach auf den Boden, um ganz hineinsehen zu können. Hier hätte das Saxophon hineingepaßt.

»Schau dir das mal an, Marleen!« rief er.

Er bekam keine Antwort. Jetzt fiel ihm auf, daß er schon eine ganze Weile keinen Ton von ihr gehört hatte. Er ging durch die Wohnung und fand sie im Bad, inmitten eines ziemlichen Durcheinanders aus Fotolaboreinrichtung und Körperpflegemitteln. Sie saß auf dem Wannenrand und starrte auf den Spiegel über dem

Waschbecken. Jemand hatte mit Lippenstift ein Herz darauf gemalt.

»Ich wüßte schon gern, wem die gehören.« sagte sie. Sie zeigte auf die Ablage unter dem Spiegel, wo ein Paar Ohrringe lag. Es waren schöne Stücke, altmodisch, von einem ziselierten Goldrand eingefaßte Perlen. Nicht sehr wertvoll, aber auffällig.

»Früher gehörten sie meiner Großmutter«, sagte Jan, »dann habe ich sie Daniela geschenkt.«

*

Sie saßen eine Ewigkeit nebeneinander auf dem Badewannenrand, jeder in seinem eigenen Schmerz gefangen, starr, regungslos. Irgendwann legte Jan seine Hand auf ihre Schulter. Sie lehnte sich gegen ihn und brach in Tränen aus. Ihr Weinen kam von tief innen, so hemmungslos, daß auch Jan seine Tränen nicht zurückhalten konnte. Er versuchte, es mit Nasehochziehen zu kaschieren, merkte aber bald, daß das nicht funktionierte. Dieser Tag war einfach zuviel gewesen. Sie saßen nebeneinander auf Christian Straatens Badewanne und heulten wie die Schloßhunde.

Jan fing sich als erster wieder. Sein Schmerz wandelte sich in Wut. Er war nur noch sauer. Sauer auf Christian Straaten, sauer auf Daniela. Gleich zwei Tiefschläge an einem Tag, das reichte. Er legte den Arm um Marleen und streichelte ihren Kopf.

»Ein Arschloch, sag ich doch!« sagte sie.

Er erwiderte nichts. Er hatte sich zu sehr daran gewöhnt, einzustecken, genau wie Marleen. Er beschloß das zu ändern, für seinen Teil. Er beschloß das jedesmal, wenn er auf der Fresse lag.

»Erzähl mir was über Christian«, sagte er.

Sie zog immer noch die Nase hoch.

»Du kennst ihn doch.«

»Offensichtlich nicht gut genug. Nicht genug für einen Geschäftspartner.«

»Ich dachte, er wäre dein Freund.«

»Hat er das gesagt?«

»Nicht direkt, aber ich hatte immer den Eindruck, er sei stolz darauf, mit dir befreundet zu sein.«

Jan schaute sie ungläubig an. Christian war so etwas wie ein Star. In Köln war er weltberühmt. Jan war nur Wirt, und Christian war stolz, sein Freund zu sein? Nicht zum ersten Mal wunderte er sich darüber, was manche Menschen unter Freundschaft verstanden. Wenn Straaten sein Freund war, wieso trieb er es dann mit seiner Frau?

Marleen drehte sich zu ihm. »Eigentlich überrascht mich das überhaupt nicht. Ich hab so was die ganze Zeit geahnt. Vielleicht nicht gerade mit Daniela, aber irgendwas war im Busch. Aber jetzt, wo ich es so direkt vor mir sehe, da haut es mich um.«

»Was meinst du mit ›geahnt‹? Weibliche Intuition oder so?«

»Ach was. Er ist einfach der Typ dafür.«

Jan nickte zustimmend.

»Er tut immer so cool und überlegen«, fuhr sie fort, »in Wirklichkeit ist er total unsicher. Er braucht ständig die Bestätigung, was für ein toller Hecht er ist. Davon hat er bei mir in letzter Zeit wohl nicht genug gekriegt. Es gab auch echt keinen Grund dafür.«

»Wie sehr ich es hasse, auf ihn angewiesen zu sein, verdammt noch mal!« sagte Jan. »Am liebsten gäbe ich ihm was aufs Freßbrett. Verfluchter Mist, ich brauche das Saxophon, ich muß es finden! Am liebsten wäre mir, das Ding tauchte ohne Christian auf.«

»Heute kannst du eh nichts mehr tun.« Marleen stand auf. »Laß uns ein Stück laufen.«

✳✳✳

Die Leiche trieb nach Norden. Immer wieder hinabgesogen von gierigen Neeren, im Kreise treibend, den Grund berührend und wieder aufsteigend, ließ der kalte, große Fluß ihr niemals eine Wahl. Er trug sie fort, auf seinem alten Weg. Seine Melodie, Millionen Jahre alt, immer gleich und immer anders, begleitete den langsam, aber unweigerlich zerfallenden Körper auf seinem Weg in Richtung Meer.

✳

Sie gingen langsam an den Poller Wiesen entlang. Die Alfred-Schütte-Allee war völlig verlassen. Jan war zum ersten Mal nachts hier.

Ihm fiel auf, daß das stolz angestrahlte Gebäude, das vom anderen Ufer aus wie ein Stadtschloß anmutete, eine Maschinenfabrik war. Als sie an den Treppenaufgängen der Südbrücke vorbeikamen, fragte er sich, ob es eine gute Idee war, hier nachts entlangzugehen. Hinter den leeren Fensteröffnungen sah man die von trüber Beleuchtung in ein bedrohliches Gelb getauchten, über und über mit Graffiti bedeckten Innenwände. Es roch nach Urin. Der Turm wirkte wie eine dreckige, alte Burg. Jan hätte sich wohler gefühlt, wenn Charles Bronson in der Nähe gewesen wäre.

Sie waren völlig allein. Das »Siebengebirge« auf der anderen Rheinseite wurde von den Scheinwerfern eines Filmteams hell erleuchtet. Seite an Seite trotteten sie schweigend die Straße entlang. Es gab nichts mehr zu sagen.

Sie waren fast bis zur Drehbrücke gekommen, als sich ein Taxi näherte. Jan hielt es an.

»Kann ich bei dir übernachten?« fragte er Marleen. »Ich könnte Daniela jetzt nicht ertragen.«

»Klar«, sagte Marleen nur.

Sie saßen schweigend im Fond. Irgendwann lehnte Marleen sich an ihn. Er strich mit der Hand über ihren Kopf.

»Du schläfst im Wohnzimmer«, sagte sie.

»Logo«, brummte Jan.

Es war fast vier Uhr, als sie bei Marleen ankamen. Sie räumte einen riesigen Haufen Bügelwäsche vom Sofa und holte Bettzeug aus dem Schlafzimmer.

»Schlaf gut«, sagte sie. Jan nickte und küßte sie auf die Stirn. Sie verschwand im Schlafzimmer.

Jan war hellwach. Er ging in die Küche und holte sich den Rest Weißwein. Es war nicht mehr viel. Im Wohnzimmerregal stand noch eine Flasche Calvados, der er beherzt zu Leibe rückte. Er würde Marleen eine neue besorgen müssen. Er begann, den nächsten Tag zu planen.

FREITAG

Er wachte auf und stellte fest, daß er gegen seine Erwartung wie ein Stein geschlafen hatte. Marleen war schon zur Arbeit. Es lag ein Zettel auf dem Küchentisch, auf dem sie sich entschuldigte, daß nichts zum Frühstück im Haus war. Jan stellte sich unter die Dusche und verteilte mit dem Zeigefinger Zahncreme im Mund.

Er hatte Hunger, und sein Koffeinspiegel war definitiv im kritischen Bereich. Die Standardadresse für Frühstück in dieser Ecke war die Alte Feuerwache, aber der Gedanke an Kinderlärm und gelangweilte studentische Aushilfskellner schreckte ihn in seinem Zustand noch mehr ab als sonst. Er brauchte etwas Ruhiges. Er ging ins Café Courage, ein winziges Café gleich um die Ecke in der Melchiorstraße. Nach zwei Tassen Kaffee und einem Apfelpfannkuchen fühlte er sich in der Lage nachzudenken. Aber leider geriet ein weiblicher Gast mit der Besitzerin des Cafés in eine heftige Auseinandersetzung über die einzig richtige Zubereitungsart von Spitzkohl, ein Disput, an dem sich nach und nach alle anwesenden Damen meinungsstark und über die Tische hinweg beteiligten, so daß Jan irgendwann aufgab und das Weite suchte.

Er genoß den Fahrtwind auf dem Rad, der ihm den Kopf freiblies. Er mußte die einzige Möglichkeit nutzen, die ihm blieb. Er mußte weitersuchen. Vielleicht hatte Dietmar Greiner eine Idee, wo Christian Straaten stecken konnte. Vorher wollte er sich aber mit frischer Wäsche versorgen.

Er fuhr nach Hause in die Brüsseler Straße. Es war anzunehmen, daß Daniela zur Arbeit gegangen war. Ein Aufeinandertreffen mit ihr wollte er so lange wie möglich vermeiden.

Sie war tatsächlich nicht da. Er zog sich um und überlegte kurz, Greiner anzurufen, entschied sich dann aber, direkt zu ihm zu fahren. Greiner wohnte nicht weit entfernt in der Lützowstraße. Jan brauchte zwei Minuten mit dem Rad.

Die Wohnung war winzig und lag im Souterrain, nach hinten zum Bahndamm. Nach Jans Ansicht konnte man sogar besser in Poll als in einem solchen Loch wohnen. Dunkel und laut gleichzeitig war einfach zuviel. Aber schon bei seinem ersten Besuch hatte er den Eindruck gehabt, daß Dietmar Greiner solchen Kriterien keinerlei Bedeutung zumaß.

Greiner war ausschließlich mit Musik beschäftigt. Er war ein zurückhaltender Typ, selbst wenn er nach einem Solo Applaus erhielt, brachte er kaum ein Lächeln zustande. Dabei konnte er ein durchaus witziger Kerl sein, wenn er einmal ein bißchen aus sich herauskam. Aber das passierte extrem selten. Jan dachte an ein Konzert im Cool Moon, bei dem Greiner und Christian Straaten über ein Thema von Coltrane ein langes Duett improvisiert hatten. Es war einer dieser magischen Momente gewesen, die Jazz ausmachen und die man nicht auf Tonträgern konservieren kann. Einer der Momente, für deren Erleben er das Cool Moon eröffnet hatte. Alle im Raum spürten, hier und jetzt einem Wunder beizuwohnen. Die beiden schienen nicht zu spielen, die Musik floß einfach aus ihren Instrumenten. Selbst die notorischen Quatschköpfe an der Theke, die schon so oft die leisen Passagen der Konzerte zerstört hatten, merkten, daß etwas Besonderes vorging, und hielten die Klappe. Keiner konnte hinterher sagen, ob dieser Moment zwei oder zwanzig Minuten gedauert hatte, es spielte auch keine Rolle. Der Baß und die Trompete woben sich ineinander und zerdehnten die Zeit, der Rhythmus wurde bestimmt vom Herzschlag der Zuhörer. Jeder erlebte sein eigenes kleines Wunder, und doch verband die stetig fließende Energie alle im Raum. Als der letzte Ton verklungen war, herrschte atemlose Stille. Während dieser stillen Sekunden hatte Jan Dietmar Greiner angeschaut und in dessen Gesicht einen Ausdruck gesehen, den er nur Verklärung nennen konnte. Als die Stille sich endlich in tobendem Applaus entlud, begann Dietmar Greiner aus vollem Hals zu lachen, und Jan sah, daß dies einer der glücklichsten Momente in Greiners Lebens war.

Jan klingelte, aber es rührte sich nichts. Er ging zu einem Fenster, von dem er annahm, es gehöre zu Greiners Wohnung. Um hineinschauen zu können, mußte er sich bücken.

Greiner lag im Bett und starrte Jan direkt ins Gesicht. Jan klopfte ans Fenster. Greiner reagierte nicht, er sah geradewegs durch ihn hindurch. Jan klopfte lauter und knallte schließlich seinen Schlüsselbund gegen die Scheibe, bis Greiner plötzlich aufschreckte. Er schien nicht zu wissen, was er tun sollte. Jan zeigte zur Tür, aber Greiner reagierte nicht.

»Mach auf, verdammt noch mal!« rief Jan. Er wurde langsam wütend.

Endlich nickte Greiner und schlurfte zur Tür.

»Was ist los, Dietmar? Nimmst du neuerdings Drogen?« fragte Jan, als er ihm gegenüberstand. Greiner sagte nichts.

Jan verdrehte die Augen. »Schön, daß du mal vorbeikommst. – Möchtest du vielleicht einen Kaffee? – Was kann ich für dich tun? Das wolltest du doch bestimmt gerade sagen, Dietmar, nicht wahr?«

»Oh, entschuldige, natürlich, ein Kaffee, ja ... ein Kaffee wäre wohl eine gute Idee.« Langsam schien Greiner aufzutauchen. Er ging zu seiner Pantryküche, drückte auf den Knopf am Heißwassergerät und holte eine Dose Aldi-Instantkaffee aus dem Schrank. Dann suchte er nach einem zweiten Kaffeebecher. Es dauerte eine Weile, bis er fündig wurde.

Mit markerschütterndem Kreischen bremste draußen ein Güterzug. Greiner schien es gar nicht wahrzunehmen. Bis das Wasser in dem verkalkten Gerät endlich gekocht und er zwei Tassen von dem Gebräu hergestellt hatte, drehte er Jan den Rücken zu und sagte keinen Ton. Er brachte die Becher zu dem kleinen Tisch, an dem Jan Platz genommen hatte.

»Entschuldige, ich hab geschlafen«, sagte er.

»Geschlafen, aha. Was fehlt dir, daß du beim Schlafen die Augen aufläßt?«

Greiner schwieg.

»Hör zu. Ich muß mit dir über Christian reden. Hast du irgendeine Ahnung, wo er stecken könnte?«

Greiner schüttelte den Kopf. Er trank schlürfend aus seiner Tasse.

Jan rührte seinen Kaffee nicht an. »Du bist doch sein bester Freund, du mußt doch wissen, wo er steckt!«

Greiner räusperte sich. »Christian war sehr verändert in letzter Zeit«, nuschelte er. »Ich mache mir Sorgen um ihn.«

»Sorgen, zum Teufel, ich mach mir auch Sorgen, verdammt noch mal. Was glaubst du, warum ich hier bin!«

Greiner sah plötzlich auf und blickte ihm direkt in die Augen. »Fluche bitte nicht so, nicht in meiner Wohnung.«

Jan erschrak fast über die Ernsthaftigkeit, mit der Greiner das sagte. Er hob entschuldigend die Hände.

»Ich glaube dir nicht, daß du dir Sorgen um Christian machst«, fuhr Greiner fort. »Ich glaube, du willst nur etwas von ihm.« Immer noch starrte er Jan an.

Jan fühlte sich ertappt, aber er hatte nicht vor, klein bei zu geben. »Natürlich will ich was von ihm. Letztlich kommt es doch aufs gleiche raus, ich muß ihn finden. Er hat gestern einen wichtigen Termin platzen lassen. Ich bin auf ihn angewiesen.«

»Wieso, was willst du denn von Christian?«

Jan zögerte. Eigentlich wollte er das Saxophon nicht erwähnen. Er hatte mit Christian vereinbart, daß so wenig Leute wie möglich davon erfahren sollten. Er wartete einen vorbeifahrenden Zug ab und beschloß, nichts von Charlie Parker und Jack Saphire zu erzählen, bis er herausgefunden hatte, was Greiner darüber wußte.

»Es geht um ein Saxophon. Ein ganz bestimmtes Altsaxophon, das Christian mir geben wollte. Hat er dir irgendwas davon erzählt?«

»Ein Sax? Nein, keine Ahnung. Christian spielt Trompete – aber das weißt du ja.«

»Er wollte Teilhaber am Cool Moon werden, hat er dir denn das erzählt?«

Greiner schüttelte den Kopf.

»Wie ich schon sagte, Christian war sehr verändert. Er hat mir kaum noch was erzählt. Ich habe ...« Er verstummte.

»Was hast du ...?« Im letzten Moment verkniff Jan sich einen heftigen Fluch.

Greiner zögerte, etwas arbeitete in ihm. Plötzlich hob er den Kopf. Er blickte Jan entschlossen an, als habe er eine Entscheidung getroffen.

»Ich habe für ihn gebetet.«

Jan war baff. So etwas hatte er das letzte Mal von seiner Großmutter gehört, als der FC Christoph Daum rausgeschmissen hatte.

»Ich wußte gar nicht, daß du religiös bist.«

»Das ist meine Privatsache. Es geht dich nichts an!«

»Schon gut, schon gut, ich hab doch gar nichts gesagt.« Jan konnte sich vorstellen, daß man es sich mit einer religiösen Einstellung in der Kölner Jazzszene nicht gerade leicht machte. »Dizzy ist schließlich auf seine alten Tage auch religiös geworden.« Irgendwie mußte er die Situation entspannen.

»Dizzy ist zum Heiden geworden!« Greiner sah ihn aufgebracht an.

Jan senkte genervt den Blick. Dizzy Gillespie war 1968 Anhänger des Baha'i-Glaubens geworden. Für einen Agnostiker wie Jan war eine Religion so gut wie die andere, aber Greiner sah das offensichtlich anders. Jan beschloß, das Thema zu beenden.

»Schwamm drüber, es ist wirklich dein Bier. Laß uns über Christian reden. Wo könnte er stecken?«

»Vielleicht weiß ja Marleen, wo er ist.«

»Mit Marleen hab ich schon gesprochen, sie ist auch ratlos.«

»Tja, dann kann ich dir auch nicht helfen.« Greiner hob die Hände. »Christian wird schon wieder auftauchen, er ist manchmal etwas sprunghaft. Mach dir keine Sorgen.« Er nickte Jan aufmunternd zu.

Jan starrte finster vor sich hin. Wenn Christians bester Freund schon nichts wußte, wer würde ihm dann weiterhelfen können? Er versuchte, den Gedanken zu verdrängen, daß es natürlich jemanden gab. Jemand, der Christian sehr nahe gestanden hatte. Viel näher, als Jan lieb war.

*

Im Café Fleur bestellte Jan einen Kaffee und einen Grappa. Es war eigentlich noch zu früh für Alkohol, aber seine Nerven hatten sich von den gestrigen Ereignissen noch nicht erholt. Das Treffen mit Dietmar Greiner hatte ausgereicht, ihn wieder fertigzumachen, er fühlte sich zittrig. Der Grappa hatte noch keine Chance bekommen, irgendeine Wirkung zu entfalten, als ihm jemand von hinten kräftig auf die Schulter klopfte.

»Schau an, der Herr Richter, habe die Ehre, wie geht's denn dem Herrn Geheimrat.«

Friedhelm Aufdemsee, ausgerechnet. Von allen Mitgliedern der Kölner Jazzszene konnte Jan ihn jetzt am allerwenigsten gebrauchen.

Aufdemsee war Saxophonist, allerdings kein guter. Außerdem war er Österreicher, und Jan hatte das Gefühl, das hinge irgendwie zusammen. Aufdemsee war von Haus aus wohlhabend und leistete es sich, andere Musiker freizuhalten, so daß er ein gerngesehener Gast in den meisten Kölner Formationen und Projekten war, zumindest in den weniger ambitionierten. Jan wußte, daß die anderen Jazzer sich über Aufdemsee amüsierten, sobald er nicht im Raum war. Später ließen sie ihn dann anstandslos den Deckel der Band bezahlen.

Jan dachte über eine halbwegs höfliche Möglichkeit nach, ihn zum Teufel zu jagen, als ihm einfiel, daß Aufdemsee vor kurzer Zeit mit Christian Straaten auf Tournee gewesen war. Er zwang sich ein freundliches Grinsen ab.

»Schön, dich zu sehen. Setz dich doch.«

Aufdemsee nahm Platz und begann sofort, von anstehenden musikalischen Großtaten zu schwadronieren. Jan nutzte die Gelegenheit, seinen Grappa auszutrinken und für sich und Aufdemsee zwei neue zu ordern.

»Wie war denn die Tour mit Christian Straaten?« fiel er Aufdemsee ziemlich unvermittelt ins Wort.

»Ach, *die* Tour ...« Aufdemsee schien enttäuscht. Er redete offensichtlich lieber über bevorstehende Heldentaten als über vergangene Niederlagen. Er schwieg einen Moment, dann brach es aus ihm heraus:

»Ich sag dir mal was: Christian Straaten ist ein Arsch! Er macht immer auf netter Kerl und großer Star, aber hintenrum linkt er fast alle, die mit ihm zu tun haben, außer vielleicht Dietmar Greiner.«

»Ich dachte, er wäre beliebt?«

»Na klar, alle sind froh, wenn sie mit ihm spielen dürfen. Dabei startet er immer wieder irgendwelche Projekte und bleibt hinterher den Leuten die Gagen schuldig. Wenn er nicht so verdammt gut wäre! Bei mir hat er Schulden bis unter beide Arme, und was mach ich? Ich geh mit ihm auf Tour. Ich bin auf ihn angewiesen, wenn ich spielen will. Scheiße.«

»Ich kann ihn seit Tagen nicht erreichen. Weißt du vielleicht, wo er stecken könnte?«

»Nein, will ich auch nicht wissen. Seit wir von der Tour zurück sind, habe ich ihn nicht gesehen. Und nicht vermißt.«

Jan bestellte die Rechnung und ließ Friedhelm Aufdemsee in finsterer Laune bei seinem nächsten Grappa sitzen. Er mußte sich irgendwie entspannen und nachdenken.

»Badewanne«, sagte er laut, und es schien ihm seine erste richtig gute Idee seit Tagen zu sein.

***

»Jojo, die alten Zeiten sind vorbei. Du bist kein Star mehr, nicht einmal hier in Lissabon. Auch wenn du früher mit Bird gespielt hast, du bist nicht mehr der große Jojo McIntire. Das war einmal. Du bist ein zahnloser, alter Ex-Trompeter, und ich sage dir was: Ich glaube dir deine Geschichte nicht. Dieses Saxophon hier hat niemals Charlie Parker gehört. Aber ich werde dir helfen. Weil ich dich mag, und weil du mir leid tust. Ich gebe dir achtzigtausend Escudos dafür. Es ist keine sechzigtausend wert. Nimm das Geld, oder laß es bleiben.«

*

Jan lag noch keine drei Minuten in der Wanne, als das Telefon klingelte. »Selten so gelacht«, murmelte er. Vielleicht war es Straaten. Er zog seinen Bademantel über und patschte durch die Diele. Es war Jupp Löwenstein.

»Ich muß dir was zeigen, Jan. Komm runter, ich parke in der Einfahrt.«

Jan trat der Schweiß auf die Stirn.

»Entschuldige, Jupp. Ich sitze in der Badewanne, können wir das vielleicht verschieben?«

»Nein. Zieh dir was über und komm runter.«

Jans Flüche hätten Dietmar Greiner nicht gefallen. Während er in Jogginganzug und Laufschuhe stieg, überlegte er fieberhaft, was Löwenstein wohl von ihm wollte. Die Rate war erst nächste Woche fällig, sechs Monate nach Auszahlung. Er ging mit nassen Haaren die Treppe hinunter.

Jupp Löwenstein saß auf dem Beifahrersitz des S-Klasse-Daimlers. Atze chauffierte. Atze war zuständig für alle niederen und mit

Kraftaufwand verbundenen Aufgaben, von denen bei Löwenstein eine ganze Menge anfielen. Jan hatte ihn noch nie ein Wort sagen hören. Löwenstein ließ das Seitenfenster herunter und winkte ihn zu sich.

Jupp Löwenstein, genannt »der Bär«. Taxiunternehmer und Finanzier, wie er sich selbst gern bezeichnete. Jeder andere nannte ihn Kredithai. Er war ein Wucherer alter Schule. Leute mit Problemen kamen zu ihm, um danach noch mehr Probleme zu haben. Normalerweise wäre Jan nie auf die Idee gekommen, zu jemandem wie Löwenstein zu gehen, um sich Geld zu leihen. Fatalerweise jedoch war der Bär Jazzfan. Ausgerechnet. Carreras geht zum Boxen, Mike Tyson in die Oper und der Bär ins Cool Moon. Das war Jochen Diekes' Spruch, wenn Löwenstein im Club auftauchte. Diekes als Ex-Bulle konnte sich so was leisten.

Jan sah sie noch vor sich: den Mann von der Gewerbeaufsicht, der nur halbherzig ein hämisches Grinsen zu unterdrücken versuchte, als er Jan den Wisch mit den Brandschutzauflagen in die Hand drückte, und den eklig glatten Schlipsträger in der Bank: »Von den Umsatzerwartungen her sehe ich das nicht, Herr Richter. Und ihr Kontokorrentkredit ... tut mir leid.« Mit einem gleichgültigen Kopfschütteln hatte dieses Frettchen das Todesurteil für Jans Träume unterzeichnet. Jan war am Ende, bevor er richtig angefangen hatte. Aber er wollte nicht aufgeben – er konnte nicht. Löwenstein hatte eine Menge Verbindungen, was in seiner Branche und speziell in Köln unverzichtbar war. Jans finanzielle Situation hatte er genau gekannt und gewußt, daß er drauf und dran war, pleite zu gehen. Natürlich würde er Jan helfen. Gern sogar. Kultursponsoring nannte er das. Er wolle, daß das Cool Moon erhalten blieb. Ein wirklich schöner Club. Schließlich käme er ja selbst gern her. Jan mache einen guten Job, auch wenn er gerade eine Pechsträhne abreite. Großzügigkeit sei immer seine Devise gewesen, und großzügig wolle er ihm helfen. Kein Problem. Aber zurückzahlen müsse Jan das Geld natürlich schon.

Und zwar pünktlich.

Nächste Woche.

»Sportlich siehst du aus, Jan«, sagte Löwenstein. »Schau mal, ich muß dir was zeigen.« Er griff nach hinten auf den Rücksitz, holte triumphierend eine Tüte hervor und zog eine LP heraus.

»Das mußt du dir ansehen. Eine LP von 1994! Keine CD, richtiges Vinyl, ich wußte gar nicht, daß es so was gibt.«

Eine in den 90ern produzierte Jazz-LP war tatsächlich ungewöhnlich, aber keine Sensation. Schon gar kein Grund, ihn aus der Wanne zu holen. Jan warf einen Blick auf die Scheibe: »Soul Connection, Volume 2« von Dusko Goykovich.

»Kenn ich, Chris im Metronom hat die auch«, sagte er und hätte sich im gleichen Moment am liebsten die Zunge abgebissen.

»Ist das so, aha.« Löwenstein klang plötzlich sehr geschäftsmäßig. »Aber deswegen bin ich nicht hier. Steig ein, ich hab mit dir zu reden.«

Jan setzte sich auf die Rückbank, und Löwenstein fuhr das Fenster wieder hoch.

»Mach bitte die Tür zu.« Er hielt es nicht für nötig, sich zu Jan umzudrehen. »Du weißt, daß nächste Woche die erste Rate fällig ist, nicht wahr? Wie du dir vielleicht denken kannst, beobachte ich deine Situation recht genau, und was ich da sehe, will mir nicht gefallen. Ich fürchte, daß du möglicherweise nicht wirst bezahlen können. Ist das so, Jan?«

Jan fühlte sich wie das Kaninchen vor der Schlange. Seine Hände wurden feucht, und er registrierte erstaunt, daß er im Wortsinne kalte Füße bekam. Mühsam riß er sich zusammen.

»Ich hab da was im Rohr, Jupp, nächste Woche Samstag hab ich das Geld.«

»Nächste Woche Samstag ist reichlich spät, das weißt du. Was hast du denn so Großartiges ›im Rohr‹, wenn ich fragen darf?«

Jans Kopf schwirrte. Den Deal mit Jack Saphire würde Löwenstein ihm niemals abnehmen. Die Geschichte klang einfach zu unwahrscheinlich. Er würde ihm aber etwas bieten müssen, um ihn bei Laune zu halten. Er versuchte es mit einer verkürzten Version.

»Christian Straaten will mein Partner werden. Er hat ein Saxophon, das einmal Charlie Parker gehört hat. Er hat einen Interessenten dafür, sobald der bezahlt hat, kriegst du das Geld. Nächste Woche Samstag.«

Löwenstein lachte leise.

»Hat er tatsächlich einen Dummkopf gefunden. Das Horn hat doch niemals Charlie Parker gehört.«

»Du weißt davon?« Jan war konsterniert.

»Er hat es mir vor ein paar Wochen angeboten. Aber wie gesagt, ich glaube nicht dran. Obwohl ...«, er zuckte die Schultern, »es könnte natürlich sein, daß Christian jemanden findet, der ihm die Geschichte abnimmt. Na gut, warten wir es ab. Nächste Woche Samstag. Du kennst die Bedingungen.« Er drehte sich etwas mühsam zu Jan um und sah ihm in die Augen. »Hör zu, Jan, ich tu das nicht gern. Ich mag dich, du bist ein guter Wirt, und das Cool Moon ist ein schöner Laden. Aber ich habe einen Ruf zu verlieren. Ich kann es mir nicht leisten, Ausnahmen zu machen. Atze wird das Geld holen kommen. Ich möchte jetzt nicht darauf eingehen, was passiert, wenn du nicht zahlst. Aber sei versichert, Atze beherrscht seinen Job. Tu mir einen Gefallen und laß es nicht so weit kommen. Und jetzt hau ab.«

Jan stieg aus und blieb benommen auf dem Bürgersteig stehen. Löwenstein ließ noch einmal das Fenster herunter.

»Weißt du, wo Chris die Platte her hat?« fragte er.

»Nein, keine Ahnung«, sagte Jan.

Löwenstein nickte ärgerlich, und Atze gab Gas.

*

Jan schaute auf die Küchenuhr. Wenn er noch lange hierblieb, lief er Gefahr, auf Daniela zu treffen. Sie hatte bald Feierabend. Er beschloß, ins Cool Moon zu fahren, er hatte dort noch genug zu tun.

Bis halb acht beschäftigte ihn die Routinearbeit eines Wirtes, dann zapfte er sich ein Kölsch und setzte sich auf seinen Barhocker. Er zog Miles Davis' »Birth Of The Cool« aus dem Regal, entstaubte die Platte liebevoll und setzte die Nadel auf. Obwohl er eigentlich eher Bebopper und kein Coolster war, gehörte die Platte zu seinen absoluten Lieblingen. Es waren Aufnahmen aus '49 und '50, unter anderem mit Gerry Mulligan. Er liebte den Sound dieses Baritonsaxes, das den Bläsersatz geradezu zu tragen schien. Die Aufnahme verbreitete eine Atmosphäre, die Jan auf anderen Platten so noch nicht gefunden hatte. Eine eigentlich in sich widersprüchliche Mischung aus eleganter Coolness und heiterer Melancholie. Er versuchte, sich zu entspannen.

Als er gerade sein zweites Kölsch anzapfte, kamen zwei Männer durch die Tür. Normalerweise waren frühe Gäste immer ein Grund zur Freude, diese beiden paßten allerdings überhaupt nicht hierher. Es waren Typen, die man eher am Friesenplatz erwartete: ein Schwarzhaariger und ein Blonder, beide Anfang dreißig, groß und durchtrainiert, lange gegelte Haare, im Nacken zusammengebunden, komplett schwarz gekleidet mit Jeans, Seidenhemden und Lederblousons.

»Was kann ich für euch tun, Jungs, Kölsch?« fragte er und hoffte, daß ihm seine bemühte Freundlichkeit nicht anzumerken war.

Der Blonde nickte auf seine Frage, während der Schwarzhaarige, den Jan für einen Türken hielt, sich aufmerksam im Laden umschaute. Jan beobachtete sie, während er zwei Kölsch zapfte. Der Blonde hatte ein breites Gesicht mit vorspringenden Wangenknochen. Russenmafia, dachte Jan und schimpfte sich sofort einen Paranoiker. Trotzdem beunruhigten ihn die beiden, die sich immer noch schweigend umsahen. Endlich griff der Türke nach einem Hocker und setzte sich Jan gegenüber.

»Nix los in deinem Laden, was?« fragte er in breitem Kölsch.

»Is' ja kein Wunder, bei der Mucke, die hier läuft«, meinte der Russe im gleichen Tonfall.

Jan Richter, du bist ein rassistischer Schwachkopf. »Ihr seid was früh, wir haben eigentlich noch zu.«

»Aber sonst geht hier bestimmt tierisch die Post ab, was?« Der Blonde grinste. Sie tranken ihr Bier.

»Du heißt Jan, nicht wahr?« fragte der Schwarzhaarige, offensichtlich der Wortführer der beiden.

Jan nickte. Woher kannte dieser Typ seinen Namen?

»Ich hab da mal 'ne Frage, Jan«, fuhr der Mann fort, »du kennst doch einen Christian Straaten.«

»Wieso?« fragte Jan, um Zeit zu gewinnen. Die Frage überraschte ihn.

Der Schwarzhaarige beugte sich über die Theke und näherte sein Gesicht dem Jans.

»Nur damit das klar ist, Jan, die Fragen – stellen wir. Also noch mal: Kennst du Christian Straaten?«

Jan zögerte. Was wollten die beiden von Christian? Zuzugeben,

Christian zu kennen, schien ihm immerhin einigermaßen ungefährlich zu sein.

»Klar kenn ich Christian Straaten, der hat bestimmt schon ein Dutzend mal hier gespielt.«

»Und wo steckt er?«

»Woher soll ich das wissen?« Das wüßte ich selbst gern, fügte er in Gedanken hinzu.

»Immerhin fickt er deine Alte.«

Jan tastete hinter sich nach seinem Hocker und zog sich auf den Sitz.

»Woher wollt ihr das wissen?« fragte er lahm.

»Das laß mal unsere Sorge sein, wir wissen es eben. Du hast unserem Freund Christian doch wohl nicht eine verpaßt, so als gehörnter Ehemann? Wir machen uns da ein bißchen Sorgen.«

Jan schüttelte den Kopf – nicht, weil er die Frage verneinen wollte, sondern wegen der Absurdität dieses Verdachtes.

»Redest du nicht mehr mit mir?« fragte der Schwarzhaarige mit hochgezogenen Brauen. »Ich möchte, daß du weißt, mit wem du es zu tun hast, mein Lieber. Mach dir bitte klar, daß wir jetzt gerade sehr freundlich sind. Vielleicht werden wir nie wieder so freundlich zu dir sein.« Er zog mit der Linken seine Jacke auf, so daß Jan eine Waffe in einem Schulterhalfter erkennen konnte.

Er starrte wie gelähmt auf den Revolver, als er plötzlich den Blonden bemerkte, der mit katzenhafter Schnelligkeit hinter die Theke geglitten war und jetzt neben ihm stand. Er drehte Jan brutal den rechten Arm nach hinten, daß sein Kopf auf die Theke schlug. Verzweifelt versuchte Jan, sich zu wehren, aber der Blonde ließ ihm keine Chance. Jan wurde zu Boden gerissen, ein volles Kölschglas kippte von der Theke und fiel ihm auf den Kopf. Er konnte sehen, wie der Schläger mit dem Stiefel ausholte, um ihm in den Magen zu treten. Während Jan versuchte, sich auf den kommenden Schmerz vorzubereiten, schien sich die Zeit zu verlangsamen. Interessiert sah er sich die Cowboystiefel an. Sie waren schwarz mit goldenen Nähten, die einen federgeschmückten Indianerkopf darstellten. Bestimmt sehr teuer. Was Jan so gar nicht gefallen wollte, waren die scharfkantigen Metallbeschläge an den Spitzen.

»Jetzt macht mal schön halblang, Peter, ihr seid hier nicht Kalk!« dröhnte plötzlich eine Stimme von der Tür her. Der Tritt erwischte Jan nicht richtig. Er sprang auf, um aus dem Gefahrenbereich zu kommen.

»Sieh an, der Herr Kriminalinspektor ... a.D.« Die beiden Buchstaben spuckte der Schwarzhaarige geradezu hinterher.

Jochen Diekes ging auf ihn zu. Jan konnte deutlich die Flügel und das Flammenschwert sehen. Dicht vor dem Mann baute er sich auf.

»Wir kennen uns lange genug, Peter. Ich weiß, du bist die große Nummer in der Vietorstraße, und das kannst du von mir aus auch bleiben. Aber das hier ist mein Revier. Wenn ihr noch einmal hier auftaucht, sorge ich dafür, daß dir der Arsch bis zum Stehkragen aufgerissen wird – a.D. oder nicht – verlaß dich drauf. Und jetzt macht euch vom Acker, und zwar zügig.«

Der Mann tauschte einen Blick mit seinem Partner. Ohne ein weiteres Wort verließen die beiden das Cool Moon.

»Was wollten *die* denn hier?« fragte Jochen Diekes.

Jan nahm die Flasche Talisker und zwei Gläser und ging vor den Tresen. Er stellte Flasche und Gläser ab, griff mit beiden Händen nach Jochens Kopf und drückte ihm einen dicken Kuß auf die Stirn.

»Das ist ja ekelhaft«, sagte Jochen.

Jan schenkte zwei große Scotch ein und reichte Jochen ein Glas.

»Ich hab dir eine Menge zu erzählen«, sagte Jan.

***

Ludo Epsteins Kopf fiel zur Seite. Er schnarchte. Es war kalt und stockfinster. Langsam setzte sich das Auto in Bewegung. Die leere Whiskyflasche rollte vom Beifahrersitz und polterte in den Fußraum. Ludo hörte es nicht. Immer noch langsam, rollte das Auto auf die alte Fährrampe zu. Erst als es sie erreicht hatte, wurde es schneller. Der Wagen rollte in den Fluß und der Motor erstarb. Ludo schreckte hoch, als das Wasser durch die halboffenen Fenster strömte. Er wußte nicht, wo er war und was mit ihm passierte. Panisch tastete er in der Dunkelheit nach dem Türgriff, aber er schien verschwunden. Sein Schreien war hysterisch und unartikuliert, doch niemand hörte ihn. Schon nach wenigen Sekunden war der Wagen im Fluß verschwunden. Immer verzweifelter schlug Epstein um sich. Es gelang ihm, ein Fenster zu zertrümmern. Die Kälte lähmte ihn. Er versuchte, sich aus dem Wagen zu ziehen, aber die Strömung drehte das Fahrzeug aufs Dach, und er verlor den Halt. Wie ein Messerstich drang das Wasser in seine Lunge.

*

»Wenn du es nicht wärst, der mir diese Story auftischt, ich würde kein Wort glauben«, sagte Jochen.

Sie saßen etwas abseits der Theke. Mit den wenigen Gästen kam die Freitags-Aushilfe allein zurecht. Der kleine Tisch stand direkt vor der Bühne, hier saßen sie einigermaßen ungestört. Nur Donato Torricelli kam zu ihnen, um mit Jan die Torwartfrage zu besprechen, aber er bat ihn, sie in Ruhe zu lassen. Donato zog beleidigt ab und setzte sich demonstrativ einsam mit dem Express von morgen ein paar Tische weiter. Jan hatte die ganze Geschichte erzählt, und Jochen hatte sich alles in Ruhe angehört.

»Jedenfalls bist du nicht der einzige mit Problemen. Christian und Daniela sind mindestens so in Schwierigkeiten wie du.«

»Daniela auch? Wieso das denn?«

»Peter Kröder steckt dick drin drüben in Kalk. Hehlerei, Zuhälterei, vor allem aber Drogen aller Art. Wir haben ihm nie etwas nachweisen können, aber wir wußten es sicher. Was wir nicht herausfinden konnten, ist, ob er auf eigene Rechnung oder für jemand anderes arbeitet. Christian hat sich offensichtlich mit ihm eingelassen. Jetzt ist irgendwas schiefgelaufen, und sie suchen ihn. Und Kröder kennt Daniela. Wenn er Christian nicht findet, wird er sich mit ihr unterhalten wollen, wenn er es noch nicht getan hat. Hast du sie heute schon gesehen?«

»Nein, auch gestern nicht. Ich versuche, ihr aus dem Weg zu gehen. Meinst du, ich sollte sie suchen?«

»Ruf zu Hause an. Wenn sie da ist, soll sie herkommen. Wenn sie nicht da ist, frag bei ihren Freundinnen nach. Mehr kannst du im Moment nicht tun. Vielleicht ist sie ja auch mit Christian zusammen abgehauen.«

Diesen Gedanken hatte Jan bisher zu verdrängen versucht. Er nahm sein Glas und ging zum Telefon.

Daniela war nicht zu Hause. Er sprach aufs Band und holte sich dann über die Auskunft die Nummer einer ihrer Freundinnen, aber auch dort erreichte er niemanden.

»Jack Saphire im Cool Moon, das wäre natürlich ein wirklicher Knaller«, sagte Jochen, nachdem Jan sich wieder zu ihm gesetzt hatte.

»Wenn das Saxophon echt ist.«

»Ich frage mich, wie Christian das beweisen will«, sagte Jochen.

»Er sagte, er hätte es Saphires Managerin beschrieben. Saphire wäre wohl kaum hergekommen, wenn er nicht geglaubt hätte, daß irgendwas an der Sache dran ist. Er hat mit Parker gespielt, vielleicht erinnert er sich an irgendein Detail.«

»Ein echtes Horn von Bird! Ich kann mir das eigentlich nicht vorstellen. Ich weiß nur von einem einzigen, das nachweislich echt ist. Es gehört Phil Woods, er hat ja Charlie Parkers Witwe geheiratet. Er hat auch mal in Köln gespielt, vielleicht hat er es aus Versehen hier stehenlassen.« Jochen lachte leise über seinen Witz und nahm einen Schluck Talisker. »Parker hat am laufenden Band seine Hörner versetzt, kann sein, daß eins davon wieder aufgetaucht ist. Aber wie will man sicher sein, daß es von ihm stammt?«

»Saphire will es jedenfalls haben.«

»Er käme ja auch verdammt günstig dran. Er müßte nur einen Gig spielen.«

»Für ihn ist es nur ein Gig, für das Cool Moon wäre es viel mehr. Ich kann den Gegenwert nicht beziffern, aber wenn die Sache so läuft, wie ich mir das vorstelle, wäre ich erst mal aus dem Gröbsten raus.«

»Jetzt mußt du also nur noch Straaten finden.«

»Nur noch, genau«, sagte Jan.

»Vielleicht hat er wegen der Sache mit Daniela kalte Füße bekommen, oder er hofft, irgendwo anders mehr für das Sax zu bekommen. Oder er hat Kröder übers Ohr gehauen ... ich will dir ja nicht den Mut nehmen, aber es gibt verdammt viele Möglichkeiten.«

»Christian kann mir eigentlich gestohlen bleiben, was ich brauche, ist das Saxophon«, sagte Jan. Und Daniela, fügte er in Gedanken hinzu.

»Ohne Christian wirst du an das Saxophon kaum herankommen.«

»Ich weiß nicht. Immerhin hat Löwenstein schon davon gehört, vielleicht wissen ja noch mehr Leute etwas darüber. Dietmar Greiner zum Beispiel. Ich hab das Gefühl, der weiß etwas. Ich werde ihn morgen noch mal besuchen.«

Jochen nickte. »Auf jeden Fall wirst du eine Menge Glück brauchen. Deine größte Chance ist, daß Daniela was weiß. Ich glaube, du wirst gebraucht«, sagte er und wies zur Theke. Mittlerweile war es voll geworden, und Jan fing einen verzweifelten Blick des Kellners auf.

»Es wird wahrscheinlich nichts bringen«, sagte Jochen »aber ich werde mal ein paar meiner alten Kontakte zur Staatsmacht aktivieren. Falls Christian oder Daniela auffallen sollten, werde ich es erfahren. Auf Kröder haben die Jungs schon lange ein Auge, vielleicht sind die beiden da mit ins Visier geraten. Schaun mer mal.«

»Ich danke dir.« Jan stand auf und klopfte Jochen auf die Schulter. »Die Flasche gehört dir.«

Jochen prostete ihm grinsend zu, und Jan stürzte sich in die Arbeit.

※

Es war fast fünf, als er endlich nach Hause kam. Den ganzen Abend über hatte er versucht, Daniela zu erreichen. Auf dem Anrufbeantworter waren nur seine eigenen Anrufe, das Gerät war noch nicht abgehört worden. Die verlassene Wohnung wirkte plötzlich, als wäre seit Tagen niemand hier gewesen. Jan ging ins Schlafzimmer und schaute in den Kleiderschrank. Er hatte nicht den Eindruck, daß von Danielas Sachen etwas fehlte, aber sicher war er sich nicht. Ihre Koffer lagen vollzählig unter dem Bett.

Durchgebrannt ist sie wenigstens nicht mit ihm, dachte er, als er sich im Wohnzimmer auf die Couch legte. Er wollte nicht im Bett liegen, wenn sie nach Hause kam.

SAMSTAG

Gegen elf Uhr wachte er auf, als die Sonne um die Ecke des Nachbarhauses gekrochen kam und ihm direkt ins Gesicht knallte. Geblendet taumelte er zum Fenster und zerrte die Vorhänge zu. Er fühlte sich furchtbar. Daniela war nicht aufgetaucht. Langsam bekam er wirklich Angst um sie. Er hatte keine Vorstellung, wo sie sein konnte.

Sein Kopf pochte, und sein Magen schrie nach Nahrung. Er rekapitulierte den vergangenen Tag und stellte fest, daß er seit gestern mittag von dem Apfelpfannkuchen im Café Courage zehrte. Er ging in die Küche und schmiß die Kaffeemaschine an. Nachdem er fast zwanzig Minuten unter der Dusche gestanden hatte, war er sich wieder sicher, der Gattung Homo sapiens anzugehören. Er machte sich drei Rühreier mit Schafskäse. Heute war Samstag, noch eine Woche bis zum Konzert. Es gab viel zu tun. Er mußte die Organisation vorbereiten und einen Aufnahmetechniker mit Equipment anheuern. Vor allem mußte er Jack Saphire noch ein Quartett zusammenstellen. Saphires eigene Tourformation würde nächste Woche schon abgereist sein. Die Band zusammenzustellen hatte Sandrine Dunestre Jan übertragen. Er sah keine großen Schwierigkeiten: Jeder Kölner Mugger würde sein linkes Bein geben, um mitspielen zu dürfen. Er hatte natürlich zuerst an Christian Straaten und Dietmar Greiner gedacht. Jetzt war Straaten verschwunden, und Greiner schien ihm irgendwie außer Form. Andererseits würde es sowieso kein Konzert geben, wenn Straaten nicht auftauchte.

Zudem mußte er sich entscheiden, ob er die Presse informierte. Jetzt wäre es eigentlich höchste Zeit, zum Stadt-Anzeiger zu gehen. Die würden das Ding groß aufblasen. Wenn das Saxophon dann aber nicht auftauchte und Saphire das Konzert platzen ließ, wäre Jan Richter in Köln ein für allemal erledigt.

Erledigt bin ich dann sowieso, dachte er und gewährte sich Aufschub bis Montag. Er würde seine direkten Drähte nutzen. In der WDR-Kulturredaktion saß eine alte Freundin, die er noch von der Uni kannte, und Kalle, der früher in seiner Band Baß gespielt hatte, war beim Express für Lokales zuständig. Das würde reichen. Was er brauchte, war Zeit. Er telefonierte mit einigen seiner Aushilfskellnern, bis er eine Vertretung für den Abend gefunden hatte. Samstags ließ er das Cool Moon nur ungern allein. Aber er mußte.

Er machte sich auf den Weg zu Dietmar Greiner.

*

Diesmal ging er direkt zu dem Souterrainfenster, aber die Vorhänge waren zugezogen. Er drückte ohne Hoffnung auf den Klingelknopf. Als er schon wieder gehen wollte, summte plötzlich der Türöffner. Greiner stand hinter seiner Wohnungstür. Er hatte sie nur einen winzigen Spalt geöffnet und starrte ihn mit einem Auge an. Er sagte nichts.

»Läßt du mich rein?« fragte Jan.

Greiner rührte sich nicht, er starrte ihn nur weiter an. Jan wartete noch einen kurzen Augenblick, dann rammte er ansatzlos die Schulter gegen die Tür. Sie wurde Greiner aus der Hand gerissen, Jan war drin. Er schloß die Tür hinter sich.

»Jetzt mal in echt«, sagte er und grinste Greiner an.

»Das ist Hausfriedensbruch«, sagte Greiner.

»Mach dich nicht lächerlich. Ich will nur mit dir reden.«

»Hausfriedensbruch«, wiederholte Greiner.

»Wir setzen uns jetzt da an den Tisch, und dann reden wir ein wenig miteinander. Und wenn wir fertig sind, gehe ich wieder. Ganz hausfriedlich.« Jan setzte sich.

Greiner kam zögernd hinterher. »Ich habe dir alles gesagt.«

»Genau das bezweifle ich. Ich denke, du weißt eine Menge über das Saxophon.«

»Welches Saxophon?«

»Hör auf, mich zu verarschen, Mann! Ich weiß davon, sogar Jupp Löwenstein weiß davon, nur du – Christians bester Freund – hast noch nie was davon gehört.«

»Löwenstein auch? Wieso denn der?« Greiner sah ihn verwirrt an.

»Das ist dir neu?« Jan grinste.

Greiner nickte verärgert. Er hatte sich verraten.

»Und wo ist das Sax jetzt?« fragte Jan.

Greiner starrte ihn an. »Es gehört dir nicht!« sagte er heftig.

»Natürlich gehört es mir nicht, es gehört Christian, aber –«

»Nein, es gehört auch nicht Christian«, fiel Greiner ihm ins Wort.

»Wem gehört es denn?«

Greiner antwortete nicht. Er kauerte auf seinem Stuhl. Sein langer, hagerer Körper schien völlig verknotet. Er starrte schweigend in eine Ecke des schmuddeligen Zimmers.

»Wem gehört es, Dietmar?« fragte Jan eindringlich.

Greiner schwieg weiter. Dann hob er den Kopf.

»Es gehört Ludo«, sagte er.

»Ludo? Du meinst Ludo Epstein? Der ist doch tot!« antwortete Jan.

Ludo Epstein hatte oft in Köln gespielt. Ein dänischer Pianist, hatte in Düsseldorf gelebt. Jan konnte sich gut an ihn erinnern, er war auch im Cool Moon aufgetreten. Vor einem halben Jahr war er bei einem Autounfall in Langel ums Leben gekommen. War betrunken in den Rhein gefahren, als wäre ihm Åke Persson Vorbild gewesen. Christian war gut mit Ludo Epstein befreundet gewesen und oft mit ihm aufgetreten, auch zusammen mit Dietmar Greiner. Ludo war dabei, als die beiden ihr legendäres Coltrane-Duett gespielt hatten.

»Und wie ist Christian an das Sax gekommen?«

Greiner rieb sich die Augen. »Er hat es gestohlen«, sagte er.

»Christian hat seinen eigenen Freund bestohlen?«

Wieder ließ sich Greiner schier endlos Zeit mit der Antwort.

»Ludo war schon tot. Nach der Beerdigung hat Christian es einfach aus der Wohnung mitgenommen. Es gehört ihm nicht. Es gehört …« Er verstummte.

»Ludo Epstein«, ergänzte Jan.

Greiner starrte auf den Boden. »Niemandem«, sagte er.

»Was soll das heißen, niemandem? Du hast doch eben gesagt, es gehöre Epstein.«

»Es gehört Charlie Parker.«

»Es ist dir vielleicht entgangen, aber Charlie Parker ist auch tot«, sagte Jan.

Greiner sah ihn erbost an. »Ein Saxophon, auf dem Bird gespielt hat, gehört niemandem. Es gehört allen. Vor allem gehört es sich selbst.« Er erhob sich und richtete sich zu seiner ganzen Größe auf. »Und jetzt geh.«

»Wo ist es, Dietmar?« Jan gab noch nicht auf.

»Hau ab!«

»Dietmar, du mußt mir helfen, du weißt doch irgendwas darüber! Ich bin in Schwierigkeiten. Wo steckt Christian, und wo steckt das verfickte Horn?«

»Frag doch mal deine Frau!« brüllte Greiner.

Sie starrten sich an. Schließlich drehte Jan sich um und ging.

»Dann bete wenigstens für mich«, sagte er noch, bevor Greiner die Tür hinter ihm zuknallte.

*

Langsam schob er sein Rad durch die Jülicher Straße nach Hause. Greiner hatte eine Macke und Jan keine Ahnung, wie etwas aus ihm herauszuholen sein könnte. »Das Sax gehört Ludo–niemand–Parker–allen–sich selbst« war eine Aussage, die ihn kaum weiterbrachte. Immerhin wußte er jetzt, wie Christian Straaten an das Horn gekommen war.

Einen tollen Teilhaber hatte er sich da ausgesucht. Einen Leichenfledderer, der ihm Hörner aufsetzte. Und er, Jan, war von ihm abhängig. Wenn er das Cool Moon behalten wollte, brauchte er Christian Straaten. Zum ersten Mal durchzuckte ihn der Gedanke, alles hinzuschmeißen und abzuhauen. Patagonien, schoß es ihm durch den Kopf, Südamerika, Anden, Arsch lecken. Aber er hatte nicht einmal Geld für ein Ticket nach Mallorca, Last Minute, Nebensaison. Und er wollte nicht weg, nicht wirklich. Er wollte in Köln bleiben, seiner Stadt.

Vor seiner Haustür blieb er stehen und sah sich um. Der Wirt des Jülicher Hofs trat vor seine Kneipe und hob grüßend die Hand, als er Jan sah. Jan lebte gern hier im Belgischen Viertel. Mitten in der City, und doch war es wie in einer Kleinstadt. Man kannte die Menschen, die man auf der Straße traf oder in der Eckkneipe. Für ihn atmete das Viertel immer noch Leben, auch wenn das von vielen abgestritten wurde, seit die zahlreich werdenden Medienmenschen die Gegend zu ihrer Lieblingswohnlage gemacht hatten.

Und doch war es noch etwas anderes, das ihn hierhielt, das ihn weitertrieb auf der Suche nach dem Saxophon: Er wollte, daß Jack Saphire im Cool Moon spielte. Er wollte es unbedingt. Nicht wegen des Gewinns oder Jupp Löwenstein. Er wollte es für sich, wegen Saphires Musik, in *seinem* Club, auf *seiner* Bühne. Diese großartige Musik. Sie war es wert, dafür zu kämpfen. Das war es, wofür er das Cool Moon eröffnet hatte. Sein Lebenstraum. Jawohl, er würde kämpfen. Er mußte mit Daniela reden, da hatte Greiner recht. Sie würde bestimmt etwas wissen, das ihn weiterbringen könnte. Er schloß die Haustür auf und schob sein Rad ins Treppenhaus.

*

Sie stand in der Diele, als er die Wohnung betrat. Gefühle begannen sich in ihm zu verknoten. Er war erleichtert, daß sie wieder da war, aber er spürte genau den Schmerz, den sie ihm zugefügt hatte; zu genau, um ihn zu vergessen.

Sie sah furchtbar aus. Ihre Wangen waren eingefallen und die Augen lagen tief und stumpf in ihren Höhlen. Er ging auf sie zu. Ihr Zustand entsetzte ihn, und die Sorge um sie überwog alle anderen Gefühle.

»Was ist los, Liebling?« fragte er. Er hatte es schon lange nicht mehr gewagt, sie so zu nennen.

»Faß mich nicht an«, zischte sie, als er die Hand hob, um über ihre Schulter zu streichen. Sie stieß ihn beiseite und ging ins Bad. Er hörte, wie sie die Tür verriegelte. Die Dusche begann zu rauschen. Er ging in die Küche und setzte sich an den Tisch, auf dem noch die Reste seines Frühstücks standen.

Nach einer Weile hörte er sie aus dem Bad kommen und folgte ihr ins Wohnzimmer. Sie stand im Bademantel am Fenster und sah am Vorhang vorbei auf die Straße.

»Erwartest du jemanden?« fragte er. Sie hatte Angst, und er wußte, vor wem. Sie fuhr herum.

»Du hast ihn umgebracht!« stieß sie hervor.

»*Was?*« Jan war fassungslos. Wie konnte sie auf eine so absurde Idee kommen? »Red doch nicht solchen Unfug, wie kommst du denn auf so was?«

»Wer soll es sonst gewesen sein?« Das war natürlich ein entwaffnendes Argument.

»Wie kommst du denn überhaupt darauf, daß er tot ist?«

»Wo soll er sonst sein?« Sie zog die Nase hoch.

»Da gibt es ja wohl eine Menge Möglichkeiten. Du kannst doch nicht im Ernst glauben, ich hätte ihm was angetan. Schließlich brauche ich ihn, ich suche ihn ja auch! Wahrscheinlich ist er auf der Flucht vor seinen Drogenfreunden.«

»Er würde mich nicht einfach so allein lassen, er nicht!« Sie schniefte.

Jan lachte auf. »Frag doch mal Marleen, die wird dir was anderes erzählen.«

»Was geht mich diese Schlampe an?« Wieder zog Daniela die Nase hoch.

Plötzlich erkannte Jan dieses schnelle, trockene Schniefen. Er starrte sie an. »Hast du Schnupfen?« fragte er.

Sie wich seinem Blick aus. »Laß mich in Ruhe.« Sie versuchte, an ihm vorbeizukommen.

Er packte sie an den Oberarmen und hielt sie fest. »Du kokst, hab ich recht?«

Sie wand sich und versuchte, ihn wegzustoßen. »Laß mich los, geh weg!« schrie sie. Er gab nach. Sie starrte ihn an. »Du Mörder!« brüllte sie und lief ins Schlafzimmer.

Jan folgte ihr langsam. Sie lag hemmungslos schluchzend auf dem Bett und preßte ihr Gesicht ins Kopfkissen. Er lehnte am Türrahmen und blickte auf sie hinab. Eiskalte Trauer ergriff ihn. Es gab keinen Weg zu ihr. Daß sie Kokain nahm, kam für ihn völlig überraschend. Sie hatten früher ab und an mal zusammen gekifft, aber ernsthaft hatten sie beide nie Rauschgift konsumiert. Er fragte sich, wie lange sie das Zeug schon nahm, und versuchte, sich an Veränderungen in ihrem Verhalten, an Hinweise auf ihren Drogenkonsum zu erinnern, und plötzlich fielen ihm Dinge ein, die ihn hätten stutzig werden lassen müssen. Ihre zunehmende Fahrigkeit, die Unordnung in der Wohnung, die sie früher nie zugelassen hätte; Kleinigkeiten jedes für sich, ergaben sie, zusammen betrachtet, einen Sinn. Aber sein Blick war verstellt gewesen für solche Details. Er fühlte sich schuldig. Er wünschte sich, sie in den Arm nehmen zu können, über ihr Haar zu streichen und ihr ins Ohr zu flüstern, daß alles gut werden würde. Nichts davon würde er tun, und nichts würde gut werden.

Den Rücken an den Türrahmen gelehnt, sank er in die Hocke. Er vergrub das Gesicht in den Händen. Lange Zeit verharrte er so.

Er brauchte eine Weile, um zu realisieren, daß es an der Tür klingelte. Er versuchte es zu ignorieren, Daniela nahm es offensichtlich überhaupt nicht wahr. Es klingelte wieder, nachdrücklich. Jan rappelte sich auf und ging ins Wohnzimmer. Genau wie eben Daniela sah er an den Vorhängen vorbei zum Hauseingang hinunter.

»Das darf ja wohl nicht wahr sein«, entfuhr es ihm. Unten stand Donato Torricelli. Er trug ein blaues italienisches Nationaltrikot mit der Nummer achtzehn, Baggio, die Stollenschuhe hingen aneinandergeknotet über seiner Schulter. Er klingelte noch einmal, dann hob er, sehr italienisch, resignierend Schultern und Hände und trat den Rückzug an. Jan seufzte. Daß Donato ihn jetzt schon bis nach Hause verfolgte, ging entschieden zu weit. Aber es war das kleinste seiner Probleme.

Er ging wieder ins Schlafzimmer. Daniela war eingeschlafen, sie lag da wie bewußtlos. Er zog seine Jacke über und verließ die Wohnung. Es war ihm unerträglich, sie da liegen zu sehen, ohne etwas unternehmen zu können.

Mit dem Fahrrad fuhr er raus aus der Stadt, die Gleueler Straße runter, kreuz und quer durch den Stadtwald, ziellos. Er fuhr, so schnell er konnte, bald wußte er nicht mehr genau, wo er war. Er fuhr immer weiter, bis nach einer langen Weile der Fahrtwind und die gleichförmige Anstrengung sein Gehirn durchgeblasen hatten und die großen und kleinen Knoten in seinem Kopf und seinem Körper sich allmählich zu lösen begannen. Erschöpft setzte er sich auf eine Bank. Er wußte nicht, wie lange er gefahren war. Es begann zu dämmern, und ihm fielen die leeren Batterien wieder ein. Es war besser, sich auf den Weg zu machen, bevor es ganz dunkel wurde. Nach einer Weile stieß er auf die Dürener Straße und fuhr stadteinwärts. Im Wienerwald am Gürtel aß er ein halbes Hähnchen und dachte darüber nach, wo er noch Informationen über Straaten und das Saxophon bekommen könnte. Er begann, sich wie ein Detektiv zu fühlen.

Die erste Adresse war natürlich der Stadtgarten. Soweit er sich erinnerte, gastierte dort heute das Klaus König Orchestra, bei dem auch einige Kölner Musiker mitwirkten. Dort traf er bestimmt Leute, die er befragen konnte. Christian hatte sich mal bei König auf den Trompeter-Job beworben, der hatte sich aber für Reiner Winterschladen entschieden. Vertretbar, fand Jan.

Er fuhr durch den inneren Grüngürtel zur Venloer Straße. Biergarten und Restaurant waren gut gefüllt, das Konzert würde in einer halben Stunde beginnen. Jan stellte sich an die Theke und wartete. Auf dem Weg in den Saal kamen die Konzertbesucher an ihm vorbei.

Er sprach etliche Musiker und Jazzfans an und fragte nach Christian Straaten, aber niemand schien ihn gesehen zu haben, seit er von der letzten Tour wiedergekommen war. Er bat jeden um Nachricht, wenn er was von Christian höre.

Jan hätte sich gern das Konzert angesehen, er hielt das Orchester für die beste Big Band in Deutschland und König für einen der aufregendsten Komponisten im modernen Jazz, aber er hatte keine Ruhe, solange es noch andere Orte gab, an denen er suchen konnte. Als er auf sein Rad stieg, sah er gegenüber in der Brüsseler Straße eine Polizeistreife, die einen Radfahrer angehalten hatte. Er dachte an seine Batterien und entschloß sich, über die Ringe zu fahren, obwohl er den Wochenendbetrieb dort von Herzen haßte.

Zwischen Limburger Straße und Rudolfplatz radelte er an dem üblichen Boom-Car-Stau vorbei, ständig slalomfahrend um desinteressiert blickende Plateausohlen-Schicksen und Pferdeschwanzträger herum. Er bog bei der ersten Gelegenheit links ab und fuhr über die Schaafenstraße und den Mauritiuswall in die Weyerstraße. Dort war das Metronom, für Jan der coolste Laden in der Stadt – abgesehen vom Cool Moon natürlich.

»Hi, Buddy!« Chris freute sich offensichtlich, ihn mal wiederzusehen. Sie reichten sich die Hand. »Scheibe Schwarzbrot?« fragte er, seine Umschreibung für ein Pint Guinness.

Jan nickte, hier gab es das am besten gezapfte Stout in der ganzen Stadt.

Chris stand vor einem Regal mit einer beeindruckenden Sammlung von Jazz-LPs. Einen CD-Spieler gab es nicht, was von der erstaunlichen Konsequenz des musikalischen Geschmacks hier zeugte: Die Entwicklung des Jazz war im Metronom Ende der achtziger Jahre für beendet erklärt worden. Die LP-Sammlung reichte allerdings aus, um für die nächsten Jahrzehnte eine hochklassige Beschallung sicherzustellen und wurde zudem ständig erweitert.

Jan ging zum Telefon, um im Cool Moon anzurufen und durchzugeben, wo er zu erreichen war. Er hatte einfach keine Ruhe, wenn er nicht wußte, was in seinem Laden lief. Nach Auskunft des Kellners nicht viel heute.

»Läßt du dich vertreten?« fragte Chris und grinste, als er Jans resigniertes Nicken sah. Chris kannte die Probleme mit Aushilfskellnern aus eigener Erfahrung. »Ich hab einen neuen Einstellungstest entwickelt«, sagte er. »Wenn sie sagen, sie hätten Ahnung von Jazz, frag ich sie nach ihrem Lieblingspianisten in der Count Basie Big Band. Die meisten sagen dann, sie würden sich besser mit den modernen Sachen auskennen.«

Jan mußte grinsen. Er war sich nicht sicher, ob seine Aushilfen den Test bestehen würden. Über dem Telefon hing ein Plakat, das auf ein Konzert mit Dietmar Greiner und Friedhelm Aufdemsee am nächsten Dienstag hinwies. Sie spielten mit einem Schlagzeuger, den er nicht kannte, und einem jungen, russischen Pianisten, von dem Jan schon einige Male gehört hatte.

»Da warst lange nicht hier, wie läuft's denn bei dir?« fragte Chris.

»Es geht so. Ich suche Christian Straaten, hast du vielleicht in den letzten Tagen irgendwas von ihm gehört?«

»Von Christian? Nein, der war diese Woche noch nicht hier. Soweit ich weiß, war er gerade auf Tournee. Übernächste Woche spielt er hier.« Chris servierte das Guinness, und Jan nahm einen kräftigen Schluck.

»Erinnerst du dich an Ludo Epstein?« fragte er.

»Ludo, ja klar, eine traurige Geschichte. Der war oft hier, früher.«

»Kanntest du ihn näher?«

»Kann man nicht sagen. Du weißt ja, wie das ist als Wirt. Man kennt jede Menge Gesichter und Vornamen ...« Chris zuckte mit den Schultern.

»Ja, natürlich«, sagte Jan. Chris hatte recht. Als Wirt bekam man zwar manchmal komplette Lebensbeichten zu hören – ob man wollte oder nicht – aber meistens mußte man die Gäste doch anhand der Gesichter auseinanderhalten.

»Frag mal Rudi, der kannte Ludo gut«, sagte Chris und wies auf einen Herrn um die fünfzig, der in der Ecke an der Theke stand. Jan hatte ihn hier schon oft gesehen, er war auch ein paarmal bei Konzerten im Cool Moon gewesen.

»Hey, Rudi, kennst du Jan Richter vom Cool Moon?« rief Chris ihm zu.

»Richter ...? Ja natürlich.«

Jan ging zu ihm rüber.

»Und an jenem Abend sagte Albert Schweitzer ...« deklamierte Rudi. Das Ende des Satzes ließ er offen.

»Was sagte er denn?« fragte Jan, aber Rudi ignorierte seine Frage. Jan richtete sich auf ein etwas schwierigeres Gespräch ein.

»Chris sagt, du kanntest Ludo Epstein. Kannst du mir etwas über ihn erzählen?«

»Ludo, o ja.« Rudi schien schlagartig nüchtern zu werden. »Ludo war ein guter Freund von mir. Großartiger Pianist, wirklich großartig. Er hat Sachen gespielt, einfach unvorstellbar. Sonst muß man weit für reisen, um so was zu hören. Wirklich großartig. Kam allerdings aus Düsseldorf, er war Däne.« Das schien für ihn irgendwie dasselbe zu sein. »Er hat auch mal bei dir gespielt, phantastisches Konzert, du wirst dich vielleicht erinnern. Er war ein feiner Kerl.« Er verstummte und nahm den letzten Schluck aus seinem Pint. Jan orderte mit einem Kopfnicken zu Chris ein neues für ihn.

»Er ist ganz schrecklich zu Tode gekommen. Stand sogar im Express. Ist im Rhein ertrunken, in seinem Auto ...« Rudi blickte ernst in sein leeres Glas. Seine Miene hellte sich auf, als Chris ihm ein neues Pint hinstellte und ihm bedeutete, daß es von Jan komme. Sie prosteten sich zu.

»Ich habe gehört, Ludo hatte ein Saxophon, das einmal Charlie Parker gehört hat. Weißt du etwas darüber?«

Rudis Gesicht zeigte völlige Verblüffung. »Woher weißt *du* denn davon?«

Bingo, dachte Jan.

»Ludo hat keinem außer mir davon erzählt. Hat er jedenfalls gesagt«, sagte Rudi.

»Ein paar Leute gab's schon noch, die davon wußten«, sagte Jan. Rudi schaute ihn fragend an. »Christian Straaten zum Beispiel, und Dietmar Greiner.«

Rudi blickte in sein Glas. »Die also auch. Na ja, was soll's. Es ist sowieso weg. Ich hab es nie zu Gesicht bekommen, das war schon schade. Ich hätte es gern mal gesehen, aber Ludo wollte es mir nie zeigen. Ich glaube, er war eifersüchtig oder so was. Verrückt eigentlich. Da hat er ein Sax von Bird zu Hause, und keiner durfte es angucken. Und dann war er plötzlich tot. Ich hab in seiner Wohnung danach gesucht, überall. Ich hab alles auf den Kopf gestellt, aber es war nicht da. Ich wüßte schon gern, wo es geblieben ist.«

»Christian Straaten hat es mitgenommen«, sagte Jan.

Wieder fuhr Rudis Kopf zu ihm herum. In seinem Gesicht arbeitete es. Eine ganze Weile sagte er nichts.

»Christian Straaten, aha«, sagte er schließlich. Er griff sich sein Pint und trank es in einem Zug aus. Jan bestellte Nachschub.

»Wie ist Ludo eigentlich an das Sax gekommen?« fragte er.

»Er hat es aus Lissabon mitgebracht. Er hat dort gespielt, letztes Jahr im Frühjahr, glaub ich. Da hat es ihm irgendein Kneipenwirt angeboten.«

»Ein Kneipenwirt? So was kauft man doch nicht einfach in Lissabon in der Kneipe!«

»Ja, das war schon ein Witz. Ludo hat gemerkt, daß der Typ glaubte, es sei nicht echt, und daß er ihn übers Ohr hauen wollte. Aber Ludo war sich sicher, daß es doch echt war. Also hat eigentlich er den Kneipenwirt verarscht. So sah Ludo das wenigstens.«

»Woher wollte er denn wissen, daß es echt ist?« fragte Jan.

Rudi grinste. »Er hat mir gesagt, er wisse es einfach. Jeder, der Jazz liebe und es sähe und anfasse, *wisse*, daß es ein ganz besonderes Saxophon ist. Er hatte nicht die geringsten Zweifel.«

»Eine etwas dünne Beweisführung«, murmelte Jan.

Rudi lachte. »Ein Saxophon von Charlie Parker ist ein Saxophon von Charlie Parker, wenn ich *glaube*, daß es ein Saxophon von Charlie Parker ist, hab ich recht?«

Jan nickte, jetzt mußte er auch grinsen.

»Ich frage mich, wie es überhaupt nach Lissabon gekommen sein soll«, sagte er.

»Erinnerst du dich an John ›Jojo‹ McIntire? Trompeter, hat in Paris mit Parker gespielt. Man hat seit den späten Sechzigern nichts mehr von ihm gehört. Dieser Kneipenwirt hat behauptet, er hätte es von ihm gekauft.«

Jan erinnerte sich gut an McIntire, er besaß etliche Scheiben, auf denen er mitspielte, allerdings keine, die unter seinem Namen veröffentlicht worden war. Einer der talentierten Leute im Background, die dann irgendwann verschwunden waren, ohne daß es jemanden wirklich gekümmert hätte. Jan zuckte mit den Schultern.

»Könnte stimmen, die Geschichte. Warum nicht.« Er trank sein Pint aus. Er hatte eine ganze Menge erfahren.

»Noch eine Frage«, sagte er, während auch Rudi sich wieder mit seinem Guinness beschäftigte. »Was hat Albert Schweitzer an jenem Abend gesagt?«

Rudi starrte Jan durch seine runde Brille an, mit einem Ausdruck, als habe er noch nie in seinem Leben eine so dämliche Frage gehört.

»Diese Krokodile esse ich nicht«, antwortete er.

Jan klopfte ihm auf die Schulter und ließ ihn stehen.

»Christian Straaten«, hörte er ihn noch sagen, »Drecksack.«

Jan sah sich im Metronom um. Genau so etwas hatte ihm vorgeschwebt, als er das Cool Moon eröffnet hatte, nur größer, mit einer schönen Bühne und regelmäßigen Konzerten. Aber der Jazzfan, der Kölner zumal, liebt Kontinuität. Das Metronom gab es jetzt seit über dreißig Jahren, und Chris war erst der zweite Wirt. Rudi war hier wahrscheinlich seit dreißig Jahren Gast, und er war nicht der einzige, der hier im Laufe der Jahre den Gegenwert eines Einfamilienhauses mit Doppelgarage in Gerstensaft und geistige Getränke umgesetzt hatte. Diese Leute in einen neuen Club zu locken, war nicht einfach.

Jan suchte nach weiteren Bekannten, die er nach Christian Straatens Verbleib befragen konnte. Er traf auf Friedel, den ersten Wirt des Metronom, der tatsächlich immer noch hier verkehrte. Friedel kannte Christian zwar – nicht nur als Musiker, er wohnte auch in Poll, manchmal teilten sie sich ein Taxi –, etwas Neues konnte er Jan aber auch nicht sagen.

Chris stellte ihm ein neues Pint auf die Theke und wandte sich mit einer entschuldigenden Geste ab, als das Telefon klingelte.

»Ja, der ist hier«, hörte Jan ihn sagen. »Für dich, Jan.« Jan ging hinter die Theke und nahm den Hörer auf. Es war Marleen, sie klang aufgeregt.

»Jan, Gott sei dank erreich ich dich! Du mußt sofort herkommen, ich bin in Christians Wohnung!«

»Was ist denn los?« Die Angst in ihrer Stimme alarmierte ihn. So kannte er sie nicht.

»Hier ist eingebrochen worden, es ist alles durchwühlt! Bitte komm schnell her!«

»Eingebrochen, was soll das denn heißen?«

»Komm her und sieh es dir selbst an, bitte! Komm schnell!«

»Ich ruf mir ein Taxi und komme sofort.«

Jan legte den Hörer nur kurz auf und rief dann bei der Taxizentrale an. Er zahlte seinen Deckel, winkte Chris zum Abschied zu und drängte sich zwischen den Gästen hindurch zum Ausgang. Er wollte gerade durch die Tür, als er von hinten an der Jacke festgehalten wurde.

»*Eh, ragazzo!* Jan, mein Freund! Schön dich zu sehen, ich muß mit dir reden!«

Jan ließ resigniert die Schultern hängen und drehte sich um.

»Donato, es tut mir wirklich leid, aber ich hab überhaupt keine Zeit. Sei mir bitte nicht böse, ich muß weg.«

»Nur eine Minute, Jan, bitte, es ist dringend.«

»Um was geht es denn?« Jan sah ihn genervt an.

»Taxi!« wurde hinter ihm in die Kneipe gebrüllt. Jan drehte sich um.

»Ich komme sofort«, sagte er. Er wandte sich noch einmal kurz Donato Torricelli zu. »Es tut mir leid, aber ich muß sofort weg, es ist wirklich wichtig. Ruf mich an«, sagte er noch im Weggehen.

Donato hob hilflos die Arme und sah aus, als wolle er in Tränen ausbrechen, aber Jan war schon durch die Tür.

***

Vier Körper, riesenhaft, metallen und schwarz, von Stahltrossen zusammengezerrt, hoch beladen mit Erz und Stein, tief, sehr tief im Was-

ser liegend, mit unvorstellbarer und doch gebändigter Maschinenkraft stromauf getrieben von rasend wirbelnden Schrauben, langsam scheinend wohl für das Auge am Ufer, doch unaufhaltsam und unaufhörlich, Tag und Nacht, sich nicht scherend um das, was im Fluß ihren Weg kreuzen mochte, lebendig oder tot.

*

Er dirigierte den Taxifahrer durch Poll und war froh, sich das letzte Mal den Weg gemerkt zu haben. Eine halbe Sekunde, nachdem er geklingelt hatte, summte der Türöffner. Er hastete die Treppe hinauf. Marleen stand in der Tür. Die Wohnungstür war aufgebrochen oder eingetreten worden. Marleen fiel ihm um den Hals. Sanft schob er sie in die Wohnung und schloß die Tür, so gut es ging. Er hielt Marleen fest, bis sie zu schluchzen aufgehört hatte, und sah sich dabei um.

Die Wohnung war völlig verwüstet. Der Inhalt des Wandschranks lag auf dem Boden, die Kartons mit den Fotos waren komplett ausgeschüttet worden. Der größte Teil des Fußbodens war mit Bildern in unterschiedlichen Formaten bedeckt. Er sah einige Aktaufnahmen und zuckte zusammen, als er Daniela erkannte. Im Bad waren der Vergrößerer und das restliche Zubehör in die Badewanne geworfen worden. Durch die Küchentür konnte er sehen, daß auch dort die Schränke durchwühlt worden waren.

»O Mann«, sagte er.

»Das ist noch nicht alles.« Marleen ging vor ihm her ins Wohnzimmer. Sofa und Sessel waren umgestürzt, auch hier waren die Regale ausgeräumt und der Inhalt auf dem Boden verstreut worden. An der Wand stand »STRAATEN DU BIST TOT« in großen Blockbuchstaben, mit einem dicken Filzstift geschrieben. Marleen starrte auf die Schrift.

»Was hat das zu bedeuten, Jan?«

Jan richtete mühsam das Sofa wieder auf und bugsierte sie hinein. Er lächelte sie an, obwohl ihm eigentlich nicht danach zumute war.

Er entdeckte auf dem Boden eine Flasche billigen Grappa, die den Sturz aus dem Regal überlebt hatte. Er ging in die Küche und wühlte in dem Chaos nach Gläsern.

Marleen trank ihres in einem Zug leer und hielt es ihm zum Nachschenken hin. Langsam fing sie sich wieder.

»Kannst du mir erklären, was das soll?« fragte sie.

»Vielleicht«, sagte Jan. »Es sieht so aus, als habe Christian sich mit Drogenhändlern eingelassen. Gestern abend waren zwei Typen im Cool Moon und haben nach ihm gefragt. Das war kein Spaß. Gott sei Dank hat Jochen Diekes sie in die Flucht geschlagen, sonst sähe ich jetzt wahrscheinlich anders aus.«

»Wieso hast du mir nichts davon erzählt?«

»Ich wollte dich nicht beunruhigen. Von dir war auch überhaupt nicht die Rede, nur von Daniela, die kannten sie. Ich wußte ja auch gar nicht, worum es ging. Sie haben nur nach Christian gefragt und ob ich ihm aus Eifersucht an den Kragen gegangen wäre. Das glaubt Daniela übrigens auch.«

»Was glaubt Daniela?«

»Sie glaubt, ich hab ihn umgebracht. Sie ist völlig durchgeknallt. Sie nimmt Kokain.«

»Sie meint, Christian ist tot? Wie kommt sie denn darauf?«

»Sie weiß nicht, wo er ist, und in ihrem benebelten Hirn fällt ihr nichts anderes ein. Ich glaube ja eher, er rennt vor seinen neuen Freunden davon.« Jan wies auf die Schrift an der Wand. »Mit gutem Grund, wie mir scheint.« Marleen schenkte noch einmal Grappa nach. »Die müssen einen Mordslärm gemacht haben. Komisch, daß keiner was gemerkt hat.«

»Unten ist nur der Laden von Dietmars Eltern, wenn der zu ist, ist keiner im Haus. Das fand er ja so toll an der Bude, daß er hier üben kann, ohne daß sich jemand beschwert.«

»Wieso bist du eigentlich hier?« fragte Jan.

»Ich habe hier angerufen – ich dachte, er wäre vielleicht wieder aufgetaucht. Es war besetzt, die ganze Zeit. Da bin ich hergekommen, um nachzugucken. Der Hörer war runtergefallen ...« Sie sah ihn an. »Jan, sag mir, daß er nicht tot ist«, flüsterte sie.

»Nein, er ist nicht tot«, sagte er und wünschte sich, er wäre sich wirklich so sicher, wie er tat.

Sie blieben eine lange Weile auf dem Sofa sitzen.

»Müssen wir nicht die Polizei anrufen?« fragte sie.

»Wenn du Christian ein paar Probleme mehr bereiten willst, auf jeden Fall.«

Sie nickte zögernd. »Was haben die wohl gesucht?«

»Keinen Schimmer. Geld, Drogen ...« Plötzlich schoß ihm eine Idee durch den Kopf. »Möglicherweise auch das Saxophon.«

»Das Saxophon!« Marleen sah ihn kopfschüttelnd an und zeigte auf die Schrift an der Wand. »Meinst du wirklich, solche Typen interessieren sich für Jazz?«

»Vielleicht arbeiten sie für jemanden.«

Jan sah auf einen Wust Papiere, die auf dem Boden lagen. Er bückte sich und begann sie durchzusehen. Werbebriefe, Telefonrechnungen vom Vorjahr, Noten, GEMA-Abrechnungen, Mahnungen lagen durcheinander, und er hatte den Eindruck, daß auch, bevor man sie auf den Boden geworfen hatte, keinerlei Ordnung in den Papieren geherrscht hatte. Er fand einen Kontoauszug jüngeren Datums. Christian Straatens Finanzlage war offensichtlich mehr als angespannt. Auch Marleen begann in dem Chaos zu wühlen. Eine Weile arbeiteten sie sich schweigend durch den Papierberg.

»Heureka«, sagte Marleen plötzlich. Sie hatte einen Brief aus einem Umschlag gezogen und hielt ihn Jan hin. »Was, um alles in der Welt, will er in Lissabon?« fragte sie.

Es war eine Buchungsbestätigung für einen Flug nach Lissabon. Der Flug war am Donnerstag gegangen, dem Tag, an dem Jack Saphire im Cool Moon gewesen war, der Rückflug würde morgen vormittag in Köln ankommen. »Ich verstehe das nicht, der hat keinen Pfennig in der Tasche und fliegt mal eben nach Portugal. Kannst du mir vielleicht sagen, was das soll?«

»Das Saxophon stammt aus Lissabon«, sagte Jan. »Ich kann mir nicht vorstellen, daß das ein Zufall ist.«

»Aber es war doch hier, was will er dann noch in Lissabon?«

»Ich verstehe ja auch nicht, was Christian treibt. Es macht schließlich wirklich keinen Sinn, ausgerechnet an dem Tag zu verschwinden, an dem Jack Saphire kommt. Vielleicht hat er einen Weg gefunden, mehr herauszuschlagen, und läßt mich jetzt einfach hängen.«

»Das traust du ihm zu?«

»Zutrauen? Nach der Sache mit Daniela? Es ist einfach zuviel passiert, als daß ich ihm trauen würde. Nimm nur das Sax. Das hat er gestohlen.«

»Wer sagt das?«

»Dietmar Greiner«

Es dauerte Vierfünftel der Grappaflasche, bis Jan alles über seine Nachforschungen erzählt hatte.

»Das Saxophon ist die einzige Verbindung nach Lissabon, oder weißt du eine andere?« sagte er.

Marleen schüttelte den Kopf. »Ich kann mir das nicht vorstellen. Für mich sieht das alles mehr nach Drogen oder so was aus.« Sie zeigte auf die Schrift.

»Ich glaube, wenn die das ernst meinten, hätten sie es nicht dahingeschrieben«, versuchte Jan sie zu beruhigen.

»Dieser Schwachkopf! Seit Wochen mache ich mir Sorgen um ihn. Er wurde immer deprimierter und verschlossener, als hätte er überhaupt keine Lebensfreude mehr. Er zog sich immer mehr von mir zurück. Ich hab gedacht, er verheimlicht mir irgendwelche Frauengeschichten. Und jetzt das! Für solche Typen ist er nun wirklich nicht hart genug.«

»Frauengeschichten hat er dir ja auch verheimlicht, eine zumindest.« Sie sahen sich an. »Daniela nimmt Kokain, Christian dealt, sie treiben's miteinander, irgendwelche Kriminelle bedrohen mich – und was machen wir? Wir sitzen hier und machen uns Sorgen um die beiden – wir müssen verrückt sein.« Jan goß den letzten Rest Grappa in Marleens Glas. »Wir fahren morgen früh zum Flughafen und fangen ihn ab. Ich halt ihn fest, und du machst ihn fertig.«

Sie lächelte.

»Keine schlechte Idee. Das mit dem Abfangen, meine ich.« Sie stand auf. »Ich bin sterbensmüde, ich ruf uns ein Taxi. Kommst du mit zu mir?«

Er nickte erleichtert.

SONNTAG

Der Flieger war pünktlich. Mit einigen Dutzend anderer Abholer stand Jan vor der automatischen Schiebetür. Marleen wartete im Obergeschoß, falls Christian ohne Gepäck gereist war und direkt oben herauskam. Jan war froh, daß sie auf diesen Gedanken gekommen war, er hatte die Möglichkeit überhaupt nicht bedacht. Immer wieder öffnete sich die Tür für einen kurzen Moment, und ein paar braungebrannte Touristen schoben einen Gepäckwagen hindurch. Jedesmal versuchte er einen Blick auf die wartende Gruppe am Gepäckband zu werfen. Es gelang ihm nicht, Christian auszumachen. Nach und nach leerte sich das Band, und die Gruppe der Abholer dezimierte sich, bis Jan allein vor der Tür wartete. Marleen kam die Treppe herunter.

»Ich war am Schalter der Fluglinie. Christian war gar nicht an Bord.«

»Verdammter Mist!« Wieder eine Hoffnung weniger. Jan zögerte nur kurz. »Ich muß ihm nach.«

»Ihm nach? Spinnst du?«

»Es ist meine einzige Chance.« Er ging zum Treppenhaus. »Kannst du mir Geld leihen?« fragte er, während er, zwei Stufen auf einmal nehmend, zur Abflugebene hinaufhetzte.

»Ich bin wohl nur von Wahnsinnigen umgeben! Was willst du denn in Lissabon, wie willst du ihn da finden?« Sie versuchte, mit ihm Schritt zu halten.

»So groß kann die Lissabonner Jazzszene nicht sein. Ich muß es versuchen.«

»Jazzszene! Du glaubst wirklich immer noch an den Quatsch mit dem Saxophon? Du wirst dich da unten ja wohl eher mit Drogenhändlern rumschlagen müssen!« Sie hatten die geschäftig raschelnde Anzeigetafel für die Abflüge erreicht.

»Da, Lissabon, elf Uhr vierzig, das ist in etwas über einer Stunde.«

»Jan, bitte, das ist doch Wahnsinn.« Er war schon unterwegs zum Schalter der Fluglinie. Es war noch ein Platz frei, Rückflug Montag abend.

Marleen gab den Versuch auf, ihn aufzuhalten, aber sie ließ keinen Zweifel daran, daß sie ihn für völlig bescheuert hielt. Mißmutig hatte sie am Automaten Geld gezogen und es ihm in die Hand gedrückt.

»Du kriegst es wieder, bestimmt.«

Sie nickte. »Ich weiß. Löwenstein ist ein Weichei gegen mich, glaub's mir.«

Er lächelte sie an und küßte sie sanft auf die Wange. »Ich danke dir.«

Jan telefonierte bis zum Abflug herum, um eine Vertretung für die nächsten beiden Abende im Cool Moon zu bekommen. Für Montag stand ein Konzert mit Marion Radtke auf dem Programm, da war mit reichlich Publikum zu rechnen, aber seine üblichen Aushilfskellner waren nicht zu erreichen oder ausgebucht. Marleen hatte Nachtdienst, sie konnte ihm auch nicht helfen. Schließlich rief er Jochen Diekes an. Er erklärte ihm die Situation, und Jochen war nach einigem Zögern bereit, ihn für zwei Tage zu vertreten.

»Mir scheint die Sache ziemlich rätselhaft. Paß bloß auf, daß du nicht in Schwierigkeiten gerätst«, sagte er.

»Jetzt fang du auch noch an. Ich bin doch kein kleiner Junge mehr.«

»Wie du meinst ... glaub aber nicht, du könntest mich wieder mit einer Flasche Talisker abspeisen«, sagte Jochen, bevor er auflegte, und Jan wußte genau, worauf er hinaus wollte. Seine einzig verbliebene Flasche der achtzehn Jahre alten Bunnahabhain-Spezialabfüllung war unter die Räuber gefallen.

Während er telefonierte, hatte Marleen ihm einen Reiseführer für Lissabon gekauft. Sie drückte ihm einen Kuß auf den Mund.

»Paß auf dich auf, mein Freund.« Sie sah ihn ernst an.

Er umarmte sie. »Ich bin doch morgen schon wieder da«, sagte er.

»Hoffentlich«, sagte sie.

***

»Hierher, Prinz, komm sofort aus dem Wasser! Hierher! Ich hab dir schon tausendmal gesagt, du sollst nicht ins Wasser springen. Pfui, das ist Pfui, Hergott noch mal, der Hund macht mich wahnsinnig! Prinz,

aus! Aus, hab ich gesagt, komm sofort bei Fuß! Bei Fuß! Was hast du denn eigentlich da, ja komm her, sei brav, zeig dem Frauchen, was du da hast. Ja, bist ein braver Hund, gib's her. Igitt, was ist das denn? Was ist das? Grundgütiger, was ist das?«

*

Die Nachmittagshitze erschlug ihn fast, als er aus dem Flughafen kam. Eine graue Dunstglocke lag über Lissabon. Jan versuchte, sich zu orientieren. Das letzte Mal war er mit Interrail hiergewesen, in den Siebzigern. Er fand ein Zeitschriftengeschäft, wo er einen Stadtplan erstand, und fuhr mit dem Bus in die Stadt.

Lissabon kam ihm auf einmal riesig vor, viel größer, als er es in Erinnerung hatte. Plötzlich war er ganz Marleens Meinung: Es war eine Schnapsidee, Christian Straaten hier finden zu wollen.

Im Flugzeug hatte er versucht, möglichst viele Informationen aus dem Reiseführer zu holen, unter anderem die Adresse des angeblich einzigen Jazzclubs, dem »Hot Clube de Portugal«. Jan bezweifelte, daß es tatsächlich der einzige Jazzclub war, aber es war immerhin ein Anfang.

Er beschloß, bis zur Praça dos Restauradores zu fahren, und versuchte, den Weg des Busses auf dem Stadtplan zu verfolgen. Er schaffte es nicht und stieg gleich zweimal zu früh aus.

Es gab etliche Pensionen und Hotels direkt an der Hauptstraße, aber er vermutete, ein wenig abseits billiger davonkommen zu können. Die Praça da Alegria, wo der Hot Clube de Portugal lag, war nicht allzuweit entfernt von der Bushaltestelle, und so orientierte er sich in diese Richtung. Er stieg eine steile Gasse hoch, durch die eine der kleinen Bahnen fuhr. An einer bunt beleuchteten Peepshow vorbei ging es so steil bergauf, daß er mit seinen glatten Ledersohlen kaum genug Halt auf dem Kopfsteinpflaster fand. Er bog nach rechts ab und stieg eine verwinkelte Treppe empor. In einer kleinen Gasse, neben einem abbruchreifen, unbewohnten Haus, entdeckte er eine versteckt liegende Pension, in der er ein einfaches und preiswertes, aber schönes Zimmer bekam.

Als erstes stellte er sich unter die Dusche. Es war erst halb fünf, und vor dem Abend würde er nicht viel unternehmen können. Er beschloß, sich die Stadt anzusehen und etwas zu essen. An der Rezeption fragte er nach dem Telefon, um Jochen Diekes mitzuteilen, wo er zu erreichen war. Er sprach ihm die Nummer der Pension auf den Anrufbeantworter und zog los, um sich ein Restaurant zu suchen.

Für den Hot Clube de Portugal war es noch zu früh. Er wanderte im Zickzack bergauf ins Barrio Alto, das Vergnügungsviertel der Stadt, und hatte nach fünf Minuten die Orientierung verloren. Er fluchte, als er feststellte, daß er den Stadtplan auf dem Zimmer vergessen hatte. Eine halbe Stunde lief er ziellos durch das Viertel, in dem zur Siesta nur wenig los war. In einem kleinen Park stieß er auf einen Platz mit einer atemberaubenden Aussicht über den Rio Tejo. Es gab einen Kiosk mit Tischen davor. Er setzte sich, bestellte Kaffee und ein Sandwich und blickte gegen die sinkende Sonne über die breite Flußmündung. Sein Blick wanderte über das Wasser, die Schiffe und Fähren und die riesige Jesusstatue im Dunst des Spätnachmittages. Er lehnte sich zurück. Sollte Köln vielleicht doch nicht die schönste Stadt der Welt sein? dachte er.

Er saß zwischen jungen Leuten, deren Unterhaltung in der fremden Sprache ein gedämpftes Geräuschgeflecht unter seine Gedanken legte. Bald schweiften sie ab – fort aus der Gegenwart. Er fühlte die Wärme der Sonne in seine Gehirnwindungen sickern und ließ seinen driftenden Erinnerungen die Zügel schießen.

Vertrödelte Studentenjahre, angefüllt mit Suchen und Zweifeln über seinen Weg und dem desperaten Dagegenanfeiern, zogen herauf. Seine Versuche, sich als Musiker zu beweisen, die Hoffnung, daß er zu irgendwas gut war, das ihn heraushob aus der Mediokrität seiner Situation und seines Umfeldes – immer wieder ausgebremst von einer Mischung aus übertriebenem Anspruch und mangelndem Talent. Talent – so etwas gab es damals eigentlich gar nicht, in den Siebzigern, als alle alles machen durften und daraus das Mißverständnis entstand, daß auch alle alles machen konnten. Musik zum Beispiel. Genies gab es schon gar nicht, durfte es nicht geben, nur Konzepte. Jimi Hendrix galt zwar als genial, war aber praktischerweise schon tot. Frank Zappa war der einzige lebende Musiker, dem man Geniestatus zuerkannte, aber nur, weil die meisten seine Konzepte nicht verstanden. Der Jazz verzweigte sich ziellos und ging über in den Jazz-Rock, und jeder, der einen Gitarrenverstärker einschalten konnte, spielte zwanzigminütige Soli, ohne daß einmal die Harmonien wechseln mußten. In diesem Klima war es schwer, sich selbst als Musiker richtig einzuschätzen. Tief unten in seinem privaten Giftschrank hatte Jan noch etliche Tonbandaufnahmen seiner damaligen Band. Als er sie das letzte Mal angehört hatte, war er froh, daß niemand sonst im Raum war. Dann hatte sein altes Tonbandgerät den Dienst quittiert, und nun fehlte die Hardware, diese Zeugnisse seines musikalischen Versagens abzuspielen – sie wegzuwerfen brachte er trotzdem nicht übers Herz.

Die Musik jener Zeit hatte eine unglaubliche Menge Langeweile produziert, und die meisten hatten es nicht einmal bemerkt. Jan erinnerte sich noch genau an den Moment, als ihm klar wurde, daß er kein Musiker war und es nie werden würde. Anthony Braxton hatte ganz allein mit seinem Altsaxophon auf der Bühne des »Studio Beginner« in Zollstock gestanden. Braxton hatte nicht ein einziges Wort zum Publikum gesagt, er hatte die Bühne betreten, sich kurz verbeugt und zu spielen begonnen. Für neunzig Minuten war da nichts außer einem Mann und einem Saxophon und einer Musik, die Jan umgehauen hatte. Zum ersten Mal hatte er *gefühlt*, daß in Musik, im Jazz, Sachen passieren können, die schlichtweg nicht zu erklären sind. Nach dem Konzert hatte er kein Wort zu seinen Begleitern sagen können. Am nächsten Tag war er aus seiner Band ausgestiegen, mit einer fadenscheinigen Begründung, weil er wußte, sie würden die Wahrheit nicht verstehen. Er hatte sein Schlagzeug verkauft und begonnen, sich in seiner Mittelmäßigkeit einzurichten. Statt als Musiker zu dilettieren, fing er an, sich in die Jazzgeschichte hineinzuhören, und wurde im Lauf der Zeit zu einem echten Fan. Seine Vorliebe galt der New Yorker Szene der vierziger und fünfziger Jahre, und oft wünschte er sich, dabeigewesen zu sein. Eine solche Versammlung musikalischer Giganten hatte es seiner Meinung nach nur dieses eine Mal gegeben. Trotzdem war er kein dogmatischer Anhänger einer einzigen Richtung, dafür hatte er zuviel Großartiges in nahezu jedem Stil entdeckt. Oft beneidete er die Generation, die die Großen jener Zeit hatte erleben können. In Köln hatte es in der Nachkriegszeit und den Sechzigern auch viel gute und aufregende Musik gegeben, aber man hatte dafür kämpfen müssen.

Gigi Campi fiel ihm ein. Der hatte schon in den Fünfzigern mit seiner Liebe zum Jazz Verluste eingefahren, die einem die Haare zu Berge stehen ließen, und er hatte trotzdem weitergemacht. In seinem Eiscafé hatten die Helden jener Zeit gesessen. Dizzy war sein Trauzeuge! Vielleicht lebe ich in der falschen Zeit, dachte Jan.

Er blinzelte in die untergehende Sonne, die auf die Tejomündung gesunken war und die große rote Brücke zu einer schwarzen Silhouette verdunkelte. Bevor er sich weiter in die Stadt hineinwagte, wollte er in der Pension seinen Stadtplan holen. Mühsam navigierte er zurück, quer durchs Barrio Alto, und fand erst nach einigem Suchen die Travessa do Fala-Só, in der seine Unterkunft lag. Der alte Portier gestikulierte wild, als er Jan sah. Er redete auf Portugiesisch auf ihn ein, bis er einsah, daß er sich nicht verständlich machen konnte und ihm einfach einen Zettel in die Hand drückte, auf dem auf französisch notiert war, Jan möge Jochen Diekes anrufen. Dringend, stand da, mehrfach unterstrichen.

Hoffnung blitzte auf. Christian war aufgetaucht. Jochen hatte das Saxophon gefunden. Daniela wollte zurück zu ihm. Doch es blieb bei einem Blitz. *No news are good news*, schoß es ihm durch den Kopf.

»Wahrscheinlich habe ich im Lotto gewonnen«, sagte er resigniert, während er die Nummer auf dem altertümlichen Telefon drehte.

Jochen ging sofort dran.

»Gut, daß du anrufst, Jan. Es gibt schlechte Nachrichten.«

»Wieso überrascht mich das nicht?« fragte Jan.

»Christian ist tot.«

Jan schwieg. Daniela hatte also recht gehabt. Seine Gedanken begannen zu taumeln. Er suchte nach einer Sitzgelegenheit, und als er die nicht fand, setzte er sich einfach vor den Tisch, der als Rezeption diente, auf den Boden.

»Bis du noch da?« hörte er Jochen fragen.

»Ja.« Wieder machte er eine lange Pause, bis er sich gefangen hatte. »Okay, erzähl«, sagte er dann.

»Ein Ex-Kollege hat mich angerufen, kurz nachdem du weg warst. Sie haben bei Düsseldorf eine Leiche aus dem Rhein gezogen. Die fragen dann natürlich erst mal rheinaufwärts nach, ob jemand vermißt wird. Mein alter Kumpel erinnerte sich, daß ich gestern bei ihnen nach Christian gefragt hatte, und die Beschreibung, die ich ihnen gegeben hatte, paßte auf die Leiche, also hat er bei mir nachgefragt. Ich bin dann sofort nach Düsseldorf und hab ihn identifiziert.«

Christian als Leiche im Rhein. Nicht etwa sanft verschieden im Bett oder zerquetscht in einem Autowrack. Es gab so viele unverfängliche Todesarten, aber nicht im Rhein. Man fiel nicht einfach so in den Rhein.

»Wie ist er gestorben?« fragte Jan.

»Keine Ahnung, und ich befürchte, die Obduktion wird auch nicht viel ergeben. Die Leiche muß in eine Schiffsschraube gekommen sein. Sie haben ihn noch nicht mal komplett, aber der Kopf ist da und auch ganz gut erhalten. Es ist zweifelsfrei Christian. Den Rest werden die Taucher in den nächsten Tagen wohl auftreiben, vielleicht kann man dann mehr sagen.«

Noch nicht mal komplett ... Jan fühlte einen kalten Klumpen im Magen.

»Da kann alles Mögliche passiert sein«, fuhr Jochen fort. »Unfall, Selbstmord ...«

Mord, komplettierte Jan die Liste. Ein Würgen stieg in ihm auf.

»Danke, daß du mich angerufen hast«, stieß er hervor und schluckte heftig.

»Geht's dir gut?«

»Alles in Ordnung«, log Jan.

»Was hast du jetzt vor?« fragte Jochen.

»Keine Ahnung. Aber ist jetzt auch egal, schließlich brauche ich Christian hier nicht mehr zu suchen. Ich werd wohl einen trinken gehen.«

»Übertreib's nicht.«

»Schon gut. Paß du mal schön auf meinen Club auf, solange es noch meiner ist. Ich ruf dich Dienstag an, wenn ich wieder da bin.«

»Mach dir keine Sorgen. Halt die Ohren steif, und laß die Finger vom Absinth.«

Jan legte auf. Etwas mühsam stand er auf. Der Portier sah ihn neugierig an, als sein Kopf wieder über der Tischplatte erschien. Jan legte ein paar Münzen auf den kleinen Teller vor ihm und nahm seinen Zimmerschlüssel. Er schaffte es gerade noch bis zur Toilette, bevor sein Magen ihm den Gehorsam versagte.

Erschöpft legte er sich aufs Bett und lauschte den Geräuschen der Stadt. Irgendwo begann eine Band Fado zu spielen. Die Dämmerung kroch herein. Jochen hatte gut reden – sich keine Sorgen machen, wie zum Teufel sollte das gehen? Christian Straaten war tot, und Jan konnte nicht an einen Unfall glauben, dafür war einfach zuviel passiert. Er sah Kröder und seine Waffe noch deutlich vor sich. Christian hatte sich auf dünnem Eis bewegt. Selbstmord war immerhin noch eine Möglichkeit, aber wieso hätte er sich ausgerechnet zu einem Zeitpunkt umbringen sollen, wo sich gerade alles zum Guten zu wenden schien?

Jan wurde von dem Gefühl überfallen, Christian Unrecht getan zu haben. Seine Wut darauf, daß er ihn hängengelassen hatte, war völlig ungerechtfertigt gewesen. Christian hatte nicht kommen können, Christian war tot. Tot und zerstückelt.

Er fragte sich, was passieren würde, wenn er das nächste Mal auf Daniela traf. Womöglich ging sie auf ihn los, jetzt, wo kein Zweifel mehr bestand, daß Christian tot war. Vielleicht beschuldigte sie ihn auch bei der Polizei. Er hatte ja tatsächlich ein Motiv. So käme er dann endlich mal in den Express: Szenewirt – Mord aus Eifersucht.

Er rieb sich die Stirn. Die Vorstellung von Christians Tod hatte etwas Unwirkliches. Er versuchte sich auszumalen, was passiert sein könnte, aber die Bilder in seinem Kopf blieben verschwommen. Was hatte Christian mit diesen Schlägern zu schaffen gehabt? Steckte Daniela mit in der Geschichte? Hier in Lissabon blieb ihm jedenfalls nichts zu tun, als nach dem Saxophon zu forschen. Er fühlte nagende Angst.

»Wer sich in Gefahr begibt, wird darin umkommen«, sagte Jan laut, und war sich nicht sicher, ob er Christian oder sich selbst meinte.

Langsam wurde es dunkel im Zimmer.

»Soll mich doch der Teufel holen«, murmelte er.

***

»Es ist ein Verbrechen am Jazz, was da geschieht, Victor. Alles wird auf den Kopf gestellt. Bei den Konzerten gibt es Raufereien im Publikum – wegen der Musik! Und ausgerechnet Sie wollen diese Barbaren auch noch mit Ihrer Unterstützung aufwerten! Ausgerechnet Sie, Victor.« Hugues Panassié stand erregt vor dem riesigen Schreibtisch. Die Miene des Marquis blieb unbewegt. *»Delaunay hat recht, Sie waren zu lange im Süden, mon ami«*, sagte er ruhig. *»Mit Verlaub, Sie führen sich auf wie ein hinterwäldlerischer Idiot. Wir leben 1949, und nicht mehr 1936. Sie können sicher sein, daß ich in der Lage bin zu erkennen, wenn etwas Besonderes passiert. Und dieser Musiker, werter Hugues, dieser Musiker ist etwas ganz Besonderes.«*

*

Finstere Gestalten verfolgten sie durch steile Straßen, seine Füße waren wie aus Blei, und er kam nicht voran, so sehr er sich auch quälte. Marleen versuchte, ihn vorwärts zu ziehen, aber der Boden war wie Melasse. Man würde sie kriegen. Sie versteckten sich unter einer Treppe, die im Zickzack ins Dunkel führte und dort verschwand. Plötzlich begann ein Licht zu glimmen, ganz schwach. Es ging von einem Saxophon aus, das etwas entfernt vor ihnen schwebte. »Dort ist es«, flüsterte er Marleen zu. Als er versuchte, daraufzu zu kriechen, griff er in etwas Feuchtes. In dem schwachen Licht konnte er Christians Leiche erkennen. Sie trieb in einem Tümpel, die abgetrennten Gliedmaßen und der Kopf schwammen neben dem Torso. Der Kopf kam auf Jan zu. Als er ihn an den Haaren aus der Pfütze ziehen wollte, schlug er die Augen auf, und Jan blickte plötzlich in das höhnisch grinsende Gesicht von Peter Kröder. Marleen schrie laut und anhaltend.

Schweißgebadet wachte er auf. Marleens Schrei war in das wütende Hupen eines Autos vor dem Fenster übergegangen. Desorientiert starrte er in das dunkle Zimmer, und für einen langen Augenblick hatte er nicht die geringste Ahnung, wo er war. Er tastete nach dem Lichtschalter, und der schwache Schein der Nachttischlampe half ihm, sich zu fangen. Stöhnend saß er auf der Bettkante. Als er aufstand, fiel sein Blick in den Spiegel. Er war weiß wie die Wand, und unter seinen Augen waren schwarze Ringe.

Unter der Dusche kam er wieder etwas zu sich. Das heisse Wasser tat ihm gut, aber es blieb eine dumpfe, leere Stelle in seinem Kopf, die nicht verschwinden wollte. Er brauchte etwas zu trinken. Umständlich stieg er in seine Sachen, steckte den Stadtplan ein und zog ins Barrio Alto.

In der nächstbesten Kneipe bestellte er sich ein Bier. Aus den Boxen brüllte jemand wütend, begleitet von brachialer Rockmusik. Er trank das Bier zügig aus und zog weiter, von Kneipe zu Kneipe, durch Rockclubs, Schwulenbars, Touristenfallen und Fado-Schenken, bis er auf eine Bar stiess, in der ein Stück von Stan Getz lief. Nicht gerade sein Lieblingssaxophonist, aber immerhin. Er beschloss, hier zu ankern.

Neben ihm am Tresen sass eine kleine, nicht mehr ganz junge Portugiesin, die aus einem grossen Schnapsglas ein seltsam gefärbtes Getränk in beeindruckendem Tempo in sich hineinschüttete. Sie stellte das Glas ab, und der Mann hinter der Theke goss sofort nach. »Absinto« konnte Jan auf dem Etikett lesen, »57% Vol«. Im Glas leuchtete die Flüssigkeit grünlich. Auch ohne Jochen Diekes' Rat wäre er auf der Hut gewesen. Aber die Frau neben ihm trank das Zeug wie Wasser. Sie zündete die Flüssigkeit mit einem Sturmfeuerzeug an und liess sie kurz brennen, wobei die Flammen an dem randvollen, überlaufenden Glas hinunter bis zum Tresen krochen. Dann löschte sie sie mit einem offensichtlich extra dafür bereitliegenden kleinen Plastikdeckel und nahm einen kräftigen Schluck.

»Was soll's«, sagte Jan und bestellte sich auch einen.

Das Zeug roch, wie es aussah. Irgendwie giftig. Es hatte einen starken Anisgeschmack, und Jan wusste nach dem ersten Nippen, dass es nicht schlau war, es zu trinken. John Hustons Film »Unter dem Vulkan« fiel ihm ein. Er kicherte. »Keinen Mezcal!« sagte Albert Finney da immer, »Mezcal ist für die Verdammten.« Nun, dann eben Absinth. Er prostete der kleinen Portugiesin zu und trank das Glas zügig leer.

Die Wirkung kam sofort und mehrfach: Erst brannte sich die Flüssigkeit ihren Weg die Speiseröhre hinab, unmittelbar danach explodierte sie im Magen, und ein lähmendes Gefühl schoss in den Hinterkopf, um von dort das Rückgrat hinunterzugleiten. Als er das Glas abstellte, bemühte er sich, keine Miene zu verziehen. Seine

Thekennachbarin lächelte spöttisch und nickte ihm aufmunternd zu. Dieser Schnaps war heute für ihn zu sehr das Richtige, um gut für ihn zu sein.

Er sah, wie der Barmann Gin, Wodka und Tequila in ein Glas schenkte und eine grüne Schicht Absinth auf das klare Gemisch goß. Der Bursche, der diesen Irrsinnsmix bestellt hatte, zündete das Glas genauso an, wie es eben Jans Thekennachbarin getan hatte, und trank es genauso aus. Jan spülte den Absinthgeschmack mit seinem Bier hinunter. Ein Kellner trat hinter die Bar, legte eine Bratwurst in ein Tongefäß, spritzte aus einer Plastikflasche Alkohol darüber und zündete auch den an. Die Flammen loderten hoch, und die Luft wurde stickig. Jan sah sich verstohlen nach einem Feuerlöscher um, konnte aber keinen entdecken. Als die Wurst gar aussah, legte der Kellner sie auf einen Teller und ließ den Alkohol in dem Gefäß einfach zu Ende brennen. Überall in der Kneipe schien etwas in Flammen zu stehen. Jan rieb sich die Augen. Der Absinth begann, an seinem Hirn zu drehen. Die lodernden Gläser im düsteren Licht der Kneipe bekamen etwas Bedrohliches. Er kämpfte gegen das hilflose Gefühl an, das sein Alptraum hinterlassen hatte.

Die Frau neben ihm beugte sich vor und redete mit dem Barmann. Der nickte und stellte zwei Gläser auf die Theke, die er mit Absinth füllte. Sie schob eins zu Jan rüber. Als sie sich zu ihm drehte, sah er, daß ihre bis dahin abgewandte Gesichtshälfte von einer langen Narbe entstellt war. Die Narbe begann an der Nasenwurzel, dicht neben dem Auge, und zog sich quer über die Wange bis zum Unterkiefer.

Sie zündete die beiden Gläser an.

Jan grinste müde.

»Was soll's«, sagte er noch einmal.

»Du bist traurig«, sagte sie auf Englisch, als sie ihm zuprostete.

Jan nickte und hob sein Glas.

***

»Lüg mich nicht an, Jojo. Du weißt, wo es ist. Sag es mir.« »Klook, ich schwöre dir, ich habe keine Ahnung. Charlie hat gesagt, er wolle Do-

pe besorgen, und dann ist er mit dem Koffer in die Metro gestiegen. Ich weiß nicht, was er damit gemacht hat. So, wie er drauf ist, hat er es verkauft – oder einfach vergessen.« Kenny Clarke sah Jojo McIntire an. Er wußte, daß er angelogen wurde. *»Bird braucht Victors Hilfe. Wenn der Charlie fallen läßt, wird es hier sehr schwer für uns alle werden. Setz das nicht aufs Spiel, Mann. Es war ein Geschenk, und zwar ein verdammt wertvolles. Gib es zurück, Jojo.« »Ich weiß nicht, was du von mir willst, Klook«, sagte Jojo. Kenny Clarke sah ihn ruhig an. »Überleg es dir«, sagte er, »überleg es dir gut. Triff die richtige Entscheidung, oder du bist raus.« John ›Jojo‹ McIntire blieb regungslos sitzen, bis Kenny Clarke das Hotelzimmer verlassen hatte. Er vergrub sein Gesicht in den Händen. Tränen tropften durch seine Finger. »Shit«, sagte er.*

*

Jan erzählte und erzählte. Er redete, um nicht in seiner düsteren Stimmung zu versinken. Sie hatte gefragt, wer er sei, und Jan hatte angefangen, seine Lebensgeschichte zu erzählen. Sie hieß Quitéria, und Jan erschien sie wie ein Geschenk des Himmels. In seiner Verfassung hätte diese labyrinthische, fremde Stadt ihn verzweifeln lassen, aber jemand hatte ihm einen Engel geschickt – einen absinthgrünen Engel. Sie war keine Schönheit, aber sie verströmte einen herben Charme, eine aus vielen Niederlagen gewachsene Stärke. Immer wieder blickte Jan sie von der Seite an. Er fragte sich, was es mit der Narbe auf sich haben mochte. Auch im dunklen Licht der Kneipe konnte er die grauen Strähnen in ihrem schwarzen Haar erkennen. Jan schätzte sie auf Mitte Vierzig, vielleicht fünf Jahre älter als er. Er mochte sie.

Quitéria hörte ihm zu. In helleren Momenten fragte sich Jan, ob sie überhaupt irgendwas von dem verstand, was er von sich gab. Der Absinth gab ihm das Gefühl, perfektes Englisch zu sprechen, aber bei mehrsilbigen Worten konnte schon einmal ein Dreher passieren. Oder zwei, oder drei. Er erzählte einfach weiter. Nicht von Christian Straaten, nicht von Daniela oder dem Saxophon. Er erzählte sein Leben, und zwar von Anfang an. Quitéria sah ihn freundlich an, sie schien ihn geradezu zu ermuntern, jeden Blödsinn, den er erlebt oder gemacht hatte, ins Englische zu übersetzen. Als er begann, leidenschaftlich über Jazz und seine Bedeutung für ihn zu reden, merkte sie auf. Er sah sie an und erkannte, daß sie verstand. Ein Engel eben.

»Du liebst Musik«, stellte sie fest.

Jan nickte.

»Laß uns woanders hingehen«, sagte sie.

*

»Wo gehen wir hin, in den Hot Clube de Portugal?« fragte Jan, als er ihr eine steile Straße hinab hinterherstolperte.

»Da ist sonntags zu«, sagte Quitéria nur.

Jan begann zu lachen. Der einzige Plan, den er hatte, wäre am Ruhetag des einzigen Clubs, den er kannte, gescheitert. Was für ein Glück, daß Christian Straaten tot war, so brauchte er ihn wenigstens nicht zu suchen.

»*What's so funny about it?*« fragte sie amüsiert.

»Das ist eine andere Geschichte. Magst du noch eine andere Geschichte hören?« Er konnte kaum aufhören zu lachen. Verdammter Schnaps, hörte er sich denken, was lach ich eigentlich so blöd.

»Vielleicht später«, sagte sie und blieb vor einer unauffälligen Metalltür in einem ebenso unauffälligen alten Gebäude stehen.

Jan sah sich um. Er hatte nicht die kleinste Vorstellung, wo er sich befand.

»Du läßt mich hier aber nicht allein?« sagte er.

»Ich paß auf dich auf«, sagte sie lächelnd und drückte auf einen kaum zu entdeckenden Klingelknopf.

Erst jetzt fiel Jan die leise durch die Tür dringende Musik auf: Dahinter wurde live gespielt. Die Tür öffnete sich, die Musik wurde lauter, aber Jan konnte nichts erkennen. Im Inneren herrschte ägyptische Finsternis. Er hörte die Stimme des Türstehers, der Quitéria erfreut begrüßte. Sie zog ihn hinter sich her eine Treppe hinunter und schob einen dicken Vorhang beiseite. Sein absinthgrüner Engel hatte ihn genau an den Platz gebracht, an den er gehörte und von dem ein Engel natürlich wissen mußte. Sonst wäre er ja kein Engel. Drei oder vier Dutzend Leute jeglichen Alters und verschiedenster Provenienz saßen in beißendem Tabakrauch dicht an dicht an kleinen, wackligen Tischen und feuerten begeistert einen jungen Mann bei einem Posaunensolo an. Auf einer winzigen Bühne drängten sich sechs Musiker und spielten höllenlaut »A Night in Tunisia«.

»*Do you like it?*« hörte er Quitéria fragen. Er nickte glücklich. »Im Hot Clube de Portugal haben sie natürlich bekanntere Bands«, sagte sie, »trotzdem glaube ich, daß es dir hier besser gefällt.«

»Da ist ja heute sowieso zu«, sagte Jan und grinste sie an. Sie lächelte zurück. Jan bemerkte, daß sie von allen Seiten begrüßt wurde, sie schien hier Stammgast zu sein. Auch die Musiker auf der Bühne winkten ihr zu.

»Ich hol uns was zu trinken«, sagte sie.

»Könnte ich bitte keinen Absinth bekommen?« fragte er. Sie nickte lachend. Er sah ihr nach, wie sie sich zu der provisorisch wirkenden Theke durchkämpfte. Sie war klein und schlank, und ihre Bewegungen waren von einer elastischen Eleganz wie die einer Tänzerin. Der Barmann begrüßte sie mit Küssen auf die Wange und zeigte auf die Bühne. Quitéria schüttelte den Kopf und wies in Jans Richtung. Sie drängte sich mit zwei Flaschen Bier in den Händen zwischen den Tischen hindurch zu ihm zurück.

»Du scheinst hier ja bekannt zu sein«, sagte Jan. »Bist du öfter hier?«

Sie nickte und reichte ihm eine Flasche. »Ich singe hier manchmal.«

»Du singst?«

»Ein wenig«, sagte sie.

Die Band beendete das Stück, und Applaus brandete auf. Der Posaunist bedankte sich auf Portugiesisch, und in seiner Rede konnte Jan plötzlich Quitérias Namen heraushören. Der Posaunist zeigte auf sie, und das Publikum spendete freundlichen Applaus.

»Ein wenig, aha«, sagte Jan. »Singst du mir heute noch was vor?«

Sie zuckte lächelnd mit den Schultern. »Meistens machen sie nach den Sets noch eine Session, vielleicht lassen sie mich ja einsteigen.«

Jan sagte nichts. An der Reaktion des Publikums konnte man ablesen, daß sie tiefstapelte. Im Moment war ihm das sogar recht, er wollte sie erst noch etwas für sich.

»Du hast mir viel erzählt, aber nicht, warum du so traurig bist«, sagte sie.

»Du hast gesagt, die andere Geschichte wolltest du vielleicht später hören.«

»Magst du sie erzählen?«

»Vielleicht später.« Er versuchte, sie anzulächeln. Er wollte jetzt nicht an Christian Straatens zerstückelte Leiche und seine eigene verfahrene Situation denken. Immer noch verdrehte der Absinth seine Gedanken. Was für ein seltsamer Abend, dachte er. Die Band spielte jetzt eine ruhige Nummer.

»Das ist von Lennie Tristano, aber ich komme nicht auf den Titel«, sagte Jan.

»›Yesterday‹«, antwortete sie, ohne zu zögern. Bald waren sie in ein Gespräch über Jazz vertieft, flüsternd, um die leisen Passagen der Musik nicht zu stören, dann wieder laut, um die Band zu übertönen. Der Abend flog dahin.

»Lädst du eigentlich oft fremde Männer zum Absinthtrinken ein?« fragte er irgendwann.

»Nur, wenn sie so verloren aussehen wie du«, sagte sie.

Die Band beendete ihren letzten Set, und das Publikum verlangte stürmisch nach einer Zugabe. Als die Musiker die Bühne noch einmal betraten, winkte der Posaunist Quitéria zu sich. Sie lächelte Jan entschuldigend an und ging nach vorn. Die Musiker beratschlagten kurz mit ihr und begannen dann mit einer getragenen Version von »Let's Get Lost«. Quitérias Altstimme war so rauchig und voluminös, wie man es von einer so zierlichen Person, niemals erwartet hätte. Jan konnte erkennen, daß diese Stimme in der tiefen Traurigkeit des Fado wurzelte, auch wenn sie hier reinen Jazz sang: »... to celebrate this night we found each other, uuh-uuh, let's get lost ...«

Als Quitéria nach zwei Strophen vom Mikrophon zurücktrat und das Trompetensolo begann, trafen sich ihre Blicke. Sie sah ihn ernst an, während das Publikum applaudierte. Schließlich lächelte sie.

*

»Ich habe gehört, daß Jojo McIntire noch in Lissabon leben soll, aber ich habe ihn nie gesehen«, sagte João, der Posaunist. Sie waren mit drei Musikern aus der Band noch etwas essen gegangen. Bei einer Flasche Rotwein saßen sie in dem winzigen Restaurant, und während sie auf das Essen warteten, hatte Jan ihnen die Geschichte von Ludo Epstein und dem Saxophon erzählt und, daß er dem Instrument auf der Spur sei. Daß Jack Saphire in seinem Club spielen wollte, hatte er verschwiegen, er wollte nicht als Angeber erscheinen. Ebenso Christians Tod. Er verdrängte die Gedanken daran, aus Angst, die zerbrechliche Euphorie des Abends zu zerstören. Als er Quitéria ansah, bemerkte er ihren forschenden Blick. Sie schien zu fühlen, daß er etwas für sich behielt.

»Jojo spielt jedenfalls nicht mehr, sonst wüßten wir davon«, sagte Felipe, der Pianist. »Mein älterer Bruder hat in den Sechzigern mal mit ihm gejammt, aber ich weiß nicht, wo er jetzt steckt.«

»Allerdings könnte ich mir denken, in welcher Kneipe diesem Ludo das Saxophon angeboten worden ist«, sagte João, und von den anderen kamen unterdrückte Flüche und hämisches Lachen. »Du solltest es mal im Café Bebop versuchen, Crespo kann dir vielleicht was erzählen.«

Quitéria nickte zustimmend. »Laß uns nach dem Essen hingehen«, sagte sie.

»Zähl aber deine Finger, nachdem du ihm die Hand geschüttelt hast«, sagte João.

»Er wird sich schon zu benehmen wissen, wenn Quitéria dabei ist«, sagte Felipe.

Als Quitéria von der Bühne gekommen war, hatte Jan ihr die Hand geküßt. Er fühlte sich von ihr angezogen, aber er wußte sein Gefühl für sie nicht recht einzuschätzen. Er machte den Schnaps für das Durcheinander in seinem Schädel verantwortlich und hatte gerade beschlossen, ab jetzt weniger zu trinken, als João mit drei Gläsern Absinth an ihren Tisch gekommen war. Jan hatte dem Vorschlag, etwas essen zu gehen, begeistert zugestimmt. Er brauchte dringend was im Magen, wenn ihm diese Sauferei nicht das Genick brechen sollte. Auf dem Weg zum Restaurant hatte er vorsichtig nach Quitérias Hand getastet, und ihre Finger hatten sich wie selbstverständlich ineinander verhakt. Er war wie ein Schlafwandler neben ihr hergelaufen.

Auch jetzt folgte er ihr wieder, ohne zu wissen, wo er war, ohne zu wissen, wo sie hingingen. Das Barrio Alto war jetzt viel belebter als am Nachmittag, vor vielen Kneipen standen Menschentrauben. Quitéria ging zielstrebig durch die engen Straßen.

»Der Name täuscht, das Café Bebop ist gar kein Jazzladen«, sagte sie. »Ab und zu läuft mal eine Kassette mit Standards, aber Crespo hat eigentlich überhaupt keine Ahnung von Musik.«

»Er scheint keinen guten Ruf zu haben«, sagte Jan.

»Er hat mit João und der Band mal eine Tournee veranstaltet und die Jungs dabei über den Tisch gezogen. Ich hatte sie davor gewarnt, mit ihm Geschäfte zu machen, aber sie wollten nicht hören. Jetzt sind sie schlauer.« Sie stiegen eine flache Treppe hinab. »Da ist es«, sagte sie.

Jan hatte eine finstere Kaschemme in irgendeinem Kellerloch erwartet, aber das Café Bebop entpuppte sich als ein modern eingerichtetes, bistroähnliches Café, das ein wenig auf Jazz machte. An der Wand hingen die üblichen Schwarzweiß-Poster von Chet Baker und Billie Holiday und eine alte Jazzgitarre ohne Tonabnehmer, aber es lief eine Kassette mit einer langsamen HipHop-Nummer, die viel mit Reggae, aber nichts mit Jazz zu tun hatte. Es waren nur wenige Gäste da. Hinter der Theke standen zwei junge Mädchen, und in einer Ecke saß ein gutaussehender Schwarzer entspannt auf einer Bank. Er hatte die Füße auf einen Stuhl gelegt und grinste breit, als er Quitéria sah. Er begrüßte sie wortreich und freundlich auf portugiesisch, allerdings ohne die Füße vom Stuhl zu nehmen. Quitéria blieb wortkarg. Sie stellte Jan vor und bat Crespo, mit Rücksicht auf ihn Englisch zu sprechen.

»Deine Freunde sind auch meine Freunde, Darling«, sagte er. Er zog einen Reefer aus der Brusttasche seines Hemdes und hielt ihn Jan hin. »Bedien dich, Freund.«

Jan wußte, daß Marihuana ihn jetzt, nach all dem Bier, Wein und Absinth, geradewegs in den Orkus katapultieren würde. Trotzdem wollte er gerade nach dem Stick greifen, als Quitéria sagte:

»Danke, Crespo, aber wir rauchen beide nicht.«

Jans Hand zuckte zurück. Selbst in seinem angestrengten Zustand hatte er die Betonung auf »beide« deutlich wahrgenommen. Crespo verzog das Gesicht.

»Quitéria, *my dear*, bitte nenn mich doch nicht so. Nur Arschlöcher nennen mich Crespo. Ich heiße Martinho.« Quitéria ging nicht darauf ein. Crespo rief den Mädchen hinter der Theke etwas zu, und eine von ihnen brachte eine Karaffe Rotwein und Gläser.

»Kennst du Jojo McIntire?« fragte Quitéria ihn.

»Klar«, sagte Crespo nur. Er grinste sie unverhohlen neugierig an, als wittere er ein Geschäft.

»Hast du mal ein Saxophon von ihm gekauft?« fragte Jan.

Crespo nahm die Füße vom Stuhl.

»Ein Saxophon, tjaaah ... wieso willst du das wissen?«

»Du hast es einem Freund von mir verkauft, einem Dänen, letztes Jahr.«

»Ein Däne, ich dachte, er wäre Finne.« Crespo begann albern zu lachen. Jan hatte den Eindruck, er wolle Zeit gewinnen. »Ein Däne also«, sagte Crespo schließlich. »Netter Kerl, trank aber zuviel. Wie geht es ihm?«

»Er ist tot«, sagte Jan.

»Oh. Das tut mir leid, Freund«, sagte Crespo so ehrlich, wie er vorher gelacht hatte.

»Du hast meinem Freund gesagt, du hättest das Sax von Jojo McIntire, und es hätte Charlie Parker gehört.«

»Wenn ich das gesagt habe, wird es wohl stimmen«, sagte Crespo mit einem Blick auf Quitéria.

»Stimmt es oder nicht?« fragte sie. Sie sah ihm direkt in die Augen. Sie maßen sich mit Blicken.

Jan merkte, daß sie miteinander rangen und daß sie beide sehr viel Kraft aufwandten. Schließlich senkte Crespo die Augen. Er sagte nichts, mit zusammengepreßten Lippen starrte er in den Aschenbecher vor ihm.

»Also?« fragte sie.

»Jaja, okay, ich erzähl ja schon.« Sein verletzter Stolz brauchte noch etwas Zeit. Er zog die Nase hoch und zierte sich eine Weile. »Der alte Sack kam hier reingeschneit«, begann er endlich, »ich weiß nicht, ein, zwei Jahre her oder so. ›Crespo, das ist das Geschäft deines Lebens‹, hat er genuschelt. Er hat fast keine Zähne mehr im Maul. 'ne harte Geschichte für einen Trompeter.« Nachdem er einmal begonnen hatte, geriet Crespo ins Plaudern. »Er sprach ein

Mischmasch aus Portugiesisch, Englisch und wasweißich, und das auch noch ohne Zähne, ich kann dir sagen, ich hab fast nichts verstanden. Tat riesig geheimnisvoll. Dabei war er nichts weiter als ein Penner. Stank zum Himmel – ekelhaft. Außerdem, Jojo McIntire, den Namen hatte ich zwar schon mal gehört, aber ...« Er zog die Achseln hoch. »Ich wollte ihn schon rauswerfen, als mir Paulo sagte, wer der Mann ist. Muß ja 'ne große Nummer gewesen sein, als er sich hier niederließ in den Sechzigern. Paulo hatte ihn ein paarmal im Hot Clube gesehen, war aber lange her. Jetzt ist er jedenfalls fertig, aber total. Geht ja auch schwer auf die achtzig zu, und sieht aus wie hundert. Wie dem auch sei, er hatte ein Saxophon. ›Es gehörte Bird, Crespo, es ist wertvoll, viel wertvoller, als du dir vorstellen kannst!‹ *Bullshit*. ›Wo hast du es her?‹ hab ich ihn gefragt, da hat er sich fast auf dem Boden gewälzt. ›*Don't ask, don't ask*‹, hat er geheult. Er wollte eine Million Escudos!« Dieses Mal klang Crespos Lachen wirklich herzlich. »Ich hab ihm zweihunderttausend gegeben, weil er mir leid tat. War ja auch ein schönes Stück, gut in Schuß. Ich möchte nicht wissen, wo der alte Gauner es geklaut hat.« Crespo zündete sich den Stick an und inhalierte tief.

Jan versuchte umzurechnen. Er brachte die Nullen durcheinander, kam aber schließlich mit sich überein, daß Crespo zweitausend Mark für das Horn bezahlt hatte.

Quitéria sah Crespo an.

»Du hast ihm niemals zweihunderttausend gegeben«, sagte sie.

Er wand sich auf seiner Bank.

»Darling, es gehörte nicht Charlie Parker, nie im Leben. Da kommt ein Penner in meinen Laden und bietet mir ein Wundersaxophon an. ›Es hat magische Kräfte, Crespo, du mußt vorsichtig sein.‹ ›Klar, Jojo – magisch‹, hab ich gesagt, ›ich paß schon auf.‹ Ein magisches Saxophon für eine Million Escudos. Was erwartest du von mir, soll ich das etwa bezahlen? Am Ende war er happy über die zweihunderttausend, kann ich dir sagen.« Er zog an seinem Joint und hielt die Luft an. Es dauerte eine Weile, bis er weitererzählte. »Ich hatte das Ding fast vergessen, da brannte meine Wohnung ab. Ich stand da ohne alles, ich hatte nichts mehr. Keine Klamotten, kein Bett – ich hab hier in der Kneipe geschlafen. Das einzige, was ganz geblieben war, war das Saxophon.« Er zögerte, bevor er leise weitersprach. »Das war schon irre, Mann. Die ganze Wohnung war ausgebrannt, alles war im Arsch, echt alles. Das einzige, was völlig unversehrt in dem ganzem Schutt lag, war das Sax. Es war nichts dran, außer ein bißchen Ruß, gar nichts, völlig intakt, unglaublich.« Er grinste. »Und dann kam der Finne.« Er hob die Hände. »Schon gut, ein Däne, richtig? Wie auch immer. Er kam hier rein und war völlig blau. Besoffene Skandinavier sind tatsächlich noch schlimmer als besoffene Briten. Sogar schlimmer als besoffene Deutsche. Nichts für ungut, Freund.« Er wedelte beschwichtigend mit der Hand. »Er erzählte mir jedenfalls in einer Sprache, die er für Englisch zu halten schien, daß Jazz das Größte sei und Charlie Parker das letzte Genie des Jahrtausends gewesen wäre und überhaupt. ›Klar, Mann‹, hab ich gesagt, ›Charlie Parker – riesig, Alter. Ich hab ein Saxophon von ihm.‹ Da ist er fast umgefallen. Er wollte es sehen, und zwar sofort. Ich hab es ihm gezeigt, und er ist völlig ausgeflippt. Er sagte, er käme am nächsten Tag mit dem Geld. Er war blau wie eine Strandhaubitze, und ich hab nicht geglaubt, daß er tatsächlich wiederkäme. Aber er kam. Gleich am nächsten Nachmittag war er da. Mit dem Geld.« Er grinste.

»Wieviel war es?« fragte Quitéria.

»Ich hab mich auf anderthalb Millionen runterhandeln lassen. Die hat er mir gebracht. Cash.« Als könnte er es immer noch nicht glauben, schüttelte er den Kopf. »Und jetzt ist er tot, sagst du? Allzuviel Glück scheint das Ding ja wirklich nicht zu bringen. McIntire fallen die Zähne aus, mir brennt die Bude ab, und den Finnen bringt es um. Du solltest wohl besser die Finger davon lassen, Freund.« Kichernd nahm er einen letzten Zug aus seinem Joint. »Ihr wollt wirklich nichts rauchen?«

Jan winkte dankend ab und nahm einen Schluck Wein.

»Hast du eine Ahnung, wo McIntire jetzt steckt?« fragte er.

Crespo nickte. »Er scheint wieder einigermaßen auf die Beine gekommen zu sein. Jedenfalls hat er ein Dach über dem Kopf und wäscht sich ab und zu. Manchmal kommt er hierher und schnorrt was zu trinken.« Liebevoll drückt er den winzigen Stummel des Joints im Aschenbecher aus. »Was zahlst du für die Adresse?«

Quitéria starrte ihn böse an.

»Schon gut, war nur ein Scherz.« Er schrieb etwas auf eine Serviette und reichte sie Jan. »Das ist am Alto do Pina, hinter dem Friedhof. Viel Spaß.«

Quitéria stand auf. »Danke«, sagte sie nur.

»Keine Ursache, mein Täubchen. Laß dich bald mal wieder sehen!« Wieder lachte er laut.

Quitéria ging zur Tür. Jan winkte Crespo kurz zu und beeilte sich, ihr zu folgen.

»Wahrscheinlich hat er dem alten Mann keine hunderttausend gegeben«, sagte sie draußen.

»Du hast ihn ja wirklich im Griff«, sagte Jan. »Kennt ihr euch näher?«

Sie wandte sich nach rechts und ging die Straße hinab. Jan folgte ihr.

»Wir waren verheiratet«, sagte sie. »Von ihm habe ich die Narbe.«

***

Alle Sitzplätze in der Metro waren besetzt. Jack Saphire stand im hinteren Teil des Wagens und ertrug gelassen das Gedränge. Gelangweilt steckte er die Hand in die Tasche seines schwarzen Jacketts. Plötzlich erstarrte er. »Fuck«, entfuhr es ihm. Hastig durchwühlte er seine anderen Taschen. Der Schlüssel war weg. Er bemühte sich, ruhig zu bleiben, aber sein Atem ging hektisch. Als der Zug in Châtelet hielt, drängte er sich durch die Menge hinaus und rannte zum Bahnsteig der Linie 4 in Richtung Porte de Clignancourt. Eine Sekunde, bevor die Türen sich schlossen, sprang er in den abfahrbereiten Zug. Ungeduldig zählte er die sechs Stationen bis zum Gare de l'Est mit. Wieder rannte er – die Treppen hinauf und durch die Gänge des Bahnhofs, den Weg suchend, bis er endlich keuchend und schweißgebadet vor dem Schließfach mit der Nummer 1313 ankam. Die Tür des Faches stand offen, es war leer. Erschöpft lehnte er sich an die Wand hinter ihm. »Der Herr verfluche dich, Jojo«, sagte er leise.

»Kaffee?« fragte sie, als er die Augen aufschlug. Sie saß auf einem Küchenstuhl, einen Fuß auf einem Hocker, und lackierte sich die Zehennägel.

Jan versuchte, ihr Lächeln zu erwidern. Er hatte Brei im Kopf und einen toten Vogel im Mund. Schnell schloß er die Augen wieder.

»Aspirin«, sagte er. Er hörte ihr helles Lachen. Sie stand auf und werkelte herum, schließlich kam sie mit einem Glas zu ihm. Sie strich ihm sanft über das Haar. Gierig trank er die sprudelnde Flüssigkeit und hoffte verzweifelt auf eine schnelle Wirkung.

»Jetzt einen Kaffee?« fragte sie.

Jan nickte. Mühsam rekonstruierte er den vergangenen Abend. Sie hatte ein Taxi angehalten, und sie waren zu ihr gefahren. Sie hatte ihn nicht gefragt, ob er mit wolle, sie hatte ihn einfach mitgenommen. Und er war ihr einfach gefolgt, wie er es schon den ganzen Abend über getan hatte.

Der Kaffee war heiß und stark, und nach einer Weile fühlte er sich imstande, in die Senkrechte zu kommen. Er schaffte es bis zum Tisch und sank stöhnend auf den Hocker. Durch das Fenster blickte er hinunter auf die Stadt. Auf der Fensterbank standen bunt blühende Blumenkästen. Die Wohnung schien aus wenig mehr als einem Zimmer zu bestehen, aber Quitéria hatte sich sehr liebevoll eingerichtet. Nicht schlecht für eine Jazzmusikerin, dachte Jan.

»Leider kann man den Tejo nicht sehen«, sagte sie, als sie seinem Blick aus dem Fenster folgte.

Er sah sie an. Sie trug eine schwarze Leggins und ein weißes T-Shirt. Die Nacht hatte bei ihr keine sichtbaren Spuren hinterlassen.

»Ich find's sehr schön hier«, sagte er. Es war heiß.

Quitéria trat hinter ihn und massierte seinen Nacken. »Du hast nicht alles erzählt gestern«, sagte sie.

Jan nahm einen großen Schluck Kaffee. »Du hast mir gar nichts erzählt«, versuchte er zu kontern.

»Eins nach dem anderen«, sagte sie.

Genau, dachte Jan, und genoß die Berührung ihrer Hände auf seinen Schultern.

»Ich glaube, du bist ein guter Kerl, aber du steckst in Schwierigkeiten«, fuhr sie fort. »Und ich glaube, das hängt mit dem Saxophon zusammen.«

»Ich brauch noch einen Kaffee, dann erzähl ich's dir«, sagte Jan.

Er breitete die ganze Geschichte vor ihr aus, von Christian Straaten und Daniela, vom Cool Moon, Jack Saphire und dem Saxophon. Sie hörte schweigend zu und massierte weiter seinen Nacken.

»Willst du dich wirklich auf das Saxophon einlassen? Die letzten beiden Besitzer sind tot«, sagte sie, als er geendet hatte.

»Es ist ja nicht für mich, es ist für Jack Saphire. Ich brauche es, um meinen Club zu retten.«

Sie ging um den Tisch herum und setzte sich ihm gegenüber. Sie sah ihn nachdenklich an.

»Nein«, sagte sie, »da ist noch mehr. Ich weiß nicht, warum, aber du willst dieses Saxophon unbedingt.«

Jan sah sie überrascht an. »Zuerst müßte ich es mal finden!«

Wieder schwieg sie eine Weile.

»Was willst du tun?« fragte sie schließlich.

Jan wühlte in seinen Taschen nach der Serviette, die Crespo ihm gegeben hatte.

»Weißt du, wo das ist?«

Quitéria hatte einen skeptischen Blick darauf geworfen, nachdem er das Papier auf dem Tisch glatt gestrichen hatte.

»Nicht genau. Auf jeden Fall scheint es keine sehr angenehme Gegend zu sein. Am besten, ich komme mit.«

Jan lächelte erleichtert, genau darauf hatte er gehofft.

※

Sie gingen in der brütenden Nachmittagssonne die schmale, gewundene Straße hinab. Rechts, am Hang gegenüber, lag ein großer, grauer Friedhof; vor ihnen, unter einer gelblichen Staubwolke, rumorte eine riesige Baugrube. Zwischen Gestrüpp neben der Straße stand eine Vielzahl kleiner Hütten und Häuser, denen man Alter und Armut ansehen konnte.

Er folgte Quitéria, die abgebogen war und suchend einen schmalen Pfad entlangging.

»Hier muß es sein«, sagte sie.

Sie standen vor einer Holzhütte, vielleicht vier mal sechs Meter groß. Man konnte noch Reste eines ehemals blauen Anstriches erkennen. Immerhin machte die Hütte einen soliden Eindruck. Auf dem Dach war eine provisorische Antenne befestigt. Rings um die Tür stand ein halbes Dutzend Einkaufswagen, an der Seite stapelte sich Schrott und Trödel. Drinnen schien ein Fernseher zu laufen. Drei junge Katzen spielten im Schatten.

»Jemand zu Hause?« rief Quitéria und klopfte. Der Fernseher verstummte.

»Was wollen Sie?« antwortete eine heisere Stimme.

»Sind Sie Jojo McIntire?« rief Jan.

Man hörte ein Poltern, dann eine Zeit lang gar nichts.

»Wer will das wissen?« fragte die Stimme schließlich.

»Ein Fan«, antwortete Jan.

Nach einer Weile öffnete sich die Tür einen Spaltbreit. Jan konnte einen alten Mann erkennen, der sie mißtrauisch musterte. Eine graubraune Katze schlüpfte durch den Türspalt heraus.

»Willst du mich verarschen, *Schmock*?«

»Können wir mit Ihnen reden, Mr. McIntire?« fragte Quitéria und strahlte ihn an.

Jan hoffte, daß die Anwesenheit einer Frau ihn etwas beruhigen würde, aber McIntire behielt seinen mißtrauischen Gesichtsausdruck, als er die Tür jetzt weiter aufmachte.

Er hatte nichts mehr gemein mit dem eleganten, gutaussehenden Coolster, den Jan auf den Coverfotos alter Blue-Note- oder Dial-LPs gesehen hatte. Ein steinalter Mann, gebrochen und verbittert, starrte sie an. Plötzlich stach sein Zeigefinger nach vorn. Er zeigte auf Quitéria.

»Ich kenne dich! Du bist Crespos Frau. Was will er? Er kann es nicht zurückgeben!«

Quitéria war perplex. »Woher wissen Sie das? Ich habe Sie noch nie gesehen.«

»O nein, man sieht mich nicht. Niemand sieht mich. Aber ich sehe euch. Er kann es nicht zurückgeben!«

»Ich bin nicht mehr seine Frau.«

»Er kann es nicht zurückgeben!«

»Er will es gar nicht zurückgeben, er hat es schon verkauft«, sagte Jan.

»Verkauft, an wen? Wo ist es?«

»Wir wissen nicht, wo es ist, deshalb sind wir hier.«

»Es ist verschwunden?« McIntire trat einen Schritt zurück. Er duckte sich, als erwarte er einen Schlag. »Wo ist es, ist es hier?«

»Nein, es ist in Deutschland.«

»Deutschland, ah ... das ist weit weg.« Für einen Moment schien McIntire sich etwas zu entspannen, aber schnell wurden seine Züge wieder mißtrauisch. »Was wollt ihr dann von mir?«

»Ich suche es. Vielleicht können Sie mir etwas erzählen, das mir hilft, es zu finden.«

»Du suchst es? Das solltest du nicht tun.« McIntire begann glucksend zu lachen, es klang wie *yakyakyak*. Jan konnte sehen, daß er keine Schneidezähne mehr hatte. »Der Junge sucht es, nicht zu glauben.« Schlagartig wurde er ernst. »Paß auf, daß es dich nicht findet.« Sofort begann er wieder zu lachen, als hätte er einen Witz gerissen.

»Mr. McIntire ...« Er hörte Jan überhaupt nicht. Hechelnd lachte er vor sich hin, sein Körper begann sich in einer schwerfälligen Tanzbewegung hin und her zu wiegen. Endlich drehte er sich um. »Kommt mit, ich zeige euch meinen Schatz«, sagte er und ging in die Hütte.

Sie folgten ihm zögernd. Die Hitze stand unter der niedrigen Decke, und der Gestank von Katzenpisse war atemberaubend. McIntire winkte sie hinter sich her. Die Hütte bestand aus zwei Räumen – vorn eine Art Küche mit einem verdreckten, alten Kohleherd. Im hinteren Raum stand ein Feldbett, auf dem zwei Katzen lagen. Auf dem Boden, vor einem zerschlissenen Sessel, flackerte ein kleiner Fernseher. Eine Gameshow lief ohne Ton.

»Mein Schatz«, sagte McIntire und wies auf das Gerät. »Ich habe es mir gekauft. Von Crespos Geld.« Er drehte sich zu Quitéria und grinste sie an. »Siehst du, er kann es nicht zurückgeben.« Wieder lachte er sein wildes, zahnloses Glucksen. Er drehte sich zu dem Fernseher und starrte darauf. »Er hilft gegen das Heimweh.« Sein Lachen verklang. Er sah blicklos auf das hektische Treiben der Show. »Ich will nicht zurück nach Iowa, aber mein Herz, das will nicht hierbleiben.« Er beugte sich mühsam zum Fernseher hinunter, um ihn auszuschalten. »Mein Herz will nicht hierbleiben, dabei weiß es ganz genau, daß es hierbleiben wird bis zum jüngsten Tag. Bis zum jüngsten Tag und länger. Dies ist meine Hölle.« Er stemmte sich wieder hoch. »Immerhin habe ich sie mir selbst ausgesucht«, sagte er, ohne die beiden anzusehen. Er starrte weiter auf den ausgeschalteten Fernseher.

Plötzlich blickte er auf. »Es ist in Deutschland? Was macht es da?« Er ging auf Jan zu und näherte sich seinem Ohr. Jan konnte seinen Schweiß und seinen Atem riechen. »Es hat Crespos Wohnung angezündet«, flüsterte er und brach wieder in Gelächter aus. »Und was hat es in Deutschland getan?«

»Es hat zwei Menschen umgebracht«, hörte Jan sich sagen. Mein Gott, ich werde auch verrückt, fuhr es ihm durch den Kopf.

»Zwei Menschen? Es wird immer böser.« McIntire sah Jan ernst an. »Du mußt aufpassen. Seit Charlie es nicht mehr wollte, ist es böse geworden.«

»Es hat wirklich Charlie Parker gehört?« fragte Quitéria.

McIntire sah sie erstaunt an. »Ja, natürlich. Es ist für ihn gemacht worden. Nur für ihn. Und nur er hat darauf gespielt. Aber er wollte es nicht. Er hat es verjagt.« Traurig schüttelte er den Kopf. »Er hätte das nicht tun dürfen. Alles wäre gut geworden, wenn Bird es behalten hätte.« Mühsam rang er um Atem. »Heute weiß ich, warum er es getan hat. Früher habe ich es nicht verstehen können, aber ich habe viel darüber nachgedacht. Ich hatte viel Zeit dazu, sehr viel. Irgendwann habe ich dann alles verstanden.« Er strich durch seine wenigen weißen Haare. Sein Blick war verschwommen, als nehme er seine Umgebung nicht richtig wahr. »Bird hat es gespürt: Es hat seinen eigenen Willen. Ihr hättet es hören sollen. Niemals wieder habe ich einen solchen Ton gehört, auch von Bird nicht, von niemandem. Aber Charlie wollte es nicht. Er hat gemerkt, daß es nicht das tat, was er wollte. Nicht nur. Es hat etwas hinzugefügt, das er nicht kontrollieren konnte. Er hat darauf gespielt, solange es da war. Aber es hat gemerkt, daß er es nicht wollte, da ist es fortgegangen. Dabei war Bird der einzige, der groß genug war. Wir anderen ...« Er verstummte. Langsam schlurfte er zu dem alten Sessel und sank hinein. Sein Blick war leer.

Jan fühlte, wie ihm der Schweiß unter dem T-Shirt den Rücken hinablief. Die Hitze war unerträglich. Vor den Scheiben des einzigen Fensters hingen verdreckte Lumpen und dämpften das Licht der Nachmittagssonne. Er setzte sich auf den Rand des Feldbettes. Quitéria blieb an der Tür stehen.

»Wo kam es her?« fragte Jan.

»Es war ein Geschenk. Ein Geschenk vom ›großen Mann‹ – so nannten wir ihn, den ›großen Mann‹. Der Marquis Ducqué – *oh boy*, was hatten wir Schiß vor dem. Wenn er dir in die Augen gesehen hat, wärst du am liebsten im Boden versunken. Du hast dich gefühlt wie Ungeziefer. Er wußte über alles Bescheid in Paris, er hatte überall seine Finger drin. Das war eine wüste Zeit damals. Die verdammten Froschfresser haben sich geprügelt bei den Konzerten. Die einen waren für Bebop, die anderen für Hot und Swing. Was haben wir gelacht. Keiner von uns hat das verstanden. Als ob es da Gegensätze gegeben hätte! Aber die Frenchies sahen das so. Dann kam irgendwann der Marquis zu einem Konzert. Ich glaube, Charles Delaunay hat ihn mitgebracht. Er hat uns zu sich nach Hause eingeladen – sagte, er sei Bebop-Fan, aber das war *bullshit*. Er war überhaupt nicht an Jazz interessiert. Das einzige, was ihn interessierte, war Charlie. Er hatte gemerkt, daß Bird etwas Großes besaß. Charlie war der einzige, der überhaupt keinen Respekt vor ihm hatte. Er nannte ihn Victor, das hätten wir uns nie getraut. Der Marquis hat Charlie das Sax geschenkt. Es war wunderschön ... extra für ihn angefertigt, mit einem Vogel auf dem Trichter eingraviert – ›Bird's Bird‹ nannte er es. Bird hat es genommen, ein paar Töne gespielt, dann sagte er ›*Thank you*‹. Das war's, nur ›*Thank you*‹, er hat nicht einmal gelächelt. Ich glaube, er hat sofort gemerkt, daß etwas damit nicht stimmte. Er hat nur ein paar Gigs damit gespielt, es gibt keine Aufnahmen davon. Nur hier drin.« McIntire zeigte auf seinen Schädel und grinste, ohne den Kopf zu heben. »Nur ein paar Gigs, drei, vier vielleicht. Dann hat es ihn verlassen.«

Jan wischte sich den Schweiß von der Stirn. Der alte Mann saß zusammengesunken in seinem Sessel. Die Erinnerung schien ihn mit sich fortgetragen zu haben. Jan fragte sich, was an der Geschichte stimmte und was Produkt von McIntires verwirrtem Geist war.

»Wie ist dein Name, Junge?« fragte der Alte.

»Ich heiße Jan Richter. Ich bin aus Deutschland, aus Köln«
»Köln? Ich kenne Köln ...« McIntire begann zu kichern. »*Still got that dang cathedral? Maaaan, that's huge! Yakyakyakyak ...*« Er beruhigte sich nur langsam. »Ich war mit der Lady da, irgendwann.«
»Die Lady? Meinen Sie Billie Holiday?« fragte Jan.
»Wen soll ich sonst meinen. Wir gingen zu einer Session, nach dem Gig, in einen Kellerclub. Natürlich war es in einem Keller, in Europa haben wir fast immer in Kellern gejammt. Ich weiß noch, dieser war in der Nähe von einem riesigen Stadttor. Sah aus, als käme gleich Errol Flynn um die Ecke, mit 'nem grünen Hut auf. Die Lady war mit dabei, das war selten. Es war ein besonderer Abend. Vor allem für mich. Sie hatte wieder Ärger mit ihrem Mann, sie trug im Winter in diesem verdammten Keller eine Sonnenbrille. Die Treppe sei sie runtergefallen, hat sie gesagt. Er hatte ihr natürlich aufs Auge gehauen. Louis McKay hieß er, Arschloch. Sie war großartig bei dieser Session – ich meine, sie war natürlich immer großartig, wenn sie nicht zu high war, aber an diesem Abend ...« McIntire quälte sich aus dem Sessel, stellte sich in die Mitte des Raumes und hob die Fäuste zu einer triumphierenden Geste. »Ich durfte sie trösten, an diesem Abend. Ich war nett zu ihr ... sehr nett. So nett, wie ich es immer sein wollte, und es hat ihr gefallen. Ich denke noch oft daran. Ja, tatsächlich, Jojo hat die Lady getröstet, und sie war glücklich. Sie hat gelächelt.« Er grinste breit und entblößte seine zahnlosen Kiefer. »Deshalb erinnere ich mich an *Cologne*.« Er verstummte, sein Blick schien einen Punkt weit außerhalb der Gegenwart zu fixieren. Er sank wieder in den Sessel.
»Wie ging es weiter, mit Ihnen und der Lady?« fragte Quitéria.
»Weiter?« McIntire sah sie an. »Es ging nicht weiter. Am nächsten morgen hat Louis McKay dafür gesorgt, daß man mich aus der Band warf. Ich habe die Lady nie wiedergesehen.« Die graubraune Katze kam wieder herein und sprang McIntire auf den Schoß. »Komm her, Lady«, sagte er. »Alle meine Katzen heißen Lady. Es gibt auch einen Hund, der mich besuchen kommt, ich nenne ihn Kenny. Nach dem besten Menschen, den ich je traf. Und es gibt eine dunkelgraue Ratte, sie heißt Jack. Ich weiß nicht, vielleicht gibt es auch viele dunkelgraue Ratten, sie können nicht so alt werden, sie besucht mich seit vielen Jahren. Kann sein, daß es immer andere

sind, aber es gibt sie, und sie besuchen mich. Und sie heißen alle Jack. Meine Katzen heißen Lady. Ich überlege manchmal, ob das richtig ist. Wenn du eine Katze trittst, kratzt sie dich – treib sie in die Enge, und sie kämpft, und wenn du nicht verdammt aufpaßt, tut sie dir mächtig weh. Und vor allem – sie kommt nicht wieder, sie geht dir aus dem Weg. Die Lady ist immer wiedergekommen, wenn jemand sie geschlagen hat. Hat sich immer jemanden gesucht, der sie schlägt. Wenn einer nett zu ihr war, hat sie ihn gar nicht wahrgenommen. Ein Hund kommt immer wieder, wenn wir ihn treten. Eine Katze nicht. Aber die Lady. Wißt ihr, was ich machen werde? Ich werde sie alle umbenennen. Der Hund heißt jetzt Lady, die Katzen Kenny, und die Kakerlaken heißen Jack. Alle.«

Jan wartete auf sein seltsames Lachen, aber es blieb aus. McIntire starrte auf den ausgeschalteten Fernseher, als gäbe es etwas Spannendes zu sehen. Leise sprach er weiter.

»Ich hatte ein Saxophon von Bird, und ich habe die Lady getröstet. Ich habe gedacht, das würde mich groß machen. Das habe ich wirklich geglaubt. Statt dessen bin ich in die Hölle gekommen.«

»Was ist mit dem Saxophon passiert, als Bird es nicht mehr wollte?« fragte Jan.

»Es ist fortgegangen, erst zu Jack, und dann zu mir.«

»Jack? Welchen Jack meinen Sie?«

»Jack Saphire natürlich – der Teufel soll ihn holen.«

Jan setzte sich auf. Er sah McIntire entgeistert an.

»Es hat Jack Saphire gehört?«

McIntire starrte ihn böse an. Er brüllte los, so daß die Katze erschreckt von seinem Schoß sprang. »Hörst du mir nicht zu, Mann? Es gehörte nur Charlie, sonst niemandem. Es geht, wohin es will. Es ist von Charlie zu Jack und von Jack zu mir gegangen, hörst du! Ich habe es nicht gestohlen! Ich habe niemals gestohlen, auch wenn Jack das behauptet. Es ist zu mir gekommen. Der Schlüssel lag einfach da, auf dem Boden, ich habe ihn nur aufgehoben. Ich habe es nicht gestohlen, es wollte zu mir! Als Jack hierherkam, um es zu holen, da wollte es nicht fort, es wollte bei mir bleiben. Er hat mich die Treppe runtergeworfen, der Hurensohn, die lange Treppe oben am Schloß! Er hat mich hinuntergestoßen! Meine Zähne ... meine Zähne ...« Sein Gebrüll verklang in hilflosem Schluchzen. Er vergrub sein Gesicht in den Händen. »Ich habe nie wieder spielen können, nie wieder – dieser Verbrecher, dieser gottverdammte Verbrecher. Ich habe gelogen für ihn, er war doch mein Freund, dachte ich ... Ich habe gelogen, als sie es gesucht haben. Gelogen, weil Jack es behalten wollte. Kenny glaubte, ich hätte es. Ich habe Kenny angelogen, ausgerechnet Kenny, der Herr schütze seine Seele. Sie haben mich rausgeworfen. Ich war raus, und Jack war drin. Da ist es zu mir gekommen. Ich habe versucht ... ich habe wirklich versucht, es Bird wiederzubringen. Ich habe es ihm gegeben, als er wieder nach Paris kam, aber er wollte es nicht. Er hat noch einmal darauf gespielt, noch ein einziges Mal ... ihr hättet es hören sollen. Er hat gezaubert damit, wirklich gezaubert. Niemand hat so etwas je gehört. Aber er hat es mir wiedergegeben, einfach so. Er wollte es nicht ...« McIntire saß tief atmend und blicklos in seinem Sessel. »Es hat mich getröstet, zuerst ... aber es wurde böse, irgendwann.« Er blickte ängstlich um sich, als fühle er eine Bedrohung hinter sich. Leise, fast flüsternd sprach er weiter. »Als Charlie tot war, hat es angefangen. Es wurde immer schlimmer, ich konnte es spüren ... ich hab mich kaum noch in seine Nähe getraut. Und dann wollte es zu Crespo. Wollte einfach weg. Ich hab es ihm gegeben – für einen Fernseher.«

McIntires Körper wurde geschüttelt von einer Mischung aus Schluchzen und verzweifeltem Lachen. »Für einen Fernseher!« wiederholte er immer wieder.

»Quem é? O que é que quer?«

Jan fuhr herum. In der Tür stand eine beleibte, alte Frau in einem schwarzen Kleid. Quitéria redete sofort auf Portugiesisch auf sie ein, ohne das Mißtrauen aus ihrem Gesicht vertreiben zu können. Immer wieder sah sie zu Jojo, der schluchzend in seinem Sessel saß. Schließlich schob sie Quitéria einfach beiseite und ging zu ihm. Zärtlich streichelte sie über seinen Kopf. Er sah zu ihr auf, und die Verzweiflung wich aus seinem Gesicht, nur eine namenlose Trauer lag noch in seinem Lächeln.

Die Frau sagte etwas, es klang sehr entschieden. Jan sah zu Quitéria, sie wies mit dem Kopf in Richtung Tür. Jan erhob sich von dem Feldbett. Er sah auf McIntire hinunter, aber der würdigte ihn keines Blickes. Sein Gesicht war abgewandt, er preßte den Kopf an die Seite der Frau. Sie hatte beschützend einen Arm um ihn gelegt. Jan nickte ihr zum Abschied zu. Jojo McIntire hatte auch einen Engel.

*

Der grelle Sonnenschein blendete sie nach dem Zwielicht in der Hütte. Jan fror in der brütenden Hitze des Nachmittages.
»Laß uns gehen«, sagte Quitéria und stapfte den Pfad zur Straße entlang.
»Bist du abergläubisch?« fragte sie, nachdem sie eine Weile schweigend nebeneinander hergegangen waren.
»Vielleicht sollte ich es werden.«
Quitéria lächelte. »Man kann die Sache auch kühler betrachten. Jack Saphire hat Charlie Parker das Saxophon gestohlen, und Jojo hat es Saphire gestohlen. Der wollte es wiederhaben, es kam zu einem Handgemenge, und Jojo ist die Treppe runtergefallen. Jetzt versucht er sich in seiner Erinnerung von allem reinzuwaschen.«
»Mag sein, aber irgendwas muß dran sein an dem Ding. Jojo hat seine Zähne verloren dafür, und trotzdem hat er es nicht herausgerückt – nur um es dann Crespo zu geben, für fast nichts. Saphire ist nach all den Jahren immer noch hinter dem Horn her. Und in Deutschland sind zwei seiner Besitzer zu Tode gekommen ... Doch, ich beginne, abergläubisch zu werden.«
Sie hatten die steile Straße hinter sich gelassen und gingen nun zwischen einfachen Wohnblocks, die etwas Schatten boten. Bald darauf kamen sie an eine Bushaltestelle, von der aus man den Flughafen erreichen konnte.
»Ich kann dich nicht zum Flughafen bringen, ich muß unterrichten«, sagte sie.
»Was unterrichtest du, Gesang?«
Sie nickte. »Von Konzerten allein kann ich nicht leben.«
»Ich habe dir so viel von mir erzählt, aber ich weiß gar nichts über dich. Nicht einmal deinen Nachnamen. Ich hätte noch so viele Fragen an dich.« Jan sah sie an, er versuchte, jedes Detail an ihr zu erfassen. Er wollte sie nicht vergessen.
»Der Bus kommt«, sagte sie.

Jan nahm seinen Mut zusammen und strich sanft mit dem Finger über ihre Narbe. Dann küßte er sie auf den Mund.
»Du hast mir sehr geholfen«, sagte er. Sie lächelte.
»Auf Wiedersehen«, sagte er auf Deutsch.

***

Sie blieb an der Ecke stehen, als sie den Polizeiwagen vor Christians Haustür sah. Sie rang nach Atem, schließlich drehte sie sich um und ging zurück. Ein schwarzer BMW kam ihr langsam entgegen, sie erkannte ihn sofort. Schnell kletterte sie über eine kleine Mauer in einen Vorgarten und duckte sich hinter einen Rhododendron. Der Wagen fuhr an ihr vorbei und setzte an, in die Laurenz-Kiesgen-Straße abzubiegen, doch der Fahrer stoppte abrupt, als er das Polizeiauto sah. Einige Sekunden stand die Limousine schräg auf der Straße, dann stieß sie zurück und fuhr ohne Eile wieder in Richtung Siegburger Straße. Sie zitterte. Sie wußte, was der Polizeiwagen zu bedeuten hatte. Sie blieb lange in ihrem Versteck, bis sie schließlich von zwei spielenden Jungs entdeckt wurde, die sie mit unverhohlener Neugier anstarrten. Hastig trat sie auf den Bürgersteig und ging davon, ohne sich umzudrehen.

*

Der Flieger war voll. Jan war müde und zerschlagen. Er hatte sich am Flughafen von seinen letzten Escudos noch ein neues T-Shirt gekauft, sein altes roch zu sehr nach ranzigem Iltis. Die Auswahl war nicht übermäßig groß gewesen, und so trug er jetzt ein schreiend buntes Hemdchen mit dem Aufdruck »I Herz Lissabon«. Er ärgerte sich, daß er sein schwarzes Lieblings-T-Shirt im Waschraum des Flughafens kurz entschlossen in den Abfalleimer gestopft hatte.

Er saß eingepfercht zwischen einem fetten, sonnenverbrannten Mann und einer alten Dame, die ihn unwillig gemustert hatte, als er sich an ihr vorbei auf seinen Platz zwängte. Sie schmatzte alle paar Sekunden mit ihrem Gebiß, ein Geräusch, das Jan sofort auf die Nerven ging. Er schloß die Augen und versuchte zu schlafen. In der

Reihe hinter ihm saßen zwei Kinder, die ihn mit ihrem quengelnden Lärm immer wieder hochschrecken ließen. Er haßte fliegen. Die Enge und die erzwungene Bewegungslosigkeit machten ihn unruhig. Sein linkes Augenlid begann zu zucken. Vergeblich versuchte er, durch Reiben den Tick unter Kontrolle zu bringen, aber das Zucken ließ nicht nach.

Er hatte es noch nie fertiggebracht, während eines Fluges zu schlafen. Diesmal aber schlief er trotz seiner Anspannung noch vor dem Start ein. Sein Körper und vor allem sein Geist waren völlig erschöpft, aber der Schlaf war nicht erfrischend. Immer wieder halb geweckt von Geräuschen und Bewegungen um ihn herum, wurde er unablässig von Traumbildern gepeinigt. Er sah sich verloren in einer düsteren Kneipe stehen, lodernde Flammen überall; er suchte Quitéria, aber konnte sie nirgendwo entdecken. Ein Gefühl der Panik würgte ihn. Endlich sah er sie an der Theke sitzen, doch als sie sich umdrehte, war es Daniela. Sie sah ihn haßerfüllt an. »Mörder!« hörte er sie zischen, während er blindlings davonstürmte. Dann sah er Jojo McIntire eine lange Treppe hinabstürzen, das Saxophon fest umklammert, immer wieder mit dem Gesicht aufschlagend; sah ihn verzweifelt, wie ein Hund heulend, aber immer noch das Saxophon festhaltend, während ein breiter Strom Blut aus seinem Mund quoll. Jack Saphire stand böse und starr am Kopf der Treppe. Crespos Gesicht tauchte auf, laut lachend über Ludos Tod. Und immer wieder Christian Straaten, lebendig, tot, geschnitten und am Stück.

Er wachte auf.

Sein neues T-Shirt war völlig durchgeschwitzt, sein Nacken steif, und ein Blick auf den kleinen Monitor mit der Flugroute zeigte ihm, daß sie erst zwanzig Minuten in der Luft waren.

»Schlecht geträumt?« fragte der Mann neben ihm und grinste feist.

Jan nickte nur. Er versuchte, wach zu werden, aber es gelang ihm nicht ganz. Der Mann wühlte in einer Tasche unter dem Sitz und zog einen metallenen Flachmann hervor. Er hielt ihn Jan hin und nickte aufmunternd.

»Was ist da drin?« fragte Jan.

Der Mann grinste. »Absinto«, sagte er.

Jan verzog das Gesicht und griff nach der Flasche. Er nahm einen kräftigen Schluck und merkte sofort, daß das jetzt genau das Falsche war. Er schüttelte sich und reichte den Flachmann zurück. »Danke«, sagte er.

Die Stewardessen verteilten die Kopfhörer für den Film. Jan bezahlte fünf Mark und setzte sich den Hörer sofort auf. Er drehte den Knopf an seiner Armlehne, bis er eine Musik gefunden hatte, von der er hoffte, daß sie ihn beruhigte. Er wußte nicht, was es war, es klang wie Mozart. Bald dämmerte er wieder ein.

Sein Gehirn geriet in einen seltsamen Schwebezustand, und seine Gedanken machten sich selbständig. Das Saxophon hatte eine Spur der Verwüstung hinterlassen. Crespo mit seiner abgebrannten Wohnung war noch glimpflich davongekommen – er hatte als einziger nichts Besonderes in dem Instrument gesehen. Ludo und Christian tot im Rhein – wie betrunken mußte man sein, um mit seinem Auto in den Rhein zu fahren, fragte er sich. Was war Christian Straaten geschehen? »Unfall, Selbstmord ...«, er hörte wieder Jochen Diekes' Stimme am Telefon.

»Mord«, sagte er laut.

»Wie bitte?« fragte die alte Dame neben ihm.

»Verzeihung«, murmelte Jan. Jemand hatte Christian Straaten ermordet. Ermordet wegen des Saxophons. Jan hatte keine Zweifel mehr daran. Er rieb sein zuckendes Augenlid.

Er gab es auf, einen klaren Kopf bekommen zu wollen. An einen Unfall Ludo Epsteins mochte er auch nicht mehr glauben. Vielleicht hatte sogar Christian Straaten ihn getötet, um an das Saxophon zu kommen. Jetzt hatte Christians Mörder das Sax, aber Jan hatte plötzlich das Gefühl, daß es zu ihm wollte. So, wie es weg von Jojo wollte, wollte es jetzt zu Jan. Er stöhnte auf. Ich werde wirklich wahnsinnig, dachte er. Der Mörder wird es nicht herausrücken. Jack Saphire wird nicht spielen, das Cool Moon war verloren, Löwenstein würde ihm die Arme brechen. Welche Chance hatte er noch? Er mußte den Mörder finden.

Sein Sitznachbar hielt ihm wieder mit ekligem Grinsen den Flachmann hin. Jan nickte nur und nahm ohne zu zögern zwei Schlucke. Mit leichtem Bedauern merkte er, daß der Vorrat zur Neige ging. Die Zeit dehnte sich unerträglich. Er drehte die Musik lauter, weil er meinte, durch den Kopfhörer immer noch das Schmatzen der alten Frau zu hören. Als die Stewardessen das Abendbrot servierten, war er vor allem für die Abwechslung dankbar. Als das Plastiktablett vor ihm stand, merkte er, daß er keinen Bissen herunterbringen würde, obwohl er den ganzen Tag noch nichts gegessen hatte.

Das Tablett auf dem heruntergeklappten Tisch verurteilte ihn zur völligen Bewegungslosigkeit. Das Zucken in seinem Lid wurde unerträglich. Umständlich nahm er einen Deckel ab auf der Suche nach irgendwas, das er seinem Magen zumuten konnte. Er beschloß, sich auf den Pudding zu beschränken. Bei dem Versuch, ihn zu öffnen, fiel das Tütchen mit dem Besteck unter den Sitz. Die alte Frau sah ihn haßerfüllt an, als er sich verrenkte und auf dem Boden danach tastete. Schließlich gab er es auf und versuchte, den Pudding mit einem Keks zu löffeln, den er sehr konzentriert und vorsichtig aus seiner Vakuumverpackung befreit hatte. Er hatte das sichere Gefühl, sich mittlerweile über der Bering-See zu befinden, als der Kapitän endlich den Landeanflug auf Köln ankündigte.

*

Kurz nach Mitternacht kam er am Breslauer Platz an. Er ging in die U-Bahnstation hinunter und suchte eine Telefonzelle, um Marleen anzurufen. Er hatte keine Telefonkarte, und der einzige Münzapparat war kaputt. Genervt ging er zum Bahnsteig und stieg in die nächstbeste Bahn Richtung Ebertplatz. Er setzte sich in die letzte Reihe und lehnte erschöpft den Kopf nach hinten.

»Herler Straße, Endstation, junger Mann – alles aussteigen!«

Jan fuhr hoch. Der Fahrer stand vor ihm und schaute angewidert auf ihn herab.

»Was ist, wo sind wir?« Jan versuchte, sich zu orientieren.

»Buchheim. Wo wollten Sie denn hin?«

Jan rieb sich den Nacken. »Ebertplatz, verdammte Scheiße.«

Drei Minuten KVB hatten ausgereicht, ihn fester einschlafen zu lassen als auf dem gesamten Flug. Buchheim kam ihm so weit weg vor wie Lissabon. Da kannte er sich auch genausogut aus.

»In dreißig Minuten fahren wir zurück«, sagte der Fahrer im Weggehen. »Schickes T-Shirt übrigens«, fügte er noch hinzu, bevor er die Tür der Führerkabine hinter sich schloß.

»Arschloch«, sagte Jan zwischen den Zähnen. Er kannte den Inhalt seines Portemonnaies sehr genau, ein Taxi war nicht drin – also war Geduld gefordert. Auf dem Nebensitz lag ein Express. Er blätterte ihn gelangweilt durch und versuchte aus dem üblichen Unfug die wichtigen Nachrichten herauszufiltern. Zwischen den Höhnern in der Philharmonie, dem Dementi einer Rücktrittsdrohung Ewald Lienens und dem Horoskop fand er einen kleinen Bericht »Toter Kölner im Rhein«. Daß Christian S. ausgerechnet in Düsseldorf aus dem Rhein gezogen worden war, las sich hier schlimmer als die Tatsache, daß er tot war. Todesursache noch unbekannt, daher nur acht Zeilen. Er sollte dem Express seine Geschichte verkaufen. »TODES-SAXOPHON: DAS NÄCHSTE OPFER«, das würde denen bestimmt gefallen. Er kicherte vor sich hin. Glücklich ist, wer nie verlor im Kampf des Lebens den Humor, hatte seine Oma immer gesagt. Als ihm dieser Spruch einfiel, begann er laut zu lachen, bis der Fahrer mißtrauisch den Kopf aus seiner Kabine streckte. Jan war es egal. Er hoffte, daß Marleen zu Hause war.

Es war zehn nach eins, als er am Ebertplatz ankam. Er ging über den menschenleeren Platz vor der U-Bahnstation und durch die nach Pisse stinkende Unterführung in Richtung Sudermannplatz. Er hatte Monate gebraucht, bis er sich den richtigen Ausgang gemerkt hatte. Der Trick war, die Beschilderung zu ignorieren, weil man sonst todsicher durcheinanderkam. Er ging am Taxistand vorbei, hinter der Alten Feuerwache die Melchiorstraße entlang und bog links in den Krefelder Wall. Als er den dunklen Hinterhof betrat, suchte er die Front des Hauses nach Marleens Fenster ab.

Er entdeckte einen schwachen Lichtschein hinter ihren Jalousien. Die Haustür stand nach wie vor offen, er lief die Treppen hinauf und mußte vor ihrer Tür kurz verschnaufen.

»Jan, du wirst alt«, sagte er. Wie das letzte Mal, als er hier war, klingelte er und klopfte dann an die Tür. Er hörte Marleen in die Diele kommen.

»Wer ist da?« fragte sie.

»Ich bin's, Jan.«

Sie öffnete sofort die Tür und fiel ihm um den Hals. »Gut, daß du da bist!« sagte sie.

Er küßte sie auf die Stirn. »Laß uns reingehen«, sagte er.

Sie nickte und ging voraus.

Auf dem Wohnzimmertisch stand ein überquellender Aschenbecher, daneben zwei leere und eine fast volle Flasche Rotwein. Die ganze Wohnung stank nach Qualm.

»Darf ich das Fenster aufmachen?« fragte er.

Sie sah ihn verständnislos an.

»Warum? Mir ist kalt.«

»Du rauchst zuviel.«

»Ach, leck mich doch.«

»Hey, Marleen ...« Jan ging zu ihr und strich ihr durchs Haar. Er versuchte zu lächeln, aber es gelang ihm nicht ganz. Er konnte ihre hilflose Wut spüren, sie zitterte leicht, als ob ihr tatsächlich kalt wäre, dabei war es warm genug in der Wohnung.

»Da hatte Daniela wohl doch recht«, sagte sie.

»Ich habe ihn nicht umgebracht«, erwiderte er.

Sie sah ihn genervt an. »Schwachkopf, natürlich nicht. Aber sie hat gewußt, daß er tot ist, oder?« Sie zündete sich mit fahrigen Bewegungen eine Zigarette an. »Woher wußte sie es?«

Jan zuckte mit der Schulter. Auf dem Tisch stand ein benutztes Glas. Marleen goß Rotwein hinein und reichte es ihm. »Heute morgen war einer von den Bullen hier. Jochen hatte denen meine Adresse gegeben. Er war gestern hier und hat es mir erzählt. Er hat das ziemlich anständig gemacht, wenn ich jetzt drüber nachdenke. Aber gestern bin ich natürlich total ausgeflippt.« Sie setzte die Weinflasche an und nahm einen Schluck. »Ich werde mich wohl bei ihm entschuldigen müssen.« Sie ging auf und ab, die Weinflasche in der Hand, unentwegt den Kopf schüttelnd. »Mein Gott, er ist tatsächlich tot ... weg, einfach so ... weg ...« Jan ging zu ihr und nahm sie in die Arme. Sanft wiegte er sie hin und her, sie preßte ihr Gesicht an seine Schulter, und sein T-Shirt wurde feucht von ihren Tränen. Schließlich richtete sie sich auf, atmete tief durch und nickte ihm zu. Sie hatte sich wieder im Griff.

»Jochen hat mir übrigens geraten, nichts von Daniela zu erzählen. Er meinte, wir sollten keine schlafenden Hunde wecken.«

Sie zog heftig an ihrer Zigarette. »Schlafende Hunde ... so sah der Bulle auch aus heute morgen, wie ein schlafender Hund. Kommissar Dorff hieß er. Den weckt so leicht keiner. Sie sind aber immerhin schon in Christians Wohnung gewesen, und Jochen hatte ihnen von den Drogenleuten erzählt. Trotzdem meinte der Bulle, es sei ein Unfall. Ich glaube, für den ist der Fall erledigt. Solange das Obduktionsergebnis nicht eindeutig ist, kann er eh nichts machen, sagt er.«

»Und was meinst du?«

»Ach, was weiß ich ...« Sie starrte aus dem Fenster.

»Er ist wegen des Saxophons umgebracht worden«, sagte Jan.

Sie sah ihn ärgerlich an. »Jetzt mach dich nicht lächerlich, Jan! Wegen eines Saxophons wird niemand umgebracht. Er hat sich mit diesen Drogentypen eingelassen, und das hat er jetzt davon! Und ich auch, verfluchte Scheiße ...« Sie begann wieder zu schluchzen. »Vielleicht war es ja wirklich ein Unfall«, fügte sie leise hinzu.

»Es hat mit dem Saxophon zu tun, ich weiß es«, sagte Jan.

»Und woher *weißt* du das?« Sie sah ihn an wie einen Idioten.

»Ich weiß es eben ... ich spüre es ...« Er blickte zu Boden. Er konnte nicht erklären, was ihm im Flugzeug so vollkommen einleuchtend erschienen war. Natürlich mußte es Marleen idiotisch vorkommen.

Sie schnaubte verächtlich. »Du bist ein gottverdammter Spinner. Alle Jazzer sind gottverdammte Spinner.«

Jan blickte weiter zu Boden. Schließlich nickte er.

»Eben«, sagte er.

*

Er konnte nicht schlafen. Sein Gehirn war von einer bleiernen Müdigkeit gelähmt, seine Augen brannten, und jede Faser seines Körpers war erschöpft. Trotzdem lag er hellwach mit rasendem Puls in der Dunkelheit. Marleen lag leise schnarchend neben ihm. Natürlich war nichts gewesen zwischen ihnen, genau wie vorgestern, als er ebenfalls in diesem Bett übernachtet hatte. Vorgestern – es schien ihm Wochen her. Marleen bewegte sich im Schlaf und brummte Unverständliches. Leise stand er auf und schlich aus dem Zimmer. Er hatte keine Ahnung, was er tun sollte, aber er konnte so nicht liegenbleiben. Er hatte eigentlich schon genug Alkohol intus, trotzdem suchte er nach etwas zu trinken. Der Calvados im Wohnzimmer fiel ihm ein, aber er fand die Flasche in der Küche beim Altglas. Er zog sich an, wühlte in Marleens Jacke nach ihrem Schlüssel und verließ die Wohnung.

Es hatte zu regnen begonnen. Er ging durch das stille Agnesviertel zur Nachttanke an der Riehler. Vor der Tankstelle wartete eine der üblichen Ebertplatz-Nachtgestalten auf Kundschaft, sonst war die breite Straße menschenleer. Ab und an rasten ein paar freie Taxen in Richtung Ringe, sonst war fast kein Verkehr. Montagnacht. Er kaufte drei Dosen Pils und einen Boonekamp und ging wieder zurück zu Marleens Wohnung. Es war vier Uhr. Er legte sich aufs Sofa und schaltete den Fernseher an. Während er sich durch die Wiederholungen der Idioten-Shows vom Nachmittag zappte, drehten sich seine Gedanken im Kreis: Wer hatte Christian ermordet? Welche Chance gab es noch für ihn, das Saxophon zu finden? Was hatte der Mörder damit vor? Was sollte er tun, wenn Jack Saphire nicht spielte? Er trank den Magenbitter und spülte mit Bier nach.

Bei Birte Karalus diskutierte eine enthemmte Horde Schwachköpfe gerade das Thema »Nette Männer sind Nieten«. Jan war zwar geneigt, der These zuzustimmen, aber noch entschieden zu nüchtern, um das Niveau des Diskurses erreichen zu können. Er schaltete weiter, starrte auf das hektische, computeranimierte Geflacker eines Videos auf MTV, das einen eintönigen Beat begleitete, über dem musikalisch einfach überhaupt nichts passierte, und landete schließlich auf einem Sportkanal, wo er fasziniert verfolgte, wie Menschen auf Motorrädern einen steilen Berghang so weit hinauffuhren, bis sie auf die Fresse fielen und die Maschinen, sich überschlagend und immer wieder aufprallend, den Hang wieder hinabstürzten. Wer am höchsten kam, hatte gewonnen.

DIENSTAG

Als er aufwachte, war es hell. Marleen saß rauchend neben ihm auf der Sofalehne.

»Findest du, daß nette Männer Nieten sind?« fragte Jan.

Sie sog den Rauch tief ein und lächelte nachdenklich. »Das scheint mir nicht das Problem – das Problem ist, daß die Arschlöcher auch Nieten sind.«

»Ein schwacher Trost, aber immerhin. Wie spät ist es?«

»Halb acht. Warum liegst du hier, war mein Bett zu unbequem?«

»Ich konnte nicht schlafen.«

»Wie war es eigentlich in Lissabon?« Sie zeigte auf sein T-Shirt. »Scheint ja echt klasse gewesen zu sein.«

Jan brummte unwillig. »Kennst du Absinth?« fragte er.

Sie lachte leise. »Ich habe davon gehört. Es war also in erster Linie eine Sauftour?«

»Nicht nur, ich habe auch einiges über das Saxophon herausgefunden.«

Sie lächelte resigniert. »Das Saxophon ... na schön, dann erzähl mal.«

Er stand auf und ging in die Küche, Richtung Kaffeemaschine. Marleen folgte ihm. Während er die Maschine startklar machte, begann er, seine Begegnungen mit Crespo und Jojo McIntire zu schildern.

»Wenn du McIntire erlebt hättest, wärst du wahrscheinlich nicht so skeptisch, was das Sax angeht«, sagte er.

Marleen zuckte mit den Schultern. Sie zündete sich eine neue Zigarette an.

»Mir ist das eigentlich alles völlig gleichgültig. Christian ist tot, und es ist eh nichts mehr zu ändern.«

»Willst du nicht wissen, was ihm passiert ist?«

Wieder zuckte sie trotzig die Schultern.

»Ich will überhaupt nichts mehr davon hören.«

Jan sah die Tränen in ihre Augen schießen. Er hielt sich an seiner Kaffeetasse fest. Drei Stunden Schlaf waren zuwenig gewesen.

»Ich werde jetzt mal nach Hause gehen«, sagte er. Sie nickte nur. »Okay?« fragte er. Wieder nickte sie und zog die Nase hoch. Er küßte sie auf die Stirn und machte sich auf den Weg.

Er fuhr mit der Zwölf bis zum Barbarossaplatz und holte sein Fahrrad, das noch vor dem Metronom stand. Obwohl es immer noch regnete, war er froh, nicht mehr auf die KVB angewiesen zu sein. Er fuhr nach Hause und hoffte inständig, dort nicht auf Daniela zu treffen. Gleichzeitig machte er sich Sorgen um sie.

Die Wohnung war leer. Jan fluchte, als er feststellte, daß der Anrufbeantworter ausgeschaltet war. Er ließ sich ein Bad ein. Während das Wasser lief, ging er in die Küche und warf einen hoffnungsarmen Blick in den Kühlschrank. Außer einem Liter schlecht gewordener Milch, mehreren Fischkonserven, einem Ei und einer Flasche Fernet Branca war nichts zu finden, und Jan beschloß, nach dem Bad auswärts zu frühstücken. Immerhin gab es noch Kaffee. Er setzte die Maschine in Gang und ging ins Wohnzimmer. Er sah aus dem Fenster auf die zugeparkte Straße. Gegenüber blockierte ein schwarzer BMW die Einfahrt, in die gerade ein Lkw einbiegen wollte. Der Fahrer brüllte aus dem Seitenfenster zu der Limousine hinüber, die daraufhin langsam auf die Straße rollte und den Weg freigab. Nachdem der Laster im Tor verschwunden war, versuchte der BMW wieder rückwärts in die Einfahrt einzuparken, wurde aber sofort von einem hysterisch nach vorn schießenden tiefergelegten Polo blockiert. Jan hörte die wummernden Bässe aus dem Winzauto bis zu sich herauf. Die anderen Wagen der Schlange schlossen auf, und der BMW war gezwungen weiterzufahren. Jan beobachtete das Chaos aus Blech und war zum wiederholten Mal froh, kein Auto mehr zu haben. Er freute sich auf das Bad.

Der Kaffee war fertig, er goß sich einen Becher ein und nahm ihn mit ins Badezimmer. Angewidert zog er das Lissabon-T-Shirt über den Kopf und stopfte es zusammen mit seinen anderen Sachen in den Wäschekorb. Mit verzerrtem Gesicht stieg er in das dampfende Wasser. Es war eigentlich viel zu heiß, aber er mochte es so. Als er drin war, spürte er dem Kribbeln in seinen verspannten Muskeln nach. Es war ein Gefühl wie nach einem Radrennen – einem verlorenen Radrennen. Er griff nach dem Kaffeebecher, den er auf dem Klodeckel abgestellt hatte.

Das Telefon klingelte. Jan sah starr geradeaus. Er stellte den Becher wieder ab und holte tief Luft. Dann tauchte er mit dem Kopf unter Wasser. Er blieb so lange es eben ging unten. Er erinnerte sich an die Rekordtauchversuche seiner Kindheit, bei denen er immer gegen Bernie Klapproth verloren hatte. Wasser war nie sein Element gewesen. Den Freischwimmer hatte er erst mit zehn gemacht, da hatte Bernie schon den Jugendschwimmschein. Er blieb seiner Schätzung nach etwa fünfzehn Minuten unter Wasser, bis er luftschnappend wieder auftauchte. Als er sich das Wasser aus den Ohren geschüttelt hatte, klingelte das Telefon immer noch.

»Unglaublich«, murmelte er. Erleichtert entspannte er sich, als das nervenquälende elektronische Gedudel endlich verstummte. Er nahm einen Schluck Kaffee, und das Läuten begann erneut. Schicksalsergeben stand er auf, griff nach seinem Bademantel und verließ triefnaß die Wanne. Beinahe wäre er auf dem Kunststoffboden der Diele ausgerutscht, schaffte es aber letztlich sicher bis zum Telefon. Seine Hand verharrte zögernd über dem Hörer, er fragte sich, welche schlechte Nachricht sich hinter dem Läuten verbarg. Dann nahm er ab.

»*Bonjour*, Monsieur Richter. Dunestre hier, wie erfreulich, Sie endlich zu erreichen. In Ihrem Club sagte man mir, Sie seien verreist. Ich hoffe, Sie hatten einen erholsamen Urlaub.«

»Erholsam, o ja. Danke der Nachfrage. Was kann ich für Sie tun, Madame Dunestre?«

»Sie könnten mich über den Stand Ihrer Bemühungen um unseren Vertragsgegenstand unterrichten. Haben Sie das Instrument gefunden oder wenigstens Monsieur Straaten?«

»Herr Straaten ist ... aufgetaucht.« Jan wußte nicht, wieviel er erzählen sollte. Er wollte nicht, daß Saphire die Sache für hoffnungslos hielt. Zumindest nicht für so hoffnungslos, wie sie war. Solange es noch eine theoretische Chance gab, mußte er den Ball im Spiel halten.

»Haben Sie das Saxophon von ihm bekommen?« hörte er Sandrine Dunestre fragen.

»Nein, aber ich arbeite daran.«

»Wie darf ich das verstehen? Will Monsieur Straaten das Saxophon nicht mehr hergeben?«

»Nun, von nicht wollen kann keine Rede sein ...«

»*Vous vous foutez de moi?* Monsieur Richter, haben Sie das Saxophon oder nicht?«

»Bis jetzt noch nicht, ich werde Sie auf dem laufenden halten.«

Sandrine Dunestre zögerte einen Moment, bevor sie weitersprach. »Monsieur Saphire ist wirklich *sehr* an dem Instrument interessiert, wie sie wohl schon bemerkt haben. Wir sind daher zu einigen Kompromissen bereit. Allerdings sind wir *nicht* bereit, uns veralbern zu lassen. Monsieur Saphire ist ein sehr ... entschlossener Mann, wenn es um seine Interessen geht. Ich muß Sie also bitten, die Angelegenheit mit der gebotenen Ernsthaftigkeit zu behandeln.«

»Schmeißt er mich sonst die Treppe runter?«

Der Satz war ihm herausgerutscht. Zunächst erschrak er selbst darüber, doch dann lauschte er interessiert dem sich ausdehnenden Schweigen am anderen Ende der Leitung.

»Ich weiß nicht, wie ich das verstehen soll«, antwortete Sandrine Dunestre endlich. Ein bißchen lahm, dachte Jan. Er zögerte nur kurz und setzte dann nach.

»Lissabon ist eine interessante Stadt, ich hatte einige sehr informative Begegnungen dort.«

Wieder dauerte es, bis die Managerin sich zu einer Antwort entschließen konnte. Sie sprach sehr beherrscht und konzentriert.

»Ich sehe, Sie betreiben Ihre Nachforschungen mit einigem Engagement. Das gibt mir die Hoffnung, daß unser Geschäft zu einem guten Ende gebracht werden kann. Wir verbleiben also wie besprochen. Sollte sich etwas Neues ergeben, werden Sie mich informieren. *Au revoir,* Monsieur Richter.« Sie legte auf.

Jan grinste. Der Punkt ging an ihn. Er schaltete den Anrufbeantworter ein und ging ins Bad. Er ließ heißes Wasser zulaufen und holte sich einen frischen Kaffee aus der Küche. Als er wieder in der Wanne saß, begann das Telefon zu läuten.

»Arsch lecken!« brüllte Jan. Genervt wartete er darauf, daß der Anrufbeantworter ansprang. Als er Donato Torricellis Stimme aus dem Lautsprecher hörte, hielt er sich die Nase zu und tauchte wieder unter. Lieber wollte er ertrinken, als über Fußball reden. Als er wieder auftauchte, hörte er Donato noch »Ciao« sagen und auflegen. Er nahm einen Schluck Kaffee und wartete. Als das Telefon wieder läutete, nickte er ergeben. Der Anrufbeantworter sprang an, und Jochen Diekes fragte, wie es ihm gehe und ob er weiter im Cool Moon aushelfen solle. Das Konzert von Marion Radtke war ein Erfolg, und Jan solle sich doch bitte bald mal melden. Soviel zu den guten Nachrichten, dachte Jan. Ein erfolgreiches Konzert bedeutet, daß er endlich seinen arg geschrumpften Bargeldbestand auffrischen konnte, und Jochens Angebot, weiter auszuhelfen, war eine große Erleichterung. Jan hatte noch keine konkreten Pläne, aber er mußte weitersuchen, nach dem Saxophon und dem Mörder. Er stand auf, griff nach seinem Badetuch und begann sich abzurubbeln. Der Mörder und das Saxophon, letztlich war es das Gleiche. »Paß auf, daß es dich nicht findet!« McIntires Warnung fiel ihm ein. Es konnte gefährlich werden. Ich muß zur Polizei, dachte Jan.

Er ging zum Telefon und wählte Jochens Nummer.

»Hallo, Jochen, ich lag gerade in der Wanne«, sagte er.

»Hallo, Jan! Was ist der Unterschied zwischen einer Sängerin und einem Klavier?«

»Was? Äh, keine Ahnung.«

»Ungefähr ein Viertelton.«

»O Mann.« Jan war nicht in Stimmung für Witze, obwohl er diesen eigentlich ziemlich gut fand.

»Hat mir die Radtke gestern erzählt«, sagte Jochen.

Jan hörte Diekes' begeisterter Schilderung des Konzertes zu und sah dabei aus dem Fenster. Der schwarze BMW stand wieder in der Einfahrt gegenüber.

»Gibt's was Neues über Christian?« fragte er, als Jochen geendet hatte.

»Ich hab nichts gehört. Soweit ich weiß, suchen sie noch nach dem Rest.«

Jan schloß die Augen. Jochens kühl-professionelle Art, über Christian zu reden, ging ihm an die Nieren.

»Ich hab denen von Kröders Besuch im Cool Moon erzählt«, fuhr Jochen fort, »sie werden wohl mit dir reden wollen. Kommissar Dorff ist zwar nicht gerade das, was ich einen harten Hund nennen würde, aber unterschätzen sollte man ihn auch nicht. Am besten, du fährst mal zum Waidmarkt und bringst es hinter dich.«

»Du hast Marleen gesagt, wir sollten nichts von Daniela erzählen?«

»Ja, das ist richtig. Ich meine, das könnte Dorff nur unnötig auf blöde Ideen bringen, oder? Mach dir aber keinen großen Kopf drum. Solange die Todesursache nicht feststeht, wird er nichts unternehmen.«

»Gut, am besten fahre ich gleich mal hin. Ich brauch übrigens ein bißchen Penunse, ist gestern was übriggeblieben?«

»Doch, ja – ganz anständig sogar. Ich hab es hier, du kannst es abholen kommen.«

»Okay, dann bis gleich. Ich komm erst zu dir und fahr dann zum Waidmarkt.« Jan legte auf und ging zum Kleiderschrank. Er stellte fest, daß er keine sauberen Socken mehr hatte. Immerhin fand er noch eine letzte Unterhose. Sie stammte noch aus der vorletzten Generation und war eine Nummer zu klein, dafür war der Gummi ausgeleiert. Er öffnete die Tür zu Danielas Teil des Schrankes und wühlte nach einem Paar Socken, das er vielleicht tragen konnte. Er fand ein Paar rote, die groß genug schienen. Als er sie aus dem Fach nahm, entdeckte er darin eine weiße Plastiktüte. Er zögerte kurz – es war eigentlich nicht seine Art, in ihren Sachen zu schnüffeln.

In der Tüte waren ein dicker, offener Umschlag mit Schwarzweißfotografien und eine Mappe mit Transparentbögen, in denen Negative steckten. Jan nahm die Fotos aus dem Umschlag.

Auf den ersten Bildern sah er einen älteren, nicht ganz schlanken Mann mit Klaus-Heugel-Brille und grauen Haaren auf einem fast leeren Fabrikhof, interessiert einen tiefergelegten E-Klasse-Mercedes inspizierend. Er kam Jan irgendwie bekannt vor. Drei Bilder weiter tauchte jemand auf, den Jan erst einmal gesehen hatte, den er aber jederzeit wiedererkennen würde. Peter Kröder hatte jovial den Arm um die Schultern des Mannes gelegt und führte ihn zu zwei Containern, die am Ende des Platzes standen. Auf dem nächsten tauchte der blonde Schläger auf und öffnete die Türen der Container. Sie waren gefüllt mit blauen Metall-Lagerkisten. Kröder zeigte grinsend auf ein Emblem an den Kisten, das Jan mit zusammengekniffenen Augen als Mercedesstern identifizierte. Die beiden reichten sich die Hand.

Das nächste Bild war anders. Der Mann tanzte in Frauenkleidern und mit verschwitztem Haar auf einem Tisch, in einer Umgebung, die auf einen Puff oder ähnliches schließen ließ. Um ihn herum war eine Schar Leute, die wie Transen und Nutten aussahen. Der Mann war sichtlich glücklich. Weitere Bilder zeigten ihn ausgelassen lachend mit einer erstaunlich kleinen Domina, die ihn spielerisch mit ihrer beängstigend wirkenden Peitsche bedrohte – und wie er, eine panische Fratze markierend, mit ihr durch eine Tür verschwand.

War Jan bei den Bildern zuvor nicht sicher, ob sie mit Wissen des Mannes gemacht worden waren, hatte er bei den folgenden Aufnahmen keinerlei Zweifel: Der Mann hatte keine Ahnung von dem Fotografen gehabt.

Offensichtlich durch einen falschen Spiegel oder ein Loch in der Wand aufgenommen, zeigten die Bilder, was die erstaunlich kleine Domina mit ihrer erstaunlich großen Peitsche so drauf hatte. Dem Mann schien's zu gefallen. Auf den nächsten Bildern war ein Transvestit dabei, und es wurde richtig unappetitlich. Noch drei Bilder, dann war Schluß. Jan sah sich die Bilder mit der Domina noch mal an, dann überprüfte er die Negative. Sie gehörten zu den Aufnahmen. Wahrscheinlich hatte Christian sie gemacht und entwickelt. Er überlegte, woher er den Mann auf den Fotos kannte, als es fast hörbar ›Klick‹ in seinem Gehirn machte.

»Ach du Scheiße«, entfuhr es ihm.

Er streifte seine Regenjacke über und setzte seine Baseballkappe auf. Die Fotos steckte er in seinen Rucksack und lief die Treppe hinunter. Sein Fahrrad stand im Hausflur, er schob es durch die Haustür auf die Straße. Der BMW stand noch immer in der Einfahrt gegenüber. Jan stieg auf und fuhr gegen die Einbahnstraße die Brüsseler runter in Richtung Zülpicher Platz. Er fuhr wie eine gesengte Sau. Ständig brüllten Fußgänger hinter ihm her, an der Ecke Rathenauplatz erwischte er fast einen Yorkshireterrier, sein Frauchen konnte ihn gerade noch an der Leine auf den Bürgersteig ziehen.

»Knapp vorbei ist auch daneben«, fluchte Jan vor sich hin. Der Regen ging ihm auf die Nerven. Es gibt kein schlechtes Wetter, es gibt nur unangemessene Kleidung, hatte seine Oma immer gesagt. Manchmal hatte er sie gehaßt. Am Barbarossaplatz wechselte er mit einem halsbrecherischen Manöver auf den gegenüberliegenden Gehsteig und bog dann an dem runden Bürogebäude vorbei links in die Trierer Straße. Heftig atmend hielt er vor Jochen Diekes' Haus. Als Jochen die Tür aufdrückte, schob er sein Rad in den Hausflur, stellte es unter dem Schild »Fahrräder abstellen verboten« ab und hetzte zum dritten Stock hoch. Jochen sah ihn mit hochgezogenen Brauen an, als er die Treppe raufstürmte. Jan ging durch in die Küche.

»Kaffee?« fragte Jochen.

Jan nickte. »Scheißwetter«, sagte er.

Jochen hantierte an der Spüle. Er besaß eines dieser Glaskolbenkaffeegeräte, in die unten das Wasser und oben der Kaffee gefüllt wurde und die dann auf den Herd kamen. Irgendwann entlud sich schließlich das Wasser mit einem obszönen Gegurgel von unten nach oben. Jan mochte Filterkaffee.

»Was ist mit dir?« fragte Jochen.

»Hier!« sagte Jan und fingerte die Fotos aus seinem Rucksack.

Jochen setzte das Kaffeeding auf den Herd und nahm die Bilder. Er pfiff zwischen den Zähnen hindurch.

»Respekt, wo hast du die denn her?«

»Von Daniela. Was meinst du mit ›Respekt‹? Stehst du auf so was?«

»Na hör mal, das hier ist doch wohl ein Knaller!« Jochen zeigte auf ein Foto, auf dem der Mann Kröder die Hand schüttelte.

Jan sah ihn verständnislos an. »Das da? Ich dachte, du meinst die Schweinkramfotos.«

Jochen starrte ihn an wie einen Trottel. »Weißt du, wer das ist?« fragte er.

»Hans-Karl Endenich, wenn ich nicht irre.«

Jochen nickte. »Von allen HKE genannt. Immobilienmakler und Vorstandsmitglied von so ziemlich allem, was ein ›Kölsch‹ im Namen trägt. Die Freunde und Förderer unseres Klüngels dürften ein wenig bedrückt sein, wenn jemand das veröffentlicht. Daß er ausgefallene Hobbys hat, interessiert in den Zeiten von Arabella Kiesbauer keine Sau mehr – daß er aber mit einem stadtbekannten Schieber vor zwei Containern mit Autoersatzteilen steht ... na, das dürfte ihm ein paar Mark wert sein. Die Domina ist da nur die Zugabe – die Verbindung von beidem macht den Reiz aus. Er macht krumme Geschäfte *und* Sauereien.«

»Was ist denn so aufregend an Autoersatzteilen?«

»Kröder kauft so was garantiert nicht bei Mercedes. Es gibt zwei Möglichkeiten: Entweder sie sind geklaut oder gefälscht.«

»Gefälscht? Autoersatzteile?«

»Genau. Gefälscht ist viel besser als geklaut, da hast du immer Probleme mit den Seriennummern. Irgendein findiger Bursche in Malaysia oder wo auch immer baut die Teile aus billigem Blech nach, prägt eine Nummer und einen Stern rein, und fertig ist die Laube.«

Jan rieb sich die Augen. Das Zucken in seinem Lid hatte wieder angefangen.

»Aber diese Fotos beweisen doch nichts.«

»Alleine nicht viel, das ist richtig – zumindest aber, daß Endenich sich in schlechter Gesellschaft bewegt. Wenn Kröder aber noch ein paar dazu passende schriftliche Unterlagen hat ... Ich hab was läuten hören, Endenich sei als Prinz im Gespräch.« Er lachte kopfschüttelnd, während er die Negative inspizierte. »Hans-Karl Endenich, kaum zu glauben. Und die sind von Daniela?« fragte er.

»Vermutlich eher von Christian, jedenfalls lagen sie in *meinem* Kleiderschrank, in *meiner* Wohnung!«

»Dann wissen wir ja jetzt, was man in Christians Wohnung gesucht hat.«

Jan nickte. STRAATEN DU BIST TOT.

»Meinst du, sie haben den Falschen erpreßt? Ich meine, daß Endenich zurückgeschlagen hat?«

»Glaub ich nicht. Wie soll Christian in der Lage gewesen sein, solche Fotos zu machen? Er kann das allein gar nicht hingekriegt haben, das ist zwei Nummern zu groß für einen Amateur wie ihn. Peter Kröder hat einen Puff in der Vietorstraße, wahrscheinlich hat Christian dort die Aufnahmen für Kröder gemacht. Nachher hat es dann irgendwie Krach zwischen ihnen gegeben.«

»Glaubst du, Kröder hat ihn umgebracht?«

Jochen sah zweifelnd auf die Fotos. »Klingt natürlich naheliegend, ergibt aber nicht wirklich Sinn. Schließlich hat er die Aufnahmen noch immer nicht. Ich vermute, Daniela weiß nicht, daß du sie hast?«

»Nein. Was machen wir damit?«

Jochen lachte bitter. »Am besten, wir geben sie Kröder, dann muß Endenich wenigstens ordentlich zahlen. Die Polizei wird sich nicht dafür interessieren, ist ja nichts Strafbares drauf, außerdem ... ich meine, wir sind in Köln, wenn sie in die falschen Hände geraten, weiß man nicht, was dabei raus kommt ... Ich werd mir was einfallen lassen.«

»Ich möchte vor allem Daniela heil aus der Sache raushaben.«

»Dann solltest du der Polizei nichts davon erzählen. Hast du mit Daniela gesprochen?«

»Nicht, seit ich wieder da bin.«

»Das beste wird sein, ich behalte die Bilder hier, und du redest erst mal mit ihr. Wir müssen wissen, was genau passiert ist zwischen Kröder und den beiden.«

»Ich hoffe, sie spricht überhaupt mit mir. Das letzte Mal ist sie völlig durchgedreht.«

Jochen zuckte mit den Schultern. »Wir werden sehen. Ich geb dir jetzt erst mal das Geld.« Er ging aus der Küche und kam kurz darauf mit einem Umschlag zurück.

»Die Abrechnung steckt mit drin«, sagte er.

Jan nickte.

»Du bist mir eine große Hilfe. Es wäre toll, wenn du noch ein paar Tage weitermachen könntest.«

»Eigentlich wollte ich heute ins Filmhaus in der Maybachstraße. Da läuft ›Dizzy in Cuba‹. Aber ist okay. Macht mir ja auch Spaß, mal *hinter* der Theke zu stehen. Außerdem denke ich manchmal mit einer gewissen Vorfreude an eine ganz bestimmte Flasche Bunnahabhain.«

Jan nickte verdrießlich. Er stand auf und griff nach seinem Rucksack. »Wir telefonieren«, sagte er.

»Ach, übrigens, Donato hat zweimal nach dir gefragt«, rief Jochen noch hinter ihm her, bevor er die Wohnung verließ.

Im Erdgeschoß, neben seinem Fahrrad, stand eine Frau, Mitte Vierzig. Sie trug eine goldene Handtasche und silberne Pumps. Er ahnte, was kommen würde.

»Ist das *Ihr* Fahrrad?« fragte sie und stellte sich so in den Weg, daß Jan nicht an sein Gefährt herankam.

»Darf ich mal durch?« fragte er.

Sie blieb ungerührt stehen, die Lippen zusammengepreßt, mit heruntergezerrten Mundwinkeln. Ihre Hand krampfte sich um den Riemen ihrer Tasche.

»Können Sie nicht lesen?« fragte sie.

Jan sah ihr angewidert ins Gesicht. Das Spiel war ihm zu blöd.

»Darf – ich – mal – durch?« wiederholte er.

»Sie dürfen hier keine Fahrräder abstellen, da steht es! Groß und deutlich!« Sie war sehr mutig.

Jan kniff die Augen zusammen und rieb sein zuckendes Lid.

»Es *steht* nirgendwo, deshalb *sag* ich es Ihnen: *Sie* dürfen keinen genervten Männern auf den Sack gehen. Und jetzt gehen Sie gefälligst aus dem Weg!« Etwas in seiner Stimme bewirkte, daß sie aus dem Stand einen halben Meter zur Seite sprang.

»*Danke*«, sagte Jan.

»Es ist verboten«, wisperte sie noch.

»Verklagt mich«, sagte er, während er sein Rad in den Regen hinausschob.

***

Jack Saphire saß in seinem Hotelzimmer auf dem Bett und starrte das Altsaxophon an, das zu seinen Füßen in dem aufgeklappten Koffer lag. Die kleine Französin lag mit benebeltem Grinsen neben ihm. Sie drückte den Joint im Aschenbecher aus. »Na los, Jaques, spiel mir was vor!« Er reagierte nicht. »Komm, chérie, zeig mir, was du für ein großer Künstler bist.« Zögernd griff er nach dem Instrument und setzte es zusammen. Noch ein Mal, dachte er, noch ein letzter Versuch. Er setzte es vorsichtig an und blies sanft hinein. Er war ein guter Saxophonist, ein sehr guter, einer der Besten, er wußte es, alle wußten es. Aber der einzelne Ton, den er jetzt dem Instrument entrang, war jämmerlich, schien ihn verhöhnen zu wollen. Ein schiefes Quietschen, das mit einem Winseln erstarb. Sie setzte zu einem Lachen an, aber als er ihr langsam sein Gesicht zuwandte, verstummte sie. Er baute das Saxophon auseinander, reinigte sorgsam die Einzelteile und legte sie in das Futteral. Mit einem scharfen Schnappen rasteten die Schlösser ein. »Geh jetzt«, sag-

te er. Die junge Frau nickte. Hastig raffte sie ihre Sachen zusammen und verließ das Zimmer.

*

Normalerweise vermied er das Kamikazeunternehmen, mit dem Rad die Bäche runterzufahren, aber heute war ihm das Risiko gleichgültig. Nach einem kurzen Blick über die Schulter zog er nach links, querte, umgeben von wütendem Hupen, alle vier Spuren und fuhr bei Rot über die Kreuzung Perlengraben. Er langte so gerade eben lebend auf der anderen Seite an und atmete erst mal tief durch. Langsam rollte er auf dem Gehsteig weiter in Richtung Polizeipräsidium. Sein nicht stattgefundenes Frühstück fiel ihm ein. Es war besser, mit vollem Magen und etwas entspannter bei der Polizei aufzutauchen.

Den Waidmarkt ließ er rechts liegen und radelte gemächlich weiter zur Malzmühle. Er suchte sich einen halbwegs ruhigen Tisch und überflog die Karte. Bratkartoffeln mit Spiegeleiern entsprachen am ehesten seiner Vorstellung von Frühstück. Er überlegte gerade, eine Apfelsaftschorle zu bestellen, als ihm der Köbes ein Kölsch auf den Tisch knallte. Jan verzog das Gesicht, nickte dann aber und nahm einen Schluck. Er bestellte die Bratkartoffeln, und er hatte sein zweites Kölsch ausgetrunken, als sein Frühstück kam. Er aß konzentriert und orderte noch ein Kölsch, als der Teller leer war.

Ein älterer Mann in Lodenmantel und einem Filzhut mit Gamsbart kam durch die Tür und ging bedächtig, aber zielstrebig auf seinen Tisch zu. Offensichtlich war dies sein Stammplatz. Er hängte Hut und Mantel an einen Haken direkt neben dem Tisch und setzte sich mit einem kurzen Nicken zu Jan. Der Köbes brachte ihm ein Kölsch und einen Kabänes.

»Morgen, Pit«, sagte der Mann.

Der Köbes brummte nur und machte Striche auf den Deckel.

»Der bedient mich schon seit Jahren, und er ist immer noch ein Drecksack«, sagte der Mann, als der Köbes verschwunden war. »Scheißwetter.«

Jan nickte.

»Das bleibt so. Ich seh's kommen.«

Jan nickte wieder. Er winkte dem Köbes zu und rieb Zeigefinger und Daumen aneinander. Der Köbes nickte, verschwand aber in Richtung Schwemme.

Ein Handy begann zu klingeln. Es spielte eine alberne Melodie, eine Mode, die Jan mindestens ebenso haßte wie Handys überhaupt. Er wunderte sich, denn sein neuer Tischnachbar sah so gar nicht wie ein Handybesitzer aus. Der Mann wühlte in den Taschen seines Mantels und holte das Gerät hervor. Unwillig starrte er es an, griff dann in die Brusttasche seiner Jacke und holte eine Lesebrille heraus. Er setzte sie auf, sah auf das plärrende Telefon und drückte einen Knopf.

»Dorff«, meldete er sich. Er hörte eine Weile zu. »Nein«, sagte er dann nur. Wieder drückte er einen Knopf und legte das Gerät vor sich auf den Tisch.

»Es tut mir leid, es gehört sich wirklich nicht – gerade hier«, sagte er zu Jan gewandt. »Manchmal hab ich den Eindruck, die rufen nur an, weil sie wissen, daß ich hier bin. Die wollen mich ärgern. Aber wir müssen halt immer erreichbar sein. Ich bin bei der Kripo.« Er nahm die Brille ab und lächelte entschuldigend.

»Bei der Kripo? Sind Sie Kommissar Dorff?« fragte Jan.

Der Mann sah ihn milde überrascht an und nickte. Er holte eine Packung Stuyvesant hervor und suchte nach Feuer.

»Mit wem habe ich die Ehre?« fragte er.

»Richter, Jan Richter, ich wollte gerade zu Ihnen wegen der Sache mit Christian Straaten.«

»Straaten, aja, der Herr aus Poll, den's nach Düsseldorf getrieben hat.« Er zündete seine Zigarette an.

Jan wurde sauer, er hatte keinen Sinn für solche Scherze. Aber Dorff blickte ernst in sein Glas. Für etliche Sekunden schien er völlig abwesend, dann griff er nach dem Kabänes.

»Zahlen?« fragte der Köbes Jan.

»Ich hab's mir anders überlegt.«

Der Köbes nickte und plazierte zwei Kölsch auf ihre Deckel. Jan beschloß, langsamer zu trinken.

»Sie waren der Herr, der Besuch von Peter Kröder hatte, wenn ich mich recht erinnere?«

»Genau, am Freitag in meinem Club. Er hat mich nach Christian Straaten gefragt. Recht nachdrücklich.«
»Wieso Sie?«
Weil er meine Alte fickt. Jan nahm sein Glas und trank einen Schluck, bevor er antwortete.
»Wir sind Geschäftspartner, Christian Straaten und ich. Das heißt, wir wollten es werden. Ich nehme an, Herr Kröder wußte das.«
»Was für Geschäfte sind das?«
»Herr Straaten wollte Teilhaber an meinem Jazzclub werden. Das Cool Moon in Nippes.«
»Und was hat Kröder mit diesen Geschäften zu tun?«
Jan fühlte sich unbehaglich. Er nahm noch einen Schluck Kölsch.
»Nichts, soweit es mich betrifft. Ich kannte den Herrn gar nicht. Herr Diekes hat mir erst gesagt, wer das war. Er hatte sich nicht vorgestellt.«
»Herr Diekes, ach ja. Wie geht es ihm eigentlich, noch Probleme mit dem Rücken?«
Auch das noch, dachte Jan.
»Soweit ich weiß, ja.« Jochen hatte gesagt, Kommissar Dorff sei kein harter Hund, aber Jan wurde klar, was Jochen mit »nicht unterschätzen« gemeint hatte. Er hatte das Gefühl, sich schon jetzt in einem durchsichtigen Lügengespinst zu verheddern.
Kommissar Dorff leerte seinen Kabänes. »Ein netter Kerl, der Herr Diekes. Schade, daß er nicht mehr bei uns arbeitet.«
Jan nickte. »Ja, wirklich, ein netter Kerl.« Er wartete auf die nächste Frage, aber Dorff schwieg. Gedankenverloren drehte er das leere Schnapspinnchen unablässig zwischen Daumen und Zeigefinger.
»Ich glaube, ich weiß, warum Christian Straaten umgebracht wurde«, sagte Jan schließlich.
Kommissar Dorff sah ihn nicht an, er blickte einfach geradeaus, in Richtung der bleiverglasten Fenster, die das trübe Licht des Regentages noch weiter verdüsterten.
»Wie kommen Sie denn darauf, daß er umgebracht wurde?«
»Er hatte ein Saxophon, ein wertvolles Instrument. Das ist verschwunden.«
»Ein Saxophon? Ich dachte, er war Trompeter.«

Jan nickte dankbar, als der Köbes zwei neue Kölsch auf den Tisch stellte. »Ich nehm auch en Kabänes«, sagte er.

»Trompete ist ja ein schönes Instrument«, fuhr der Kommissar fort. »Kennen Sie Roy Etzel?« Jans Augenlid begann wieder zu zucken. »Ich habe einige Platten von ihm. Wirklich toll. So ein strahlender Klang. Meine Frau mochte ihn auch sehr. Haben wir oft aufgelegt, damals ...« Er verstummte. Immer noch sah er einfach geradeaus.

Jan gab die Hoffnung nicht auf, den Kommissar für seine Theorie begeistern zu können.

»Straaten wollte das Saxophon nicht spielen, es war wertvoll, ein Sammlerstück. Es hat Charlie Parker gehört«, erläuterte er vorsichtig.

»Wer ist das?« fragte der Kommissar.

Jan rieb mit dem Handballen sein Auge. »Ein berühmter Jazzmusiker. Ist schon eine Weile tot.«

»Jazzmusiker, aha.« Dorff griff nach seinem Kölsch. »Kennen Sie den? Gnädiges Fräulein, tanzen Sie Jazz mit mir? Nee, ich habe eben getanzt, ich tanze jezz nich‹.« Kommissar Dorff lachte glucksend in sich hinein. Aus der Innentasche seines Jacketts holte er einen kleinen Notizblock und einen Kugelschreiber hervor. Er setzte seine Lesebrille auf und legte den Block zurecht.

»Wie war der Name?«

»Charlie Parker.«

Der Kommissar schrieb. »Wie sah das Saxophon aus?«

»Ein Altsaxophon. Es soll einen Vogel auf dem Schalltrichter eingraviert haben. Ich habe es selbst nie gesehen.«

Dorff hob den Kopf und sah Jan über den Rand seiner Lesebrille hinweg an. Ohne nach unten zu sehen, klappte er den Notizblock wieder zu.

»Sie meinen, Herr Straaten sei umgebracht worden wegen etwas, das Sie nur vom Hörensagen kennen?«

Jan nickte nur. Er blickte in sein Glas.

»Gibt es jemanden, den Sie konkret verdächtigen?«

Jan verneinte kopfschüttelnd.

»Seien Sie mir nicht böse, Herr Richter, aber das ist mir ein bißchen zu dünn. Vorerst wissen wir noch gar nicht, wie Herr Straaten zu Tode gekommen ist. Sehr gut möglich, daß es ein Unfall war. Sollte ein Fremdverschulden oder ein krimineller Hintergrund vorliegen, würde ich Herrn Straatens Verbindungen ins Drogen- und Zuhältermilieu als Untersuchungsrichtung bevorzugen. Vor allem würde ich sagen, warten wir erst mal die Obduktion ab.«

Der Köbes brachte den Kabänes. Jan trank ihn in einem Zug aus und schüttelte sich.

»Nicht jedermanns Sache, das Zeug«, sagte Dorff. Er stand auf und griff nach seinem Mantel. »Unfall gibt immer den wenigsten Schreibkram«, sagte er, während er sich den Hut aufsetzte und zurechtrückte. »Falls ich noch Fragen an Sie habe, komme ich auf Sie zu.« Er legte einen Zehner auf seinen Deckel und stellte das leere Glas darauf. Freundlich lächelnd tippte er zum Abschied an die Hutkrempe und verschwand durch die Drehtür.

Roy Etzel, dachte Jan. O Mann.

Er war müde.

*

Langsam fuhr Jan durch den Regen nach Hause. Er brauchte eine Mütze Schlaf. Er fuhr über die Hohepforte und dann im Zickzack durchs Griechenmarkt- und Mauritiusviertel, um dem Verkehr zu entgehen, aber auch in den engen Straßen hier herrschte hektische Betriebsamkeit. Durch den Regen wirkte das Viertel noch düsterer als sonst. Der feine Niesel begann, unter seine Jacke zu kriechen. Er bog von der Jülicher Straße in die Brüsseler ein und hielt abrupt an.

»Scheiße«, sagte er und suchte Deckung hinter einem Lieferwagen.

Er erkannte den Mann sofort, der aus seiner Haustür kam. Der Schläger mit dem blonden Pferdeschwanz überquerte zügig die Straße und öffnete die Beifahrertür des schwarzen BMW, der gegenüber in der Einfahrt stand. Jan sah, wie er den Kopf schüttelte, als er einstieg. Die Tür wurde geschlossen, und die Limousine rollte langsam an.

Jan wartete, bis der Wagen in die Richard-Wagner-Straße abgebogen war. Die Ampel schien für immer auf Rot stehenbleiben zu wollen. Als das Auto endlich verschwunden war, hetzte er zu seinem Haus. Hastig schob er das Rad in den Flur und spurtete die Treppen hoch.

Das Schloß war noch ganz, aber ihm war klar, daß das nichts zu bedeuten hatte. Er hatte sich noch nie angewöhnen können abzuschließen, wenn er die Wohnung verließ, obwohl er wußte, das eine nur zugezogene Tür allenfalls Zugluft abhielt.

Die Wohnung war durchsucht worden. Nicht so brachial wie Christians – man hatte wohl nicht gewagt, hier soviel Lärm zu machen wie in Poll, aber man hatte sehr intensiv gesucht. Jan ging durch die Zimmer und versuchte einen Überblick zu gewinnen. Es schien nichts gestohlen worden zu sein, aber alle Schränke waren durchwühlt, einige Möbel von der Wand gerückt, Papiere über den Boden verstreut. Der Kleiderschrank stand offen, und der Inhalt der Fächer lag auf dem Bett.

Pech gehabt, Herr Kröder, dachte er. Der Wagen hatte den ganzen Morgen in der Einfahrt gestanden. Wahrscheinlich hatten sie auf Daniela gewartet. Sie hatten gesehen, daß er weggefahren war, und als sie nicht auftauchte, irgendwann die Nerven verloren. Kröder hat unten Schmiere gestanden, und der Blonde war eingebrochen. Wenn Jan noch ein Paar saubere Socken gehabt hätte, wäre er fündig geworden.

Jan mußte mit Daniela reden, er mußte wissen, was zwischen Christian und diesen Gangstern abgelaufen war. Er nahm das Telefon und suchte im Kurzwahlspeicher nach der Nummer des Jugendwohnheimes in Buchforst, in dem sie arbeitete.

Es hatte die erste große Krise ihrer Beziehung gegeben, als er ihr Studium einmal im besoffenen Kopf als Sozialschnickschnack bezeichnet hatte. Jetzt hatte sie ein richtiges Diplom, mußte alle zwei Wochen auch sonntags arbeiten und verdiente weniger als ein Facharbeiter.

Eine Männerstimme meldete sich, nachdem er es lange hatte läuten lassen.

»Richter, schönen guten Tag, ist meine Frau zufällig zu sprechen? Ich weiß ehrlich gesagt nicht, ob sie überhaupt Dienst hat.«

Der Mann am anderen Ende schwieg zunächst. Seine Stimme klang mißtrauisch, als er schließlich antwortete.

»Entschuldigung, ich glaube, ich habe Ihren Namen nicht verstanden, mit wem spreche ich bitte?«

»Richter, meine Frau Daniela arbeitet bei Ihnen.«

Wieder entstand eine Pause. Der Mann bemühte sich, korrekt und beherrscht zu sprechen.

»Wenn Sie wirklich der Mann von Daniela sind, sollten Sie eigentlich wissen, daß sie *nicht* mehr hier arbeitet«, sagte er.

»Was? Wieso das denn? Seit wann?«

»Hören Sie, Sie werden vielleicht verstehen, daß ich darüber am Telefon keine weiteren Auskünfte geben kann. Ich finde es, ehrlich gesagt, erstaunlich, daß Sie nicht wissen, was mit Ihrer Frau ist. Aber den Eindruck, daß Sie sich nicht übermäßig um sie kümmern, hatte man ja schon eine ganze Weile. Wenn Sie Fragen haben, wenden Sie sich besser an unsere Verwaltung. Guten Tag.«

»Guten Tag«, sagte Jan, aber der Mann hatte schon aufgelegt. Jan setzte sich aufs Bett und starrte das Telefon in seiner Hand an.

Er ahnte, was der Mann gemeint hatte. Danielas Kollegen hatten wahrscheinlich lange schon bemerkt, daß mit ihr etwas nicht stimmte. Vielleicht war ihr sogar wegen ihres Drogenkonsums gekündigt worden. Die Arbeit hatte ihr immer viel bedeutet, sie war sehr engagiert im Einsatz für »ihre« Jugendlichen. Jan überlegte, wann sie das letzte Mal von dem Job erzählt hatte, aber ihr Communication-Breakdown hielt schon so lange an, daß er sich nicht erinnern konnte. Sie hätte den Job schon vor Monaten hinschmeißen können, ohne daß er es gemerkt hätte.

Jetzt steckte sie in einer Erpressungsgeschichte, Christian war tot, sie nahm Drogen und hatte keinen Job mehr. Zusammengekauert hockte er auf dem Bettrand. Er überlegte, wen er anrufen und nach ihr fragen konnte. Die Kurzwahlliste im Telefon gab nichts her, Daniela hatte sie nicht benutzt, es war ihr zu kompliziert. Alle Eintragungen stammten von Jan.

Müde stand er auf und begann, nach ihrem Telefonblock zu suchen, konnte in dem Chaos aber nichts finden. Er war restlos erschöpft. Langsam räumte er die Sachen vom Bett zurück in den Schrank. Als er seine Hälfte des Bettes freigelegt hatte, streifte er die Schuhe ab und ließ sich auf die Matratze fallen.

Er rollte sich zusammen und schloß die Augen. Er hatte Angst. Angst um Daniela, Angst vor Kröder, Angst vor Löwenstein.

Es wurde einer dieser schweren Schlummer, aus denen er noch erschöpfter erwachte, als er eingeschlafen war. Als er die Augen öffnete, dämmerte es bereits. Nachdem er im Bad in den Spiegel geblickt hatte, beschloß er, sich etwas in Form zu bringen. Er duschte und versuchte sich zu rasieren, aber er war zu zittrig.

Er zwang sich, die Wohnung aufzuräumen, halbwegs zumindest. Die restlichen Sachen räumte er vom Bett wieder in den Schrank und stellte die Möbel gerade. Unter den Papieren auf dem Boden fand er Danielas Telefonnotizblock. Er blätterte darin, um die Nummern von Freundinnen zu finden, aber er kam mit ihrem Gekritzel nicht klar. Zwei Namen, die ihm bekannt vorkamen, konnte er Nummern zuordnen, aber bei beiden war niemand zu Hause, und er traute sich nicht, auf den Anrufbeantworter zu sprechen. Er hatte keine Idee, wo er Daniela suchen sollte, er konnte nichts tun als hoffen, daß sie irgendwann wieder auftauchte.

Schließlich wählte er Marleens Nummer. Sie ging nicht dran, und er erkundigte sich auf dem Anrufbeantworter nach ihrem Befinden. Jan hoffte, sie würde abheben, wenn sie seine Stimme hörte, aber nichts geschah.

Er sah aus dem Fenster. Die Einfahrt gegenüber war leer, und er konnte auch sonst nirgendwo einen schwarzen BMW entdecken. Er hoffte, daß sie aufgegeben hatten, aber vielleicht suchten sie auch nur woanders nach Daniela und den Fotos.

Kommissar Dorff hatte recht behalten, es regnete noch immer. Jan überlegte, was er machen konnte. Daniela zu suchen, ohne irgendeine Spur, war zwecklos.

Es war Dienstag, das Konzert von Greiner, Aufdemsee und dem russischen Pianisten im Metronom fiel ihm ein. Für Greiner mußte Christians Tod ein schwerer Schlag gewesen sein. Vielleicht war er ja jetzt kooperativer bei der Suche nach dem Saxophon. Jan sah auf die Uhr, es war zehn nach acht. Wenn er vor dem Konzert noch mit ihm reden wollte, mußte er los.

Seine Regenjacke lag zerknautscht auf einem Küchenstuhl. Sie war noch klamm. Er zog sie fröstelnd über, setzte seine Kappe auf und war froh, aus der Wohnung zu kommen. Sie hatte so überhaupt nichts Heimeliges mehr. Der Einbruch hatte dieses Gefühl noch verstärkt. Er war schon zwei Treppen tiefer, als er innehielt. Er ging wieder zur Wohnungstür hoch und schloß zweimal ab.

*

Der Pianist und der Schlagzeuger bauten gerade ihre Gerätschaften auf, deswegen konnte Jan noch die Eingangstür des Metronom benutzen. Spätere Gäste wurden durch die Küche hinten hereingeleitet, weil vorn die Band spielte. Jan sah sich um, konnte Dietmar Greiner aber nirgendwo entdecken. Friedhelm Aufdemsee stand an der Theke und sprach mit Chris. Sie redeten ernsthaft, bis Chris mit den Schultern zuckte und zum Telefon ging. Aufdemsee starrte verdrossen in sein Kölschglas. Jan stellte sich neben ihn.
»Hallo, Friedhelm«, sagte er.
Aufdemsee fuhr aus seinen Gedanken hoch.
»Jan, hallo. Du weißt wohl auch nicht, wo Dietmar Greiner steckt?«
»Nein, keine Ahnung. Ich dachte, ich treff ihn hier.«
»Schön wär's. Er ist nicht zu erreichen. Chris versucht gerade, einen anderen Baßmann zu bekommen. Ich bin echt sauer.«
»Wahrscheinlich hat ihn Christians Tod zu sehr mitgenommen. Er war letzte Woche schon nicht besonders in Form.«
»Ach ja, Christian. Blöde Geschichte. Aber wenn er deswegen nicht spielen will, dann soll er wenigstens Bescheid sagen. Das ist ja nun schon zwei Tage her.«
Zwei Tage, dachte Jan ungläubig. Er sah, daß Thorsten, der Kellner, ein leeres Pint hochhielt und ihn fragend ansah. Jan nickte. Aufdemsee redete weiter. Seinem Tonfall war zu entnehmen, daß er Christian Straatens Tod zumindest gelassen nahm.
»Ich meine, *the show must go on*, wir sind Profis. Okay, er war sein Freund, aber es ist doch keine Art, sich überhaupt nicht zu melden. Greiner kann einem schon mächtig auf den Nerv gehen mit seiner Art. Der schwebt ja immer, irgendwie.«
Chris kam vom Telefon und nickte.
»Peter Kwaznetzki kommt. Er ist in einer halben Stunde hier.«
»Na, Gott sei Dank. Wenigstens einer, der's kann.« Aufdemsee

ging zu den beiden anderen Musikern und erklärte die Situation. Chris reichte Jan sein Pint.

»Schlimm, das mit Christian«, sagte er. Jan nickte nur. Er stellte das Pint vor sich auf die Theke und wartete, daß der Schaum sich nach oben absetzte. »Die Jungs werden ihm wohl ein Stück widmen. Vielleicht sag ich auch ein paar Worte.« Jan merkte, daß Chris bei dieser Vorstellung etwas unwohl war. Ein Jazzkonzert so kurz nach einem Todesfall war auch kaum der richtige Rahmen für eine Gedenkrede. Aber was war schon der richtige Rahmen, dachte Jan. Marleen hatte gesagt, Christian sei sein Freund gewesen. Auch wenn Jan das nicht so empfunden hatte, er war noch zu jung, um daran gewöhnt zu sein, daß Menschen aus seinem Umfeld einfach verschwanden. Schon gar nicht durch ein Verbrechen. Er nahm einen Schluck Guinness und hing seinen Gedanken nach. Er mußte den Mörder allein suchen, solange Kommissar Dorff an einen Unfall glauben wollte. Den Mörder und das Saxophon.

Chris kam zu ihm, stellte zwei Whiskygläser auf die Theke und goß großzügig Jameson ein. Er nahm ein Glas und stieß an das andere an.

»Auf Christian«, sagte er.

Jan nahm das Glas und nickte Chris zu.

»Friede seiner Asche.«

Die Tür ging auf, und Marleen kam herein. Jans spontane Freude wurde durch ihr Aussehen gedämpft. Sie war weiß wie die Wand, ihre Lippen zu einem schmalen Schlitz zusammengepreßt. Sie sah Jan und lächelte tapfer. Als sie zu ihm kam und ihn umarmte, merkte er, daß ihre dünne Windjacke vom Regen durchtränkt war. Sie hielt ihn umarmt und hustete leise.

»Ich dachte, ich geh ein bißchen spazieren«, sagte sie.

Jan nickte. Das war auf jeden Fall besser, als allein in der Wohnung zu brüten.

»Da bist du aber eine anständige Strecke gegangen, bei dem Wetter.«

»Als die Jacke einmal naß war, war es auch egal. Ich weiß nicht, ich bin bestimmt seit zwei Stunden unterwegs.« Jan strich ihr über die Wange.

»Bist du denn überhaupt in der Stimmung für Live-Musik?«

»Keine Ahnung, ich wußte gar nicht, daß heute ein Konzert ist. Ich bin hier lang gekommen und dachte, ich wärm mich was auf. Wer spielt denn überhaupt?«

»Friedhelm Aufdemsee.«

»Ach je«, sagte sie und verzog das Gesicht. »Na, jedenfalls bist *du* da. Das ist schön.« Wieder lächelte sie ihn traurig an und lehnte sich an ihn. »Besorgst du mir was zu trinken? Rotwein?« Jan nickte und bestellte bei Thorsten. »Ehrlich gesagt habe ich schon ganz nett geladen«, flüsterte sie ihm ins Ohr.

Er sah sie skeptisch lächelnd an.

»Hältst du dich noch aufrecht, oder muß ich mir Sorgen machen?«

»Wird schon gehen.«

»Übrigens sollte eigentlich auch Dietmar Greiner spielen, deshalb bin ich überhaupt hier. Er ist aber nicht gekommen. Geht wohl auch nicht ans Telefon.«

Marleen nickte. »Ich hab auch versucht, ihn anzurufen. Für ihn muß es auch hart sein.« Sie zog die Nase hoch und kämpfte die Tränen nieder.

Aufdemsee gesellte sich zu ihnen. Er grüßte Marleen mit einem Kopfnicken und bestellte sich ein Kölsch. Marleen nickte ihm ebenfalls nur kühl zu. Jan merkte, daß die beiden sich alles andere als grün waren.

»Hast du Boris schon mal spielen sehen?« fragte Aufdemsee und wies mit dem Daumen über die Schulter auf den Pianisten. Der Junge war höchstens siebzehn, ein richtiger Milchbart.

»Nein«, sagte Jan.

»Du wirst dich wundern«, sagte Aufdemsee und nahm einen großen Schluck aus seinem Glas. Er machte auf Jan den Eindruck, als sei er nicht mehr ganz nüchtern. »Ich war gerade in Österreich«, fuhr Aufdemsee fort. »Fünf Gigs mit einem Quintett aus Graz. Junge, ich sag dir, das war was anderes als hier. Das hier sind doch alles Arschlöcher.«

Jan sagte nichts. Aufdemsee war in ziemlich aggressiver Stimmung, und Jan hatte kein Bedürfnis nach einer Auseinandersetzung.

»Da durfte ich richtig *mitspielen*. Nicht nur die Deckel zahlen.« Er stürzte den Rest seines Kölschs hinunter und winkte nach einem neuen. »Aber egal«, sagte er mit einem Ausdruck in der Stimme, der merken ließ, daß es ihm alles andere als gleichgültig war. Aufdemsee schien seine Rolle in der Szene also doch richtig einzuschätzen. Die Tür öffnete sich, und ein Kontrabaß wurde mühsam in den Raum manövriert, wobei der Träger des Instrumentes völlig verdeckt wurde. Aufdemsee nickte zufrieden.

»Auf Peter kann man sich wenigstens verlassen. Und schlechter als Greiner ist der auch nicht.«

Darüber konnte man immerhin geteilter Meinung sein – Jan merkte, wie Marleen sich bei der Bemerkung straffte, als wolle sie etwas entgegnen, sie sagte dann aber doch nichts.

Der Baßmann schälte sein Instrument aus der Transporthülle und zwängte sich damit in die Ecke am Kopfende der Theke. Während er mit Aufdemsee die Arrangements besprach, stimmte er sein Instrument und spielte sich ein wenig warm.

»Auch nicht schlechter als Greiner, der hat sie doch nicht alle«, sagte Marleen, als Aufdemsee außer Hörweite war.

»Der Herr Aufdemsee ist ungnädiger Stimmung heute. Diskutier nicht ihm, hat keinen Wert.«

»Ungnädiger Stimmung bin ich auch«, sagte sie und nahm einen Schluck Wein. »Wie wär's mit 'nem Whisky?«

»Zu Rotwein?«

»Warum nicht?« fragte sie.

Er zuckte mit den Schultern und bestellte einen Talisker und einen Glennfiddich, von dem er wußte, daß sie ihn rätselhafterweise bevorzugte.

»Ich kann den Kerl nicht leiden«, sagte sie.

»Kann ja fast keiner. Mag einem fast leid tun, der Bursche.«

»Leid tun, *der*!« Sie warf einen angewiderten Blick in Aufdemsees Richtung.

Jan bemerkte, daß Chris zur Band hinübersah, sie waren durch Greiners Nichterscheinen spät dran. Aufdemsee nickte Chris zu, und der drehte die Musik leise. Das Metronom war mittlerweile gesteckt voll. Jan sah, daß Aufdemsee ein weiteres Kölsch orderte, während Chris lautstark die Band ankündigte. Er brauchte dafür kein Mikro, er brüllte seine Ansage einfach in den Raum. Er verzichtete darauf, Christian Straaten zu erwähnen, und stellte nur die Musiker vor. Als er geendet hatte, begann die Band mit »Round Midnight«. Der Pianist spielte zunächst sehr zurückhaltend, fast schüchtern, so daß Aufdemsees Altsax das Thema fast allein schultern mußte. Die langen, getragenen Töne des Themas zeigten sofort Aufdemsees Intonationsschwäche und seinen dünnen Ton, der manchmal geradezu unangenehm werden konnte. Der Pianist sah aufmerksam zu Aufdemsee, und nach dem ersten Chorus begann er, das Heft in die Hand zu nehmen. Als er sein Solo begann, zog Jan die Augenbrauen hoch. Dieser Bursche war *gut*. Nicht nur, daß er technisch perfekt spielte, er hörte und verstand offensichtlich genau, was in der Band vor sich ging und stopfte unaufdringlich die Lücken, die durch Aufdemsees Gestümper und den nicht eingespielten Bassisten entstanden. Dabei hatte er in seinem Solo musikalisch durchaus etwas zu erzählen.

»Wenn Aufdemsee nicht spielt, ist es richtig klasse«, sagte Marleen und bestellte noch einen Rotwein. Jan hatte den Überblick verloren, der wievielte es war, und warf einen leicht besorgten Seitenblick auf sie. Mittlerweile war ihr die Schlagseite anzumerken.

Als der erste Set zu Ende war, kam Aufdemsee zu ihnen und grinste sie an.

»Na, nicht schlecht, was?«

»Wo habt ihr *den* Burschen denn gefunden?«

Aufdemsee sah ärgerlich zu Boden. Mit »nicht schlecht« hatte er eigentlich sich selbst gemeint.

»Kommt aus St. Petersburg. Ist siebzehn – sagt er, aber wenn du mich fragst, höchstens fünfzehn. Der darf eigentlich noch gar nicht hier rein. Kann kein Wort Deutsch. Nur 'n bißchen Englisch.« Er griff nach dem Kölsch, das Chris ihm reichte, und nahm einen großen Schluck. Jan hatte ihn während des Sets etliche Biere trinken sehen, und langsam zeigte der Alkohol Wirkung.

»Machst du mir noch en Metaxa?« sagte Aufdemsee zu Chris.

»Meinst du, du kriegst 'nen dickeren Sound, wenn du mehr trinkst?« fragte Marleen unvermittelt.

Jan sah sie an. So aggressiv kannte er sie nicht.

»Red doch keine Scheiße, was verstehst du denn von Musik?« fuhr Aufdemsee sie an.

»Genug jedenfalls. Ohne den Pianisten wäre das doch eine arme Nummer, die ihr hier abliefert.«

Jan rieb sich die Stirn. Marleen hatte natürlich recht, aber auf so eine Art konnte man das wirklich nicht rüberbringen. Er merkte, daß Aufdemsee kurz vor einer Explosion stand.

»Jetzt macht mal halblang«, versuchte er zu intervenieren, aber Marleen hatte offensichtlich Spaß an der Situation.

»Ist doch wahr. Friedhelm kauft sich seine Bands zusammen und tut dann so, als könnte er Saxophon spielen. Der große Star.«

Aufdemsee sagte zunächst nichts, er starrte Marleen nur ins Gesicht.

»Bring du doch erst mal selbst was fertig, bevor du über Leute herziehst, die versuchen, hier was auf die Beine zu stellen. So benehmen sich Arschlöcher«, zischte er schließlich.

Punkt für Aufdemsee, dachte Jan. Er wußte nicht, was mit Marleen los war.

»Nenn mich ruhig Arschloch – davon kriegst du auch keinen anständigen Ton in dein Horn.« Sie ließ nicht locker.

»Was weißt du denn von Ton? Du kannst doch eine Klarinette nicht von einer Tuba unterscheiden.«

»Ich weiß jedenfalls, warum du überhaupt mitspielen darfst.« Marleen grinste Aufdemsee an. »Oder wer zahlt der Truppe die Getränke?«

Jan sah Aufdemsee ausholen und Marleen die flache Hand ins Gesicht schlagen, bevor er eingreifen konnte. Marleen wurde nach hinten geschleudert und fiel zwischen die Gäste. Die Leute, die dichtgedrängt vor der Theke standen, verloren das Gleichgewicht. Ein heftiges Gewoge entstand, Bier wurde verschüttet, Kreischen und Fluchen übertönte die Platte von Ben Webster, die Chris gerade aufgelegt hatte. Jan packte Aufdemsee von hinten und drehte ihn von Marleen weg, die nun ihrerseits versuchte, auf Aufdemsee loszugehen. Chris und der Kellner waren zu weit weg, um in dem Gedränge etwas unternehmen zu können. Jan versuchte Aufdemsee festzuhalten und gleichzeitig Marleen von ihm wegzudrücken, die wütend versuchte, an Aufdemsee heranzukommen. Schließlich erbarmte sich ein Gast und packte sie von hinten, so daß Jan Aufdemsee zwischen den Instrumenten hindurch nach draußen schieben konnte.

»Hast du sie noch alle, Friedhelm?« fragte er, nachdem er ihn an beiden Armen an die Wand gedrückt hatte. Aufdemsee starrte wutentbrannt zur Seite. Chris kam durch die Tür und sah ihn kopfschüttelnd an.

»Das war's, Mann. Hol dein Saxophon, und dann will ich dich hier nicht mehr sehen.«

Aufdemsee blickte sie schweigend an. Jan ließ ihn vorsichtig los. Ohne ein Wort ging er in die Kneipe und kam kurz darauf mit seinem Koffer und dem Saxophon zurück. Er hatte es gar nicht erst eingepackt.

»Ihr werdet noch von mir hören«, sagte er und ging durch die stille Weyerstraße in Richtung Barbarossaplatz. »Ich werd's euch zeigen!« brüllte er, bevor er um die Ecke verschwand. »Arschlöcher!« hörten sie noch, als er schon außer Sicht war.

Chris sah Jan an und tippte sich an die Stirn.

»Was ist denn mit Marleen los?« fragte er. »Eigentlich müßte ich sie auch rausschmeißen.«

Jan nickte. »Sie ist durch den Wind wegen Christian. Ich bring sie am besten nach Hause.«

Chris nickte und klopfte ihm auf die Schulter.

»*Thank you, buddy*«, sagte er.

*

Marleen wollte nicht nach Hause. Sie wollte nirgendwo hin. An ihn geklammert schleppte sie sich durch den Regen, und die Tränen liefen ihr unablässig übers Gesicht. Jan fühlte sich hilflos. Er hatte sie aus dem Metronom komplimentiert. Vor der Tür, als die Anspannung von ihr abfiel, war sie fast zusammengebrochen. Er hatte sie im Arm gehalten und vergeblich versucht, sie zu beruhigen. Schließlich hatte er sich einfach in Bewegung gesetzt und sie neben sich her gezogen. Sie weigerte sich standhaft, nach Hause zu gehen, und Jan wußte nicht, was er mit ihr anfangen sollte. Am einfachsten wäre es gewesen, zu ihm zu gehen, aber das Risiko, daß die beiden »Witwen« Christian Straatens aufeinanderträfen, wollte er nicht eingehen. Nach dem bisherigen Verhalten der beiden Damen wäre GAU wohl das richtige Wort für das, was dann zu erwarten stand.

Er entschied sich, das Lästige mit dem Nötigen zu verbinden, und dirigierte Marleen in Richtung Lützowstraße. Er wählte einen weniger belebten Weg über die Beethovenstraße und den Rathenauplatz. Mit der unglücklichen Marleen wollte er nicht zwischen den betrunkenen Studenten auf dem Zülpicher Platz entlangmarschieren. Sie folgte ihm willig bis in die Toreinfahrt zu Dietmar Greiners Wohnung. Hier kam sie wieder etwas zu sich.

»Hier wohnt Dietmar«, sagte sie.

»Genau«, sagte Jan.

Er klingelte, aber nichts rührte sich. Auch durch das Fenster konnte er nichts entdecken, was auf Greiners Anwesenheit schließen ließ.

»Pech gehabt«, sagte er.

»Es hört auf zu regnen«, sagte Marleen.

»Geht's wieder?«

Sie nickte. Die Stufen zur Eingangstür waren unter dem Vordach beinahe trockengeblieben. Sie setzte sich darauf.

»Tut mir leid mit vorhin«, nuschelte sie. »Aber Aufdemsee … ich hab oft mit Christian über ihn gesprochen, das heißt, er hat gesprochen … Christian wollte ihn eigentlich gar nicht in seinen Bands, aber er hat ihn dann doch immer wieder genommen, weil er billig war. Dietmar war immer dagegen. Aber ich glaube, Christian tat er leid … dabei ist er ein solches Arschloch …« Sie verstummte.

»Ich meine, ich kann ihn auch nicht leiden, aber daß du gleich so auf ihn losgehst …«

Sie zog die Nase hoch und schwieg. Schließlich sagte sie: »Er hat mal …« Sie zögerte. »Er hat mal versucht, mich anzumachen, und als das nicht klappte …«

Jan sah sie mit gerunzelter Stirn an. »Was?« fragte er.

Sie sah zu Boden. »Jedenfalls ist er ein Arschloch.«

Jan nickte. Er wollte nicht weiter in sie dringen, er glaubte auch so eine Vorstellung davon zu haben, was passiert war.

»Wußte Christian davon?«

Sie schüttelte den Kopf. »Das hätte nur unnötig Ärger gegeben .. wär ja doch nichts bei rausgekommen …«

»Erzählst du es mir irgendwann mal?«

»Irgendwann.« Sie lächelte traurig. »Was machen wir jetzt?«

»Was hältst du vom Café Storch? Da kriegen wir einen Tee für dich.«

»Tee?« Sie sah ihn angewidert an.

»Von mir kriegst du heute jedenfalls keinen Alkohol mehr.«

Sie nickte ergeben. Nebeneinanderher trotteten sie zur Aachener Straße.

»Ich glaube, ich fahr doch lieber nach Hause«, sagte sie, als sie vor dem kleinen Café standen. Wie schon so oft wäre Jan beinahe daran vorbeigegangen, weil der Wirt auf jede Leuchtreklame verzichtete, so daß das Café Storch zwischen all den anderen Läden und Restaurants fast unsichtbar blieb. Er sah Marleen an. Sie schien ihm jetzt einigermaßen gefaßt.

»Hältst du es allein aus?«

»Ich denk schon.«

»Ich besorg dir ein Taxi.«

»Ach was, das schaff ich schon allein.« Sie sah ihn ernst an. »Ich dank dir, mein Freund.« Sie küßte ihn sanft auf den Mund. »Wir telefonieren«, sagte sie noch, bevor sie sich umdrehte und vor einer heranrollenden Verkehrswoge schnell die Straße überquerte. Von der anderen Seite her winkte sie ihm noch einmal zu und verschwand in der Brüsseler Straße.

Jan überlegte, auch nach Hause zu gehen, entschied sich dann aber, zuerst sein Fahrrad am Metronom abzuholen. Nachdenklich ging er in Richtung Rudolfplatz.

***

»Das schaffst auch du nicht, Bird. Du kannst nicht mit einem Symphonieorchester auftreten, ohne Probe – schon gar nicht bei diesen Arrangements. Du hättest mitkommen müssen. Du hast nicht mal ein Horn. Es gibt eine Katastrophe heute abend, und ganz Paris wird dir dabei zusehen. Granz schmeißt uns raus.« Red Rodney sah Parker verzweifelt an. Bird lag noch immer im Bett, und seine Augen zeigten, daß er noch lange nicht nüchtern war. »Bleib cool, Chood. Wird schon werden.« Er wälzte sich träge aus dem Bett, als es klopfte. »Jojo, welche Überraschung«, sagte er übertrieben freundlich, nachdem

Rodney geöffnet hatte. Jojo McIntire stellte einen Saxophonkoffer vor ihn auf den Tisch. »Es ist deins, Bird. Ich bringe es dir wieder«, *sagte er leise. Parker sah ihn fragend an und öffnete den Koffer. Er sah lange auf das Sax, dann quälte sich ein Lachen aus ihm, wild und verzweifelt.* »Siehst du, Chood, wir sind gerettet. Wir werden ein wenig zaubern heute abend.« *Plötzlich wurde er todernst. Er sah McIntire durchdringend an. Seine Stimme war kalt und eindringlich.* »Nach dem Konzert kommst du und holst es wieder ab, Jojo. Hast du mich verstanden? Du holst es wieder ab!« *McIntire blickte ihn an, als hätte er nicht richtig gehört. Auch Red Rodney sah ihn entgeistert an.* »Es wieder abholen? Ist das dein Ernst? So ein schönes Horn!« »Das versteht ihr nicht, Chood ... das könnt ihr nicht verstehen.«

*

Als er die Wohnungstür aufschloß, durchfuhr es ihn kalt. Die Tür war nicht mehr abgeschlossen. Jan zögerte und atmete tief durch, bevor er öffnete und in die Wohnung trat. Es war dunkel, Jan machte Licht und ging ins Schlafzimmer. Daniela lag zusammengerollt auf dem Bett. Sie schlief nicht. Mit weit geöffneten Augen starrte sie an ihm vorbei. Als er sich neben sie setzte, drehte sie sich von ihm weg. Zögernd hob er die Hand, um sie zu berühren. Aber er brachte es nicht fertig, seine Hand schwebte über ihrer Hüfte, seine Finger zitterten. Kraftlos ließ er die Hand in den Schoß fallen.

»Schön, daß du wieder da bist. Ich hab mir Sorgen gemacht«, sagte er heiser. Er räusperte sich, um den Kloß im Hals loszuwerden. Sie antwortete nicht. Reglos lag sie da. Eine Weile saß er schweigend neben ihr.

»Geht es dir gut?« fragte er schließlich. Wieder antwortete sie nicht. »Bitte rede doch mit mir«, flehte er.

»Du hast ihn umgebracht«, sagte sie tonlos.

Er vergrub sein Gesicht in den Händen. »Daniela, bitte ...« Hilflos schüttelte er den Kopf. »Das kannst du doch nicht wirklich glauben!«

»Du hast ihn umgebracht«, wiederholte sie.

Schwer atmend stand er auf. Er wußte nichts zu sagen, ging im Zimmer auf und ab.

»Du hast ihn mir nicht gegönnt«, sagte sie.

»Nicht gegönnt! Ich hab doch noch nicht mal was gewußt von ihm und dir!« Er hob die Hände. »Daniela, bitte!«

Sie blickte weiter starr an ihm vorbei. Jan ließ die Arme sinken und setzte sich wieder auf den Bettrand. Er beugte sich vor und faltete die Hände im Nacken.

»Er war anders als du, er hat mich geliebt«, sagte sie.

»Ich liebe dich doch auch«, sagte er. Er merkte, wie lächerlich das klang, aber es fielen ihm keine anderen Worte ein. »Bitte, Daniela, komm zu mir zurück. Laß uns von vorn anfangen.«

»Von vorn? Mit einem Mörder?« Ihre Stimme war böse. Sie stand auf und ging aus dem Zimmer. Jan hörte sie hin und her gehen. Als sie wieder zurückkam, trug sie ihre Motorradjacke. Sie holte ihre Stiefeletten unter dem Bett hervor und zog sie an. Fahrig strich sie sich durchs Haar, ging zum Kleiderschrank, öffnete ihre Seite und begann, in dem Sockenfach zu wühlen.

»Ich habe die Fotos«, sagte Jan leise.

Sie fuhr herum und starrte ihn mit einer Mischung aus Wut und Angst an.

»Gib sie mir!« sagte sie.

Jan rieb sich über die Augen. »Sie sind bei Jochen Diekes. Du kannst froh sein, daß *ich* sie gefunden habe. Eure Geschäftspartner waren nämlich auch schon hier.«

»Was soll das heißen?«

»Sie sind hier eingebrochen, heute nachmittag. Wenn ich die Bilder nicht weggebracht hätte, hätte Kröder sie jetzt.«

»Sie waren hier?« Nervös fuhr sie sich durchs Gesicht. Ihre Augen wanderten unruhig hin und her. »Gib mir die Fotos«, sagte sie.

»Ich sagte dir doch, sie sind nicht hier. Was hast du damit vor?«

»Das geht dich nichts an. Sie gehören Christian.«

»Daniela, du mußt aus der Sache raus. Das Spiel ist eine Nummer zu groß für dich.«

»Das werden wir ja sehen. Ich will die Fotos wiederhaben.«

»Sag mir erst, was du damit vorhast.«

»Sie gehören Christian. Es ist meine Sache, was ich damit mache!«

»Wenn du es mir nicht sagst, gebe ich dir die Fotos nicht.«

125

Wütend starrte sie ihn an, dann drehte sie sich um und knallte die Schranktür zu. Sie blieb mit dem Rücken zu ihm stehen. Er hörte sie schwer atmen. Langsam drehte sie sich wieder zu ihm.

»Das willst du mir also auch noch nehmen«, sagte sie. »Na gut.« Sie nickte mit zusammengepreßten Lippen. Entschlossen ging sie aus dem Zimmer.

»Wo willst du hin?« rief Jan ihr hinterher.

»Zur Polizei«, sagte sie, bevor sie die Wohnungstür hinter sich zuknallte.

Jan saß regungslos auf dem Bettrand. Nach einer Weile ließ er sich rücklings auf die Matratze fallen und starrte zur Decke. Das Telefon begann zu klingeln. Er kämpfte sich aus dem Bett. Mit hängenden Schultern ging er ins Wohnzimmer und nahm ab.

»Hallo?«

»Aufdemsee, habe die Ehre.«

»Was willst du?«

»Hey, warum denn so unfreundlich?«

»Nach dem Stunt von vorhin sollte dich das wirklich nicht wundern.«

»Ach das. Die Schlampe hat sich doch wohl echt daneben benommen, oder?«

»Wenn du sie noch mal Schlampe nennst, bekommen wir beide ernstlich Spaß miteinander.«

»Schon gut. Ist ja auch egal, deswegen rufe ich nicht an.«

»Ach nein? Ich dachte, du wolltest dich entschuldigen.«

»Na, wenn du Wert drauf legst, entschuldige ich mich halt. Tut mir *echt leid*, soll nicht wieder vorkommen. Aber weswegen ich anrufe, du brauchst doch noch eine Band für Jack Saphire. Ich will da mitspielen.«

»Bitte *was*?« Jan war fassungslos. Das war starker Tobak. »Woher weißt du überhaupt davon?«

»Tut nichts zur Sache. Wenn Saphire bei dir spielt, will ich jedenfalls dabeisein.«

Jan merkte, wie er die Contenance verlor. »Jetzt hör mir mal gut zu, Mann: Erstens ist es extrem unwahrscheinlich, daß es überhaupt ein Konzert geben wird – und selbst wenn, bist – zweitens – *du* so ziemlich der *aller*letzte, der in *meinem* Club neben Jack Saphire auf der Bühne stehen darf. Ich muß sagen, ich bewundere deine Chuzpe. Wirklich! Dein Selbstbewußtsein hat ja offensichtlich nicht gelitten unter der Aktion heute abend.«

Aufdemsee lachte leise.

»Mein lieber Jan ...«, begann er, aber Jan fiel ihm ins Wort.

»Ich bin nicht dein lieber Jan, verdammt noch mal. Ich möchte echt mal wissen, was du dir eigentlich denkst! Du kannst sie doch nicht mehr alle auf der Reihe haben.«

Wieder lachte Aufdemsee, aber als er sprach, klang er ruhig, fast bedrohlich.

»Mein lieber Jan, in deiner Lage solltest du nicht so unüberlegt reagieren. Ich würde dir empfehlen, erst mal drüber zu schlafen. Ich meine, deine Situation ist doch wirklich ... *un*angenehm. Vielleicht könnte ich dir ja behilflich sein. Denk noch mal in Ruhe darüber nach. Servus.« Er legte auf.

Jan starrte ungläubig auf das Telefon in seiner Hand. Das konnte nicht Aufdemsees Ernst sein. Womit versuchte er ihn zu erpressen? Er ging in die Küche, nahm die Flasche Fernet Branca aus dem Kühlschrank und suchte im Schrank nach einem Schnapsglas. Er kippte das Pinnchen auf Ex, es schüttelte ihn heftig. Langsam ging er ins Schlafzimmer und stand unentschlossen vor dem Bett. Er war müde, aber er wußte, daß er nicht würde schlafen können. Seine Gedanken wanderten, er war unruhig. Krampfhaft versuchte er sich zu konzentrieren, aber er wußte nicht worauf – zuviel passierte um ihn herum. Er ging wieder zum Telefon und wählte die Nummer des Cool Moon. Jochen müßte noch da sein, es war erst halb zwei, aber es meldete sich niemand. Erstaunt lauschte er dem Freizeichen. Er hatte nicht angenommen, daß Jochen so früh zumachen würde, schließlich gehörte er auch immer zu den letzten Gästen. Er rief bei Jochen zu Hause an, aber auch dort sprang nur der Anrufbeantworter an. Jan legte das Telefon in die Ladeschale und sah es beunruhigt an.

Er beschloß, Aufdemsee zurückzurufen und zur Rede zur stellen. Er mußte wissen, was hinter seinen Anspielungen steckte. Er überlegte, wo er die Nummer haben könnte. Wahrscheinlich hatte er sie gar nicht notiert. Aufdemsee drängte ihm immer Visitenkarten oder bekritzelte Bierdeckel auf, die Jan dann regelmäßig verschlampte. Er suchte nach dem Telefonbuch, aber das einzige Exemplar war drei Jahre alt und er konnte keinen Eintrag finden. Unter der Nummer, die er von der Auskunft bekam, meldete sich niemand. Er ließ es eine Zeitlang klingeln und versuchte es zehn Minuten später noch mal. Niemand nahm ab, und es gab auch keinen Anrufbeantworter. Zwischendurch rief er immer wieder bei Jochen Diekes an, aber auch der meldete sich nicht. Schließlich gab er es auf.

Aufdemsee wohnte in der Lütticher Straße. Jan wunderte sich manchmal, daß er ihn noch nie im Viertel getroffen hatte, war aber nicht wirklich traurig darüber. Sie wohnten nur drei Blocks auseinander, und normalerweise rannte man sich im Belgischen Viertel ständig über den Weg. Jan beschloß, noch eine kleine Spazierfahrt zu machen.

Aufdemsees Wohnung lag in einem aufwendig restaurierten Altbau. Sein Triumph TR5, um den Jan ihn schon immer beneidet hatte, stand auf einem eigenen Stellplatz direkt vor der Tür. Jeder Autobesitzer im Viertel muß ihn dafür hassen, dachte Jan.

Er war einmal auf einer Party bei Aufdemsee gewesen, wirklich nobel. Aufdemsees Wohnung strahlte Geschmack und Eleganz aus, aber Jan hatte sich geradezu unwohl gefühlt, so sauber und aufgeräumt waren die großzügigen, hohen Räume. Er hatte wieder seine Theorie bestätigt gefunden: Je talentierter ein Jazzer, desto banaler seine Wohnungseinrichtung.

Jan blickte zum dritten Stock hoch. Er sah Licht hinter den zugezogenen Stores. Entschlossen drückte er Aufdemsees Klingelknopf. Er wartete eine Weile und drückte noch mal, aber es kam keine Reaktion.

»Mist«, sagte er und stieg wieder auf sein Rad. Er sah nochmals zu den Fenstern hoch und meinte eine Bewegung hinter den Vorhängen wahrzunehmen. Er kniff die Augen zusammen, konnte aber nicht sicher erkennen, ob da wirklich jemand war. Er hatte das Gefühl, beobachtet zu werden.

Das Rad zwischen den Beinen, stand er unschlüssig auf der Straße. Schließlich rollte er langsam in Richtung Nippes. Nach dem Regen war die Luft kühl und klar. Die Bewegung tat ihm gut. Er fuhr immer schneller. Der Mond war hervorgekommen, und es war hell genug für den Weg durch den Stadtgarten und hinter dem Mediapark entlang. Die Krefelder hoch und dann quer durch Nippes. Er kannte den Weg im Schlaf. Das Hoftor an der Xantener Straße stand offen. Er hielt an und suchte im Schein der Straßenlaterne den richtigen Schlüssel aus dem Bund, bevor er in die Finsternis des Hofes rollte. Er hätte den Weg mit verbundenen Augen gefunden, und das war auch nötig. Das fahle Mondlicht wurde von der schwarzen Asche des Parkplatzes nahezu verschluckt. Batterien kaufen, dachte er. Er tastete nach dem Türschloß und sperrte auf. Nach der Finsternis auf dem Hof reichte das fahl-grüne Licht der Notausgangsbeleuchtung, um ihn sicher zum Schaltkasten hinter der Theke gelangen zu lassen. Er machte zuerst die Lampen über der Bar an und sah sich dann um. Langsam schaltete er nach und nach die Beleuchtung ein, zuletzt auch noch die Bühnenstrahler. Sein Club. Schön hier, dachte er.

Er öffnete den kleinen Metallschrank unter der Theke und nahm die Geldkassette heraus. Auf der Tagesabrechnung stand der Name eines Aushilfskellners. Jan runzelte die Stirn. War Jochen gar nicht hier gewesen? Er ging zum Regal mit der Anlage und öffnete den CD-Spieler. Kopfschüttelnd nahm er die Scheibe heraus. »The Best Of Verve Master Edition«. Das sah seinen Aushilfen ähnlich. Zu bequem, sich Gedanken um die Musik zu machen, schoben sie einfach einen Sampler ein. Zum wiederholten Mal überlegte er, den CD-Spieler abzuschaffen. Er ging zum Plattenregal und suchte Miles Davis' Soundtrack zu »Fahrstuhl zum Schafott« heraus. Er wollte gerade die Nadel auf die Scheibe sinken lassen, als er, gedämpft durch die geschlossene Tür, aber doch deutlich, ein Auto auf den Hof fahren hörte. Wachdienst? dachte er. Er stand, in der Bewegung eingefroren, vor dem Plattenspieler und lauschte. Das satte Türenschlagen klang nicht nach einem dieser japanischen Winzautos, in denen die Rentner von der Wachmannschaft ihre Patrouille zu fahren pflegten. Jan stand immer noch regungslos. Er biß sich auf die Unterlippe. Sein Rücken verspannte sich, als er hörte, wie die Tür sich öffnete. Ich hätte ja auch abschließen können, dachte er, und betätigte den Lift, um den Diamanten auf die EP zu senken, bevor er sich seinem späten Besuch zuwandte.

*

Der Auftritt war filmreif. Miles Davis' einsame, verhallte Trompete schraubte sich bedrohlich in die Höhe, während der Vorhang des Windfangs langsam beiseitegeschoben wurde. Löwenstein blieb einen Moment im Eingang stehen und ließ seinen Blick wach und schnell durch den Raum schweifen.

»Viel Licht für so wenig Gäste«, sagte der Bär, während er auf die Theke zuging.

Jan nickte, während er versuchte, den Kloß in seinem Hals runterzuschlucken.

»Hallo Jupp, was für eine Überraschung«, krächzte er schließlich und nahm zwei Gläser und den Johnny Walker Black Label aus dem Regal. Er stellte sie auf die Theke und ging zum Kühlschrank, um Eis zu holen. Die Musik perlte zum Umfallen cool aus den Boxen, aber Jan konnte sie nicht hören – sein Gehirn arbeitete hektisch an einer Lagebeschreibung, die Löwenstein bis Samstag beruhigen würde. Er mußte sich was einfallen lassen.

»Dumme Sache, das mit Christian Straaten«, sagte Löwenstein und nahm seine Zigarillos aus der Manteltasche.

Jan gab Eiswürfel in Löwensteins Glas und füllte mit Scotch auf.

»Der Zapfhahn ist schon ab«, sagte er, als er Löwenstein das Glas zuschob. So viel Geld und so wenig Ahnung von Whisky, dachte er. Er goß sich selbst einen kleinen Schluck Scotch ein und verdünnte ihn rigoros mit Cola.

Löwenstein nippte an seinem Glas und wühlte in seinem Mantel.

»Hast du *bitte* mal Feuer?« fragte er.

»Oh, sorry.« Jan schreckte aus seinen Gedanken. Er legte ein Heftchen Streichhölzer auf die Theke. Löwenstein blickte ihm starr ins Gesicht. Wieder mußte Jan erst aufwachen, um dann mit zitternden Fingern ein Streichholz anzureißen und es Löwenstein an den Zigarillo zu halten.

»Was ist los, mein Junge, nervös?« Jan konnte den kalten Spott in seinen Augen erkennen.

»Ja«, sagte er nur.

Löwenstein sog den Rauch ein. »Daß Christian tot ist, wirft dich mächtig zurück, nicht wahr?«

»Ja«, sagte Jan wieder.

»Die Polizei geht jetzt von einem Verbrechen aus. Soll erstochen worden sein.«

Jan tastete hinter sich nach seinem Hocker. »Woher weißt du das?« fragte er heiser.

»Ich weiß eine ganze Menge, mein Junge. Das ist mein Geschäft: Verbindungen – und Informationen. Der Obduktionsbericht ist da. Stichwunde ins Herz. War vier bis sechs Tage tot, als sie ihn aus dem Wasser gezogen haben.«

Jan zählte an den Fingern von Sonntag an rückwärts.

»Zwischen Dienstag und Donnerstag«, sagte Löwenstein und schob ihm sein leeres Glas zu. Jan goß nach. »Aber Mord oder nicht – spielt eigentlich keine Rolle. Die Frage für dich kann doch nur lauten: Wo ist das Saxophon?«

Jan versuchte erst gar nicht, dem eisigen Blick unter den dichten Augenbrauen standzuhalten. Er drehte sich zum Plattenregal und wühlte in den Scheiben.

»Die Musik ist sehr schön, laß die Platte doch einfach laufen.«

Langsam drehte Jan sich um. »Ich werde es finden, Jupp.«

»Das hoffe ich doch sehr.« Löwenstein blies den Rauch seines Zigarillos über die Theke. »Hast du eigentlich Kontakt zu dem Kaufinteressenten?«

»Ja, hab ich.«

»Und wenn es nicht echt ist?«

»Es ist echt. Er kennt es.«

»Er kennt es?« Löwensteins Augenbrauen schossen nach oben. »Woher?«

Jan zögerte. »Es gehörte ihm mal – oder sagen wir, er hat es mal besessen. Er hat es selbst von Charlie Parker ... bekommen.«

Löwenstein sah ihn mit gerunzelter Stirn an. »Und wer soll das sein?«

Jan holte tief Luft. »Jack Saphire.«

Löwenstein blickte ihn starr an, dann rammte er den Zigarillo in den Aschenbecher.

»Verarschen kann ich mich allein, mein Junge«, sagte er. »Jack Saphire! *Jack Saphire! Du* dealst mit Jack Saphire? Womöglich wird er im Cool Moon auftreten!«

Jan schluckte. Er sank auf seinem Hocker zusammen. »Am Samstag«, sagte er leise.

Löwenstein sah ihn kalt an. »Jack Saphire spielt hier, und ich weiß nichts davon? *Niemand* weiß davon? Willst du mich auf den Arm nehmen?«

»Er spielt nur, wenn er das Saxophon kriegt. Ich kann es nicht publik machen, bevor ich es nicht habe.«

Löwenstein grunzte. Erbost wühlte er in seiner Tasche nach den Zigarillos. Er griff nach dem Streichholzheftchen und zündete sich einen neuen an.

»Ich beginne zu verstehen«, sagte er dann. »War eine gute Idee, aber ohne Straaten bist du aufgeschmissen.«

»Das Horn kann sich doch nicht in Luft aufgelöst haben. Irgendwo muß es sein, und ich werde es finden.«

»Und dann muß es noch echt sein.«

»Es *ist* echt, zum Teufel.«

Kopfschüttelnd griff Löwenstein nach der Flasche und goß sich nach. »Du bist dir ja verdammt sicher.«

»Ich war anfangs ja auch skeptisch, aber nach allem, was ich heute weiß, bin ich mir sicher. Und Jack Saphire ist sich auch sicher.«

Wieder dachte Löwenstein nach, bevor er antwortete.

»Nehmen wir an, du findest es, und es ist tatsächlich echt … Es könnte ja noch andere Interessenten geben.«

»Willst du mitbieten?«

Löwenstein zuckte mit den Schultern. »Nur mal angenommen …«

Eine Weile saßen sie sich schweigend gegenüber. Schließlich schüttelte Jan den Kopf.

»Jupp, was kannst du mir bieten? Wenn ich das Horn finde, spielt Saphire hier, und ich bin aus dem Schneider. Du kriegst deine Knete, und ich habe den coolsten Laden von Köln. Wenn ich es *nicht* finde, kann ich nicht bezahlen, und du übernimmst den Laden sowieso.« Und brichst mir die Arme, fügte er in Gedanken hinzu.

Löwenstein nickte nachdenklich. »Wenn du es gefunden hast, können wir ja noch mal drüber reden«, sagte er.

Die Nadel des Plattenspielers lief kratzend in die Auslaufrille. Jan nahm die Scheibe runter und überlegte einen Moment, dann suchte er nach etwas Leichterem und nahm eine Oscar-Peterson-Platte. Er wollte den Bären nicht in zu düstere Stimmung versetzen.

»Es ist nicht das Geld, Jupp«, sagte er, als er sich wieder umgedreht hatte. »Aber Jack Saphire ... ich meine, vielleicht machst du dir keine Vorstellung davon, was das für mich bedeutet. Jack Saphire in *meinem* Club! In meinem, nicht in deinem. Es geht um mehr als um Geld, um viel mehr. Ich könnte weitermachen. Hier könnten Wunder passieren. Das Cool Moon könnte wichtig werden, hier würde große Musik stattfinden.« Er schenkte Löwenstein Scotch nach und stellte einen frischen Aschenbecher auf die Theke. Der Bär blickte finster vor sich hin.

»Du bist doch Jazzfan genug, Jupp. Eigentlich solltest du mich verstehen.«

Löwenstein sagte nichts. Jan hörte, wie die Tür sich öffnete. Atze kam rein. Als Löwenstein sich zu ihm umdrehte, hielt er wortlos ein Handy hoch.

»Soll dranbleiben, ich komm gleich.« Atze nickte. Er musterte Jan, als nehme er Maß. Freudlos lächelte er ihm zu, bevor er den Raum wieder verließ.

Löwenstein drückte sorgfältig seinen Zigarillo aus. Er trank seinen Whisky aus und stand auf.

»Viel Glück«, sagte er und ging zur Tür. Er war schon fast durch den Vorhang, als er sich noch einmal umdrehte.

»Reservierst du mir drei Karten?« fragte er.

»Klar«, sagte Jan.

*

Daniela war nicht zu Hause. Jan setzte sich an den Küchentisch und öffnete die Flasche Grauburgunder, die er aus dem Club mitgenommen hatte. Christian ermordet. Eigentlich war er nicht überrascht, und doch war es beunruhigend. Ermordet wegen des Saxophons. Wieder wurde er von dem eigentümlichen Gefühl befallen, das Saxophon wolle zu ihm. Ich trinke zuviel, dachte er.

Auf dem Heimweg war er noch mal bei Aufdemsee vorbeigefahren. Das Licht im dritten Stock war aus gewesen. Er grübelte darüber nach, woher Aufdemsee von dem Konzert wissen konnte. Vielleicht hatte Christian nicht dichtgehalten. Aber das wirklich Erstaunliche war Aufdemsees Selbstsicherheit. Er mußte etwas in der

Hand haben, das ihm erlaubte, solche Töne zu spucken. Er konnte nicht ernstlich glauben, daß irgend jemand ihn freiwillig als Sideman von Jack Saphire spielen ließe.

Jan nahm einen Schluck von dem Wein und verzog das Gesicht. Korkig. Ärgerlich schüttete er den Inhalt der Flasche in den Ausguß. Entweder hatte Aufdemsee von Jans prekärer finanzieller Lage gehört und bot ihm einfach Geld an, oder ...

Jan erstarrte. »Er hat das Saxophon«, sagte er laut. Wenn Aufdemsee das Saxophon hatte, dann war er womöglich auch Christians Mörder. Jan ging zum Kühlschrank und holte den Fernet heraus. Er goß sich ein Pinnchen voll und trank es auf ex. Wieder wurde er von dem Gebräu regelrecht durchgeschüttelt. Normalerweise entspannte es ihn, aber jetzt wollte es nicht wirken. Er setzte sich wieder an den Tisch und rieb sich den Nacken. Hatte Aufdemsee Christian Straaten getötet, um an das Saxophon zu kommen?

Er ging zum Telefon und versuchte noch einmal, Aufdemsee zu erreichen. Wieder meldete sich niemand. Er blickte zur Uhr, es war fast halb fünf. Er ließ es durchklingeln. Als er gerade die Trenntaste drücken wollte, meldete sich Aufdemsee doch noch.

»Hallo, was ist denn?« fragte er verschlafen.

»Hier ist Jan. Hast du das Saxophon?«

»Jan, hallo ... Habe ich das Saxophon?« Er hörte, wie Aufdemsee zu lachen begann. Immer lauter und hämischer klang es, bis er sich allmählich beruhigte. »Eine *gute* Frage. Eine wichtige, ja, eine ent*scheidende* Frage.« Wieder lachte er. »Eine Frage, die ich zum gegebenen Zeitpunkt beantworten werde, Herr Richter ... zum gegebenen Zeitpunkt, nicht jetzt. Um halb fünf morgens, ich muß schon sagen.«

»Und wann ist der gegebene Zeitpunkt, *Herr* Aufdemsee?«

»Wart's ab. Ich werde es dir rechtzeitig mitteilen. *Don't call us, we call you.* Und Jan? ... Ruhe bewahren. Du hörst von mir.« Jan hörte ihn wieder lachen, bevor Aufdemsee auflegte. Er stand, mit dem Telefon in der Hand, vor dem Schreibtisch. Seine Gedanken wirbelten.

Die Polizei ging von Mord aus, und er konnte dem Kommissar nun einen konkreten Verdächtigen nennen. Aber Dorff würde niemals glauben, daß Aufdemsee Straaten wegen des Saxophons getötet hatte. Eifersucht war da viel naheliegender. Jans Auge begann wieder zu zucken. Wenn Daniela Dorff von ihrer Beziehung zu Straaten erzählte, dann war Jan mindestens so verdächtig wie Kröder, wenn nicht noch mehr. Viel mehr als Aufdemsee jedenfalls.

Er ging auf und ab. Die Polizei nicht »unnötig auf blöde Ideen bringen«, hatte Jochen ihm geraten. Genau das würde Daniela tun. Es war eine verdammt blöde Idee. Und so einleuchtend.

MITTWOCH

Das erste Klingeln konnte er noch in seinen Traum integrieren, das zweite war so nachdrücklich, daß er widerstrebend wach wurde. Er fand sich auf dem Sofa. Sein Rücken schmerzte höllisch. Mühsam stand er auf und versuchte, sich zu strecken. Er sah zur Uhr. Zehn nach acht. Es klingelte ein drittes Mal. Jan schleppte sich zum Fenster und schaute auf die Straße. Erschreckt fuhr er zurück. In der Einfahrt gegenüber, wo gestern Kröders BMW geparkt hatte, stand ein Streifenwagen. Kommissar Dorff überquerte gerade die Straße und sprach mit dem Polizisten am Steuer. Der nickte, und Dorff ging gemächlich die Brüsseler Straße hinab. Er verschwand aus Jans Blickfeld, aber der Streifenwagen blieb in der Einfahrt stehen. Der Fahrer drehte seine Lehne etwas nach hinten. Jan trat vorsichtig vom Fenster zurück, er hatte Angst, die Vorhänge zu bewegen. Schwer atmend setzte er sich wieder auf die Couch. Sie waren hinter ihm her.

»Ruhig, Jan, ganz ruhig«, redete er sich zu. Er fühlte Panik in sich aufsteigen. Er mußte klar denken. Ihm drohte keine Gefahr, solange er in der Wohnung blieb und sich nicht am Fenster zeigte. Er suchte nach dem Telefon. Ein echter Nachteil dieser drahtlosen Dinger war, daß man sich merken mußte, wo man sie hingelegt hatte. Schließlich fand er es auf dem Sofa unter einem Kissen, offensichtlich hatte er darauf geschlafen. Die Klappe des Akkufachs war ab, und einer der Akkus fehlte. Beides entdeckte er unter der Couch. Er setzte das Telefon zusammen und wählte Jochen Diekes' Nummer, aber wieder geriet er nur an den Anrufbeantworter. Er bat ihn dringend um Rückruf.

Kraftlos wankte er in die Küche und setzte die Kaffeemaschine in Gang. Zu essen gab es natürlich noch immer nichts. Langsam ging er ins Wohnzimmer zurück und sah vorsichtig hinaus. Der Streifenwagen stand unverändert in der Einfahrt. Jan ging ins Bad und drehte die Dusche auf.

Lange stand er unter dem heißen Strahl, bis er das Gefühl hatte, sein Hirn sei gar. Dann duschte er abwechselnd kalt und heiß, dann noch mal lange kalt. Triefnaß ging er ins Schlafzimmer. Ihm fiel ein, daß er heute nicht nur keine Socken, sondern auch keine Unterhose in seinem Schrank finden würde. Er erinnerte sich an die Boxershorts, die Daniela ihm mal mitgebracht hatte. Er haßte das Teil, er wußte darin nie, was sein Ding gerade machte. Außerdem war sie mit Kaninchen gemustert, die Spiegeleier brieten. Aber es war besser als gar nichts. Wieder borgte er sich ein Paar Socken aus Danielas Fach und zog sein letztes T-Shirt an. Entweder Waschen oder Einkaufen – und für beides hatte er absolut keine Zeit. Das Telefon klingelte.

Er ging ins Wohnzimmer und stand unschlüssig vor dem Gerät. Schließlich ging er zum Anrufbeantworter und schaltete ihn ein. Es klingelte noch fünf Mal, bis das Gerät ansprang. Als die Ansage durchgelaufen war, hörte er die Stimme von Kommissar Dorff. Den Hintergrundgeräuschen zu Folge war er in einer Kneipe.

»Guten Morgen, Herr Richter, Kommissar Dorff hier. Verzeihen Sie die frühe Störung. Ich würde mich gern einmal mit Ihnen unterhalten, bitte rufen Sie mich doch umgehend unter, äh, Moment ...« Jan hörte ein Poltern und Schaben, bis sich Dorff wieder meldete und ihm eine D-Netz-Nummer vorlas. Dorff bedankte sich noch höflich und legte auf.

Unterhalten. Das konnte eine Menge bedeuten. Wahrscheinlich hatte er schon mal angerufen, und Jan hatte es nicht mitbekommen, weil das Telefon auseinandergefallen war.

Das Risiko einer Unterhaltung mit Dorff wollte er auf keinen Fall eingehen. Er sah zur Straße hinunter, der Polizeiwagen stand nach wie vor da. Der Fahrer war ausgestiegen und lehnte gelangweilt an der Motorhaube, die Hände in den Hosentaschen. Jan kaute auf seiner Unterlippe. Er nahm das Telefon und wählte Marleens Nummer. Es dauerte eine Weile, bis sie sich verschlafen meldete.

»Jan, so früh? Was gibt's?«

»Kann ich zu dir kommen? Ich brauche deine Hilfe.«

»Zu mir, jetzt? Ich lieg noch im Bett. Was ist denn los?«

»Ich hab ein Problem. Ich will das nicht am Telefon erzählen. Ich komm vorbei und erklär dir alles, okay?«

»Wenn's sein muß ... Bring Brötchen mit.«

»Mach ich. Ich weiß aber nicht genau, wie lang es dauert.«

»Laß dir Zeit, ich schlaf noch ein bißchen.«

»Bis gleich. Bist'n Schatz.«

»Ich weiß.« Sie legte auf.

Jan ging in die Küche und sah aus dem Fenster in den Hinterhof. Das winzige Quadrat wurde nicht genutzt und war mit Gestrüpp zugewuchert. Jan sah sich die Mauer an, sie war hoch, aber nicht zu hoch. Die Frage war, wie er aus dem Nachbarhof wieder herauskäme. Die nächste Mauer konnte er von seinem Fenster aus nicht sehen. Entschlossen reckte er das Kinn nach vorn. Er zog sich seine Lederjacke an und setzte die Kappe auf. Schon halb im Treppenhaus, machte er noch einmal kehrt. Er ging ins Schlafzimmer und holte ein Paar schwarze Lederhandschuhe aus seinem Fach. Dann steckte er noch seine Sonnenbrille ein. Er verließ die Wohnung und zog die Tür zu.

Der Schlüssel zur Hoftür steckte im Schloß, er ließ sich kaum bewegen. Mühsam drehte Jan ihn herum, er hatte Angst, ihn abzubrechen. Als er die Tür endlich auf hatte, schob er sein Rad in den Hof. Er kämpfte sich damit durch das wuchernde Unkraut und lehnte es an die Mauer. Er versicherte sich, daß es stabil stand, zog die Handschuhe an und stieg vorsichtig erst auf das Tretlager und dann auf die Querstange. Die Mauer ging ihm jetzt bis zum Gürtel. Bis auf einige Mülltonnen war der Nachbarhof leer. Jan sah zu den Fenstern, aber er schien unbeobachtet. Er kletterte auf die Mauer und warf einen bedauernden Blick zurück auf sein Fahrrad, aber er sah keine Chance, es mitzunehmen. Dann sprang er auf den Asphaltboden des Nachbarhofes und landete auf allen vieren. Die Hoftür war verschlossen, wie Jan erwartet hatte. Er sah zur Mauer. Sie war um einiges höher als die erste. Möglichst leise trug er zwei Mülltonnen an die Mauer. Die Plastiktonnen waren leer, sie würden eine sehr wackelige Steighilfe sein. Mühsam kletterte er hinauf und kämpfte um sein Gleichgewicht. Die Mauer war so hoch, daß er gerade eben hinübergucken konnte. Der nächste Hof hatte eine Toreinfahrt. Hier war so viel Betrieb, daß er keine Chance sah, unbemerkt über die Mauer zu kommen. Es gab ein Fitness-Studio, etliche Büros und sogar einen Bridge-Club, wie er erstaunt auf einem Schild las. Er wartete eine Zeitlang auf einen unbeobachteten Moment, aber in dem Hof herrschte ein ständiges Kommen und Gehen. Plötzlich hörte er, wie hinter ihm ein Fenster geöffnet wurde.

»Was machen Sie da!« keifte eine Frauenstimme.

Ohne sich umzudrehen griff er nach dem Mauerrand und stieß

sich so fest wie möglich von den Mülltonnen ab. Eine der Tonnen fiel mit lautem Rumpeln um, aber es gelang ihm, sich auf die Mauer zu ziehen.

»Bleiben Sie stehen!« kreischte die Stimme hinter ihm.

Zwei blondierte junge Frauen in schockfarbenen Leggins standen vor dem Fitness-Studio und blickten blöde zu ihm herüber. Er biß die Zähne zusammen und sprang in den Hof. Wieder landete er auf allen vieren, aber diesmal knickte er so schmerzhaft mit dem Fuß um, daß er zischend Luft einsog. Er blieb auf dem Boden sitzen und hielt sich mit schmerzverzerrtem Gesicht den Knöchel. Die beiden Blondinen sahen sich kopfschüttelnd an und gingen dann, ohne ihn eines weiteren Blickes zu würdigen, zur Toreinfahrt hinaus. Mühsam stand er auf und humpelte im Kreis herum, um herauszufinden, wie er den Fuß belasten konnte. Er merkte, wie der Knöchel anschwoll.

Jan atmete tief durch und ging, vorsichtig auftretend, zur Toreinfahrt, holte seine Sonnenbrille hervor und setzte sie auf. An der Ecke sah er betont unauffällig in Richtung des Polizeiautos. Der Beamte lehnte immer noch an der Motorhaube. Er hielt eine Zigarette in der Hand und gähnte ausgiebig. Jan ging humpelnd in Richtung Jülicher Straße und zwang sich, sich nicht nach dem Polizisten umzudrehen. Den Schirm seiner Kappe zog er ins Gesicht für den Fall, daß er Kommissar Dorff begegnete, aber er schaffte es unbeobachtet bis zur Lindenstraße.

Er wollte zum Ring, um mit der Bahn zu fahren, aber sein Knöchel schmerzte so, daß er nach fünfzig Metern aufgab und ein Taxi anhielt. Als er den Fahrer fragte, ob sie auf dem Weg zum Krefelder Wall an einer Bäckerei vorbeikämen, klang die Antwort eher unwillig.

»Ich kann nicht alle Bäckereien in Köln kennen.«

»Könnten Sie denn halten, wenn wir eine sehen?«

»Wenn ich da stehen kann.«

Jan seufzte innerlich. Der Mann war genau der Typ Kölner, der einen an der Stadt zweifeln lassen konnte. Er betonte seine Plauze mit einer Anglerweste und trug einen an den Seiten hochgezwirbelten Schnäuzer. Hoffentlich blieben Jan wenigstens die zu erwartenden Erklärungen zur Lage der Nation und der Welt im allgemeinen erspart. Der Fahrer begnügte sich mit einer umfassenden Analyse der Situation des FC. Da Jan gelegentlich zustimmend brummte, verbesserte sich die Laune des Mannes so weit, daß er schließlich auf dem Ring in zweiter Reihe vor einer Bäckerei anhielt und seelenruhig auf Jan wartete, während sich hinter ihm ein Chaos aus wütend hupenden Autos bildete.

»Der Lienen macht dat«, sagte er noch, als sie vor der Toreinfahrt von Marleens Haus standen und Jan schon ausgestiegen war. »Wartenses ab!« Jan nickte heuchlerisch und schlug aufatmend die Tür zu.

Er humpelte über den Hof und die Treppen zu Marleens Wohnung hoch. Nach dem Klingeln mußte er eine Weile warten, bis sie ihm öffnete. Sie sah süß aus mit ihrem verschlafenen Gesicht und den verstrubbelten Haaren. Er küßte sie auf die Stirn und lächelte sie an. Sie zog eine Flunsch.

»Seit wann stehst du mitten in der Nacht auf?« fragte sie und ging in die Küche. Sie machte sich an der Kaffeemaschine zu schaffen. Jan legte die Brötchentüte auf den Tisch.

»Seit die Polizei hinter mir her ist«, sagte er.

Marleen drehte sich zu ihm um, einen gehäuften Löffel Kaffeepulver in der Hand. Sie sah ihn verständnislos an.

»Wie bitte?«

»Ich nehme an, Daniela war bei ihnen und hat von sich und Christian erzählt. Und daß ich der Mörder bin. Jetzt suchen sie mich.«

Marleen wandte sich wieder der Kaffeemaschine zu. »Kannst du mir mal sagen, was ihr alle an dieser Zicke findet?«

Jan stand am Fenster und starrte gedankenverloren in den Hof. Er wußte die Antwort nicht. Die Kaffeemaschine nahm seufzend den Dienst auf, und er merkte, wie Marleen hinter ihn trat und die Arme um ihn legte.

»Ist Christian denn überhaupt ermordet worden?« fragte sie.

»Ja. Zwischen Dienstag und Donnerstag letzter Woche. Ich hab gestern abend Löwenstein getroffen, der hat es mir erzählt. So was saugt der sich nicht aus den Fingern. Und eben stand Kommissar Dorff vor meiner Tür. Als ich nicht aufgemacht habe, hat er einen Streifenwagen vor meinem Haus postiert. Ich bin über den Hinterhof raus. Hab mir den Fuß verstaucht.«

Sie zog die Augenbrauen hoch und sah ihn spöttisch an.

»Über den Hinterhof? Mit über die Mauer klettern und so?«

»Mach dich ruhig lustig. Ich hab keine Lust, eingebunkert zu werden. Vor allem hab ich keine Zeit dazu. Ich weiß jetzt nämlich, wo das Saxophon ist.«

»Das Saxophon ...« Marleen seufzte.

»Friedhelm Aufdemsee hat es.«

Ihre Gesichtszüge erstarrten. »*Der*?«

»Ich nehme es wenigstens an.«

»Was soll das heißen, hat er es oder nicht?«

»Genau weiß ich es nicht, aber er versucht, mich zu erpressen. Er hat es nicht ausdrücklich zugegeben, aber er *muß* es haben. Er will von mir, daß ich ihn bei Jack Saphire mitspielen lasse. Ausgerechnet ihn. Ich weiß gar nicht, woher er von dem Konzert weiß. Er war jedenfalls mächtig cool am Telefon. Ich soll es mir überlegen in meiner unangenehmen Situation, sagt er. Ich habe versucht herauszufinden, was er genau will, aber er will mich wohl auf die Folter spannen. Das gelingt ihm auch.«

»Wenn er wirklich das Saxophon hat ...« Sie verstummte.

»... ist er womöglich der Mörder«, ergänzte Jan.

Eine steile Falte erschien auf ihrer Stirn. Jan sah, wie sich ihre Hand zur Faust ballte.

»Er hat ihn umgebracht!«

»Das wissen wir nicht, Marleen.«

»Du weißt doch, was er für ein Typ ist, das hast du doch gestern gesehen!« Für Marleen schien es keinen Zweifel zu geben.

»Ja schon ... Ich meine, sicher ist gar nichts. Bisher *glaube* ich nur, daß er das Horn hat.«

»Ich trau es ihm zu.«

Jan sah sie nachdenklich an. »Willst du mir nicht erzählen, was zwischen euch vorgefallen ist?«

»Nein.«

Sie stand auf und holte Kaffeetassen aus dem Schrank. Als Jan zum Tisch humpelte, sah sie ihm kopfschüttelnd zu.

»Mein Gott, das sieht ja wirklich schlimm aus. Laß mich mal den Knöchel sehen.«

Jan sackte auf den Küchenstuhl und zog in einer schmerzvollen Prozedur den Schuh aus. Der Knöchel hatte das Format einer Pampelmuse. Marleen untersuchte ihn und ging dann ins Bad, um mit einer Bandage und einer Tube Sportsalbe wiederzukommen. Sie verarztete ihn fachgerecht, während er seinen Kaffee schlürfte.

»Das muß eigentlich geröntgt werden«, sagte sie.

»Vergiß es.«

Marleen wusch sich die Hände und setzte sich wieder zu ihm. »Was machen wir mit Aufdemsee?«

Jan sah in seinen Kaffeebecher. »Was können wir schon machen. Kommissar Dorff lacht uns aus, wenn wir mit der Story von dem Saxophon ankommen. Ich war gestern bei ihm, der weiß nicht mal, wer Charlie Parker war. Ich habe ihm gesagt, daß ich glaube, Christian sei wegen des Saxophons umgebracht worden, da hat er mich anguckt wie einen Schwachsinnigen. Ich als gehörnter Ehemann bin da schon viel verdächtiger.«

»Dann müssen wir uns darum kümmern. Wir müssen es ihm nachweisen.«

»Wir?« Jan kratzte sich im Nacken. Marleen entwickelte einen beängstigenden Eifer. »Und wie willst du das machen?«

»Wir prügeln es aus ihm heraus!«

Jan rieb sein zuckendes Augenlid. »Wir fahren zu ihm, marschieren in seine Wohnung, fesseln ihn auf den Küchenstuhl, foltern ihn so lange, bis er gesteht, und liefern ihn dann bei den Bullen ab. So in etwa stellst du dir das vor, ja?«

Sie schwieg und sah wütend zu Boden.

»Wir kämen nicht mal an ihn ran. Und ob wir Herzchen was aus ihm rauskriegen …« Jan stemmte sich hoch und humpelte zu ihr hin. Er stellte sich hinter sie und massierte ihren Nacken, aber ihre Muskeln blieben hart. »Ich war gestern nacht bei Aufdemsee, er macht die Tür nicht auf.«

»Wir überwachen seine Wohnung. Irgendwann muß er ja rauskommen.«

»Und dann? Dann stehen wir mit ihm auf der Straße und unterhalten uns höflich.«

»Wir brauchen eine Waffe.«

»Marleen!« Er packte sie bei den Schultern. »Jetzt komm mal runter.« Sie blieb starr, er konnte ihre Entschlossenheit spüren. Sie wischte seine Hände beiseite und stand auf.

»Ich wußte gar nicht, daß du so ein Feigling bist.«
»Marleen, ich bitte dich, ich versuche nur, vernünftig zu sein.«
»Er ist ein Mörder.«
»Das wissen wir doch gar nicht!«
»Dann müssen wir es eben herausfinden.« Marleen ging aus der Küche und verschwand im Schlafzimmer. Nach wenigen Augenblicken kam sie mit einem Revolver wieder.

Jan traute seinen Augen nicht.

»Wo hast du *den* her?«

»Hat mal einer bei mir liegenlassen. Einer von den Trotteln. Ist jetzt im Knast.« Sie legte den Revolver auf den Tisch und zündete sich eine Zigarette an. Jans Blick schwenkte zwischen ihr und der Waffe hin und her.

»Du machst dich strafbar«, sagte er. Es war das einzige, was ihm einfiel.

»Halb so wild, ist nur 'ne Gaspistole. Nicht geladen«, sagte Marleen, an der Wand lehnend.

»Sieht jedenfalls beängstigend echt aus, so gar nicht wie 'ne Attrappe.«

Sie starrten beide die Waffe an. Jan spürte einen Klumpen im Magen. Er konnte Marleens Wut fühlen.

»Wenn du nicht mitkommst, geh ich allein«, sagte sie.

Jans rieb sein Augenlid mit dem Handballen. »Ich laß dich nicht allein da hingehen.«

»Na, dann los.«

Zeit gewinnen, dachte er. »Jetzt wart doch mal. Es ist doch noch viel zu früh. Laß uns erst mal frühstücken und einen kühlen Kopf bekommen. Außerdem bist du noch völlig zerknautscht, geh erst mal duschen. Ich mach Frühstück.«

Sie blickte ihn unwillig an, nickte dann aber und ging ins Bad.

»Ist alles im Kühlschrank«, hörte Jan sie noch rufen, bevor sie die Tür schloß.

Er nahm den Revolver in die Hand. Schwerer, als er erwartet hatte, und fühlte sich so echt an, wie er aussah. Jan faßte ihn fester, spielte mit dem Hahn und versuchte, die Trommel auszuklappen. Es gelang ihm nach einigem Gefummel.

»Zum Teufel ...« fluchte er leise. Drei der fünf Kammern waren geladen. Er fragte sich, ob Marleen sich geirrt oder gelogen hatte, und holte die Patronen heraus. Er war sich nicht sicher, aber sie sahen nicht nach Gasmunition aus. Er steckte sie in die Hosentasche und klappte die Trommel wieder ein. Ratlos blickte er auf das bösartige Stück Metall in seiner Hand. Schließlich legte er die Waffe auf die Ablage und deckte den Frühstückstisch. Marleen kam erstaunlich schnell aus dem Bad wieder. Im Bademantel, mit feuchten Haaren, saß sie ihm gegenüber und schmierte mit entschlossenen Bewegungen Butter auf ein Brötchen. Dann schmiß sie eine Scheibe Schinken darauf und biß hinein.

»Wie sollen wir es machen?« fragte sie kauend.

»Pffff ... keine Ahnung, ist schließlich deine Idee.«

Sie blickte nachdenklich zur Decke. »Wir gehen einfach hin und schauen uns die Situation mal an. Dann fällt uns schon was ein.«

»Ich bin nicht gut zu Fuß.«

»Du kannst mein altes Fahrrad nehmen.«

»Das grüne?« Jan haßte die Vorstellung, auf einem rostigen Holland-Damenrad mit Atomkraft-Nein-Danke-Aufklebern in der Stadt gesehen zu werden.

»Stell dich nicht an, oder weißt du was Besseres?«

Hierbleiben, dachte Jan, aber er hielt die Klappe.

*

Radfahren ging besser als laufen. Das Hollandrad bewegte sich im Vergleich zu seinem Faggin allerdings wie ein Raupenschlepper. Er hatte Mühe, mit Marleens Mountainbike mitzuhalten. In der Lütticher Straße fuhren sie langsam an Aufdemsees Haus vorbei. Sein Triumph stand vor der Tür, aber das mußte nichts heißen. Zwei Häuser weiter lehnten sie ihre Fahrräder an eine Mauer unter einer gewaltigen Kastanie.

»Der Platz hier ist doch prima«, sagte Marleen. Ihr Standort war von Aufdemsees Wohnung aus nicht zu sehen, sie konnten aber den Eingang beobachten. »Wir warten, bis er rauskommt. Dann reden wir ganz ruhig mit ihm, und wenn er Zicken macht ...«

»Was dann?«

Marleen zuckte die Schultern. »Werden wir sehen.«

Den nehme ich, hatte sie gesagt, als sie ihre Wohnung verlassen hatten, und den Revolver in die Innentasche ihrer Jeansjacke gesteckt. Jan hatte sie nicht gefragt, ob sie von den Kugeln in der Waffe wußte, und natürlich auch nicht erzählt, daß er sie rausgenommen hatte.

Es war später Vormittag. Jan kannte Aufdemsees Gewohnheiten nicht, aber er nahm an, daß er noch im Bett lag. Er selbst jedenfalls hätte noch im Bett gelegen, wenn man ihn gelassen hätte. Nach einer halben Stunde begann er, sich zunehmend unwohler zu fühlen. Es war einfach auffällig, so lange untätig auf dem Bürgersteig zu stehen. Als er die Fenster des gegenüberliegenden Hauses musterte, sah er eine alte Frau, halb hinter ihren Vorhängen versteckt, die mißtrauisch zu ihnen herunterblickte. Er versuchte, eine Unterhaltung mit Marleen vorzutäuschen.

»Wir sollten irgendwas reden, wir fallen schon auf.«

»Mach dir nicht ins Hemd, wir stehen doch erst ein paar Minuten hier.«

»Was machen wir eigentlich, wenn er schon draußen ist und auf einmal hier die Straße langkommt?«

»Keine Ahnung«, antwortete sie, ärgerlich, daß sie diese Möglichkeit nicht bedacht hatte. »Am besten, du guckst in Richtung Moltkestraße und ich in Richtung Haustür, dann haben wir alles im Blickfeld. Wenn's zu langweilig wird, können wir uns ja abwechseln.«

»Aye aye, Captain«, sagte Jan und rückte seine Kappe zurecht. Er fühlte, wie die Zeit sich zog, und bekam fast Mitleid mit dem Polizeibeamten, der in der Brüsseler Straße vergeblich auf ihn wartete. Um irgend etwas zu tun, setzte er seine Sonnenbrille auf.

»Cool«, sagte Marleen spöttisch.

Er bemerkte, wie sich die Tür des Hauses gegenüber öffnete und die alte Frau mit einer dreirädrigen Gehhilfe heraushumpelte. Sie warf einen scharfen Blick zu ihnen herüber und überquerte dann die Straße. Unnötig dicht ging sie an ihnen vorbei und sah sie mit schräggelegtem Kopf an – mit einem Blick, der Jan signalisierte, wie verdächtig sie ihr vorkamen. Als die Frau weiterging, brummte sie etwas unverständliches vor sich hin. Dann ging plötzlich alles sehr schnell.

»Da ist er!« sagte Marleen.

Jan fuhr herum und sah Aufdemsee aus der Tür treten und zu seinem Wagen gehen. Bevor Jan einen klaren Gedanken fassen konnte, schoß Marleen davon, während Aufdemsee gerade seinen Mantel in den kleinen Zweisitzer warf. Jan versuchte, hinterher zu laufen, aber das lange Stehen hatte seinen verstauchten Knöchel beansprucht. Beim ersten Schritt stöhnte er auf und kam nur noch mühsam vorwärts. Aufdemsee hatte sich gerade in den Wagen gesetzt, als Marleen die noch offene Fahrertür erreichte. Die alte Dame war stehengeblieben und starrte mit unverhohlener Neugier zu dem Auto hinüber. Jan rührte sich nicht weiter. Es kam ihm plötzlich völlig albern vor, so ganz ohne Plan und Überlegung in eine solche Situation zu stolpern. Wütend schimpfte er sich einen Feigling und Idioten, aber er war unfähig, eine Entscheidung zu treffen. Schwer atmend beobachtete er, wie Marleen auf Aufdemsee einredete. Verstehen konnte er nichts. Sein Atem stockte, als er sah, wie sie mit wütendem Blick in ihre Jeansjacke griff und den Revolver hervorzerrte. Die alte Frau hielt entsetzt die Hand vor den Mund. Jan konnte Aufdemsee nicht erkennen, nur Marleens Gesicht war für ihn sichtbar. Der Revolver war verdeckt, aber offensichtlich zielte sie auf Aufdemsee. Dann richtete sie sich langsam auf und steckte die Waffe wieder in ihre Jacke. Sie trat zurück, und Aufdemsee ließ den Motor an. Er stieß rückwärts auf die Straße, verfehlte die alte Frau nur knapp und fuhr mit quietschenden Reifen an. Nach fünfzig Metern bog der Sportwagen in die Brüsseler Straße und war verschwunden.

Marleen stand bewegungslos vor Aufdemsees Haustür. Fünf Meter von ihr entfernt stand die alte Frau, immer noch die Hand vor dem Mund und weiß wie die Wand – offenbar unfähig, sich zu rühren. Jan humpelte auf Marleen zu.

»Und?« fragte er.

Sie sah ihn an und versuchte mit zusammengekniffenen Lippen ein Lächeln. Sie sagte nichts.

»Was war?«

Marleen atmete tief durch. Dann ging sie langsam in Richtung der Fahrräder. Jan quälte sich hinter ihr her.

»Jetzt sag schon, was war!«

Sie lehnte sich an die Mauer unter der Kastanie und zündete sich eine Zigarette an. Mit schiefem Grinsen sah sie ihn an.

»Er hatte auch eine Pistole.«

»O Scheiße.«

»Er war nicht sehr beeindruckt von mir«, sagte sie und zog die Nase hoch. »Als er meinen Revolver gesehen hat, hat er nur gegrinst. Dann hat er ins Handschuhfach gegriffen und gesagt, *die* sei echt, und ich sollte ein bißchen vorsichtiger sein.« Sie wischte sich durch die Augen. Die Tränen konnte sie jetzt nicht mehr zurückhalten. Jan nahm sie in den Arm und merkte, wie sie zitterte.

»Beruhig dich erst mal«, sagte er sanft. Sie weinte sein T-Shirt naß.

»Laß uns irgendwo hingehen. Ich brauch 'nen Schnaps«, sagte er nach einer Weile. Sie nickte. Als sie auf die Räder stiegen, hob die alte Frau den Arm und zeigte auf sie. Sie sagte etwas, das sich wie »G-gä« anhörte, als sie an ihr vorbeirollten.

Schweigend fuhren sie nebeneinander her zum BP am Brüsseler Platz. Sie waren die einzigen Gäste. Marleen hockte sich auf die Bank in der Ecke, und Jan holte an der Theke zwei doppelte Grappa.

»Jetzt erzähl mal genau«, sagte er und stellte das Glas vor sie. Er nahm einen kräftigen Schluck aus seinem, Marleen kippte ihres auf ex.

»Ich hab ihm gesagt, ich wolle mit ihm reden. Er fragte, warum, und ich hab gesagt, wegen Christian. Da hat er gefragt, ob auch ich ihm jetzt einen Mord in die Schuhe schieben wolle.«

»Wieso du auch? Wer denn noch?«

»Keine Ahnung, ich hab es auch nicht verstanden. Ich war so aufgeregt ...« Wieder begann sie zu schniefen. »Er hat gesagt, ich soll mich zum Teufel scheren.. Da hab ich den Revolver gezogen. Ich hab gesagt, er soll aussteigen. Aber er hat nur gelacht ...«

»Und dann?«

»Dann hat er eine Pistole aus dem Handschuhfach geholt. So eine kleine. Dann hat er noch gesagt, er wolle dich sehen. Morgen früh um elf im Café Wahlen. Und du sollst pünktlich sein. Soll ich dir ausrichten.«

»Er *will* mich sehen? Ausgerechnet im Wahlen? Hat der sie noch alle?«

»Keine Ahnung, aber genau das hat er gesagt.«

»Was für ein Arschloch.« Jan stand auf und holte zwei Kölsch. Schweigend tranken sie.

»Ich hätte ihn einfach erschießen sollen«, sagte Marleen, als sie ihr Glas geleert hatte.

Jan sah sie nachdenklich an. Dann griff er in seine Jeans und holte die Patronen hervor. Er hielt sie ihr in der offenen Hand hin. Ihr Blick ruhte eine Weile darauf, dann sah sie ihm in die Augen.

»Drecksack«, sagte sie.

»Schwachkopf«, antwortete er.

Er steckte die Patronen wieder ein, ohne ihrem Blick auszuweichen. Sie starrten sich an, bis sie die Augen senkte.

»Tut mir leid«, sagte sie.

»Das ist keine Gasmunition«, sagte er.

»Nein.«

»Das ist auch kein Gasrevolver.«

»Nein.«

»Wo hast du ihn her?«

»Wie ich schon sagte, ein Ex hat ihn bei mir liegenlassen. Besser gesagt, er hat ihn bei mir versteckt. Schon lange her. Ich dachte, solange das Ding bei mir ist, kann er keinen Unfug damit machen. *Er hat gesagt, es wäre ein Gasrevolver, nicht geladen.* Um mich zu beruhigen, aber ich bin ja nicht blöd. Als er dann kam, um ihn abzuholen, hab ich ihm erzählt, ich hätt's mit der Angst bekommen und das Ding in den Rhein geworfen.«

»Das wäre besser gewesen.«

Sie zuckte die Schultern. »Ich dachte, vielleicht kann ich ihn mal brauchen.«

»Um Aufdemsee abzuknallen?«

»Zum Beispiel.«

Sie stand auf und holte noch zwei Kölsch.

»Was hat er dir getan?«

»Mir? Er hat Christian umgebracht!«

»Was noch zu beweisen wäre – aber du weißt, daß ich etwas anderes meine.«

Sie nahm einen Schluck und blickte zu Boden.

»Ich hätte ihn wohl nicht mit nach Hause nehmen sollen«, sagte sie leise.

Jan merkte, daß ihr jetzt nicht mehr zu entlocken war. Wieder saßen sie schweigend vor ihren Gläsern.

»Ich frage mich, wer Aufdemsee noch verdächtigen könnte«, sagte sie nach einer Weile.

»Darüber habe ich auch nachgedacht. Es muß jemand sein, der weiß, daß er das Saxophon hat.«

»Und wer kann das sein?«

Jan zögerte. »Dietmar Greiner zum Beispiel. Sonst fällt mir eigentlich keiner ein.«

»Weiß er denn von dem Konzert?«

»Ich nehme an, Christian wird es ihm erzählt haben.«

»Wir sollten ihn einfach fragen. Laß uns zu ihm fahren, vielleicht ist er ja jetzt zu Hause.«

»Okay.« Jan humpelte zur Theke und zahlte.

»Meinst du, die Bullen stehen immer noch vor deiner Haustür?« fragte Marleen, als sie ihre Räder aufschlossen.

»Ich nehm's an.«

»Ich könnte ja bei dir vorbeifahren und nachgucken. Wir treffen uns dann bei Dietmar.«

»Und wenn Kommissar Dorff da ist und dich sieht?«

»Was soll schon sein? Er kann mir doch wohl nicht verbieten, durch die Brüsseler Straße zu fahren.«

Jan kratzte sich am Kopf. Die Idee hatte einiges für sich.

»Na gut. Ich fahr durch die Lütticher und du hintenrum. Ich warte bei Dietmar auf dich.«

Wieder fuhr er an Aufdemsees Haus vorbei. Einige Häuser weiter stand ein Krankenwagen. Die Sanitäter hievten gerade eine auf einer Trage verschnürte Gestalt hinein. Jan meinte ein »G-gä« zu hören, als er vorbeiradelte.

Dietmar Greiner war nicht zu Hause. Die Vorhänge waren offen, und Jan konnte durch das Fenster in das dunkle Loch sehen, in dem Greiner hauste. Es herrschte ein ziemliches Chaos. Auf dem kleinen Küchentisch lagen halb leergegessene Plastikschalen aus der Frittenbude, Zeitschriften und Notenblätter durcheinander. Ein Stuhl war umgefallen. Auf dem Kopfkissen des ungemachten Bettes lag ein dickes Buch, das Jan aus der Entfernung für eine Bibel hielt. Es war nicht zu erkennen, wann Greiner das letzte Mal hiergewesen war. Jan wartete vor dem Haus auf Marleen. Es dauerte keine Minute, bis sie auf ihrem blauen Bike angeschossen kam.

»Keiner mehr da«, sagte sie, nachdem sie mit quietschenden Bremsen vor ihm zum Stehen gekommen war.

»Die Bullen sind weg?«

»Sieht so aus. Kein Streifenwagen und auch sonst nichts Verdächtiges. Keine finsteren Gestalten in unauffälligen Autos oder ähnliches.«

»Hm.«

»Ist Dietmar da?«

»Nein«, sagte er abwesend. Er war mit seinen Gedanken bei Kommissar Dorff und dem Streifenwagen. »Ich trau dem Braten nicht. Vielleicht wollen sie mir eine Falle stellen.«

»Vielleicht leidest du aber auch unter Verfolgungswahn.« Sie sah ihn lächelnd an. »Komm, laß uns zu dir fahren. Ich brauch 'nen Kaffee.«

»Zu mir? Und wenn Daniela da ist?«

»Vielleicht kann ich sie ja beruhigen.«

»Ausgerechnet du? Sie wird dir den Kopf abreißen!«

»Glaub ich nicht. Ich denke, auf mich wird sie eher hören als auf dich.«

»Ich weiß nicht ...«

Marleen fuhr einfach los, und Jan blieb nichts übrig, als ihr hinterherzufahren. An der Ecke zur Brüsseler hielt er an und suchte die Straße nach Verdächtigem ab, konnte aber nichts entdecken. Langsam fuhr er zu seiner Haustür, wo Marleen auf ihn wartete.

»Siehst du, keiner da«, sagte sie.

Jan nickte und schloß die Tür auf. Mühsam humpelte er die Treppen hinauf, Marleen folgte ihm geduldig.

»Du mußt deinen Fuß röntgen lassen«, sagte sie.

»Ja, ja«, sagte er, während er die Wohnung aufschloß. Sie gingen in die Küche.

Am Tisch saß Peter Kröder und grinste sie an.

***

Die anderen waren schon im Treppenhaus, froh, der gespannten Atmosphäre des Salons entkommen zu sein. Nur Charlie Parker war noch da, träge zog er sein speckiges, schwarzes Jackett an. Marquis Ducqué trat nahe an ihn heran. Er packte Parkers Handgelenk. »Nur ein Saxophon? Du weißt es besser, Charlie«, zischte er. Parker sah ihm in die Augen. Die beiden Männer starrten sich an. Schließlich verzog sich Parkers Mund zu einem Grinsen. Mit der freien Hand kniff er den Marquis sanft in die Wange. »Wir beide wissen es besser, Victor. Es ist weg, und das ist gut so. Aber mach dir keine Sorgen, ich denke, wir werden trotzdem ins Geschäft kommen.« Der Marquis schwieg. Langsam lockerte sich sein Griff. Parker zwinkerte ihm zu. Er lachte leise in sich hinein, als er den Salon verließ.

*

»Du solltest dir angewöhnen, deine Wohnungstür abzuschließen«, sagte Kröder.

»Scheint mir auch so«, sagte Jan.

Marleen sah ihn fragend an.

»Das ist Herr Kröder«, stellte Jan vor. »Ein ... Geschäftspartner von Christian und Daniela.«

»Wie ist er denn hier reingekommen?« fragte Marleen.

»Durch die Tür«, sagte Kröder und hielt ein gebogenes Stück Metall hoch. »Nehmt doch Platz.«

»Danke, ich stehe lieber«, sagte Jan.

»Setzt euch!« Sein Ton ließ ihnen keine Wahl. Gehorsam setzten sie sich ihm gegenüber an den Küchentisch. »Wo ist deine Frau?«

»Keine Ahnung.«

»So? Ich glaube, du kümmerst dich nicht genug um sie.«

»Scheint so.«

»Ich mach mir ein wenig Sorgen um sie, ich hätte gern mal mit ihr gesprochen.«

Jan sagte nichts.

»Was ist hier eigentlich los? Was wollen Sie von Daniela?« fragte Marleen.

»Du hältst die Fresse, Mädchen. Hast du dir 'nen neuen Schuß gesucht, Jan? Gar nicht unflott.« Er musterte Marleen mit geschäftsmäßigem Interesse. Marleen starrte ihn angewidert an. »Straaten hatte was, das mir gehört. Ich nehme an, deine Frau hat es jetzt. Weißt du, wo es ist?«

»Keine Ahnung, wovon du redest.«

»Keine Ahnung, hm? Du scheinst mir verdammt wenig Ahnung von *irgend*was zu haben, Sportsfreund. Ich sag dir was: Du wirst mir helfen, sie zu finden. Vorher wirst du mich nicht los. Laß dir was einfallen. Wo ist Daniela, hm? Denk mal richtig nach.«

»Ich weiß es wirklich nicht.«

»Irgendwie hab ich das Gefühl, du sagst mir nicht die Wahrheit, Jan. Man könnte meinen, du hast es faustdick hinter den Ohren. Hast *du* Straaten kalt gemacht?«

Jan schnaubte verächtlich. »Ich hab jedenfalls nicht ›STRAATEN DU BIST TOT‹ an seine Wand geschrieben«, sagte er.

Kröder zuckte die Achseln. »Tja, das war nicht clever von uns, das muß ich zugeben. Aber hinterher ist man immer schlauer.«

»Das waren *Sie*?« Marleen starrte ihn an.

Kröder sah mit erwachter Neugier zu ihr hinüber. »Was ist das überhaupt für 'ne Fotze?« fragte er Jan.

»Eine Freundin.«

»Eine Freundin, soso. Und woher weiß sie, daß wir in Straatens Wohnung waren?«

»Ich war mit Christian zusammen«, sagte Marleen.

Jan spürte es in ihr brodeln. Kröder sah sie überrascht und spöttisch an.

»Nanu, noch eine? Junge, das hätte ich Straaten gar nicht zugetraut. Zwei Pferdchen, schau an. Na, dann kannst du mir doch bestimmt sagen, wo die Fotos sind, oder?«

»Welche Fotos?«

Kröder schüttelte den Kopf. »Falsche Antwort, Mädchen. Jetzt paßt mal auf, nur damit euch klar ist, was ich eigentlich meine ...«

Er sprang so plötzlich auf, daß sein Stuhl nach hinten kippte. Mit zwei Schritten war er bei Jan und drehte ihm den Arm auf den Rücken. Er griff ihm in die Haare und schmetterte seinen Kopf auf die Tischplatte. Jan meinte, sein Nasenbein brechen zu hören. Er schmeckte Blut.

»Laß ihn los!« hörte er plötzlich Marleen sagen und merkte, wie Kröder erstarrte. Langsam lockerte sich sein Griff.

»Mach keine Sachen, Mädchen«, hörte er ihn sagen. Kröder wich langsam zurück. Jan kam hoch und sah Marleen mit dem Revolver auf Kröders Kopf zielen. Sie hielt die Waffe professionell, die linke Hand stützte die rechte. Ihr Gesichtsausdruck war zum Fürchten. Sie hatte sogar daran gedacht, den Abzugshahn zu spannen. Jan stand auf. Er griff zum Messerblock auf der Anrichte, zog das Fleischmesser heraus und hielt es vor sich. Blut quoll aus seiner Nase und tropfte auf den Boden. Kröder stand vielleicht zwei Meter von ihm entfernt, die Arme beschwichtigend gehoben. Jan sah es in seinem Gesicht arbeiten. Sie mußten ihn loswerden, bevor ihm klar wurde, das er es nur mit zwei Amateuren und einer ungeladenen Waffe zu tun hatte.

»Raus!« sagte Jan. Er versuchte, eiskalt zu klingen, aber er bekam nur ein wenig artikuliertes Krächzen zustande.

Kröder nickte und ging langsam Richtung Tür, die Arme immer noch gehoben. Marleen wich zurück, ohne die Waffe zu senken. Immer noch zielte sie genau zwischen seine Ohren. Sie ging rückwärts ins Wohnzimmer, als Kröder aus der Küche trat, dann wieder vorwärts, als er langsam durch die Diele zur Wohnungstür ging, ohne den Blick von dem Revolver zu wenden. Erst an der Tür sah er wieder zu Jan. Langsam nahm er die Arme runter und drückte die Türklinke.

»Du solltest dir wirklich angewöhnen abzuschließen«, sagte er, bevor er ins Treppenhaus trat.

»Offen lassen«, sagte Marleen, als er die Tür hinter sich zuziehen wollte. Sie folgte ihm bis zur Tür und zielte noch auf ihn, als er schon die halbe Treppe runter war.

»Wenn dir an deiner Frau noch was liegt, finde sie besser *vor* mir«, sagte Kröder noch, bevor er die Treppe hinunterlief.

Jan ging zum Wohnzimmerfenster. Mit einer Hand versuchte er den Blutstrom zu stoppen. Er sah, wie Kröder sich noch einmal zum Haus umdrehte. Seine Lippen formten das Wort »Scheiße«, bevor er zügig in Richtung Richard-Wagner-Straße ging.

Jan ging ins Bad und griff nach der Klopapierrolle. Im Spiegel sah er seine Nase anschwellen. Er riß einen langen Streifen Klopapier ab, knüllte ihn zusammen und drückte ihn unter seine Nasenlöcher. Erschöpft setzte er sich auf den Wannenrand. Marleen lehnte im Türrahmen. Sie sah die Waffe in ihrer Hand an.

»Ich wußte doch, daß ich ihn mal brauchen würde.« Sie legte den Revolver auf die Ablage unter dem Spiegel. »Was ist mit deiner Nase?«

»Muß geröntgt werden«, sagte er. Sie ging in die Küche. Nach einigen Minuten kam sie mit einem Plastikbeutel voll Eiswürfel zurück. Er nahm ihn und drückte ihn vorsichtig auf sein Gesicht. Es tat höllisch weh.

»Das war ja 'ne echte Heldentat. Richtig cool.« Mit dem Papierknäuel und dem Eisbeutel auf der Nase konnte Jan nur nuscheln.

»Ich laß mich nicht zweimal hintereinander ins Bockshorn jagen.«

»Wer hat dir denn gezeigt, wie man sich so profimäßig mit 'ner Wumme hinstellt?«

»Jamie Lee Curtis. In ›Blue Steel‹.«

»Wirklich beeindruckend. Fand Herr Kröder auch.«

»Kann es sein, daß ich da ein paar Sachen nicht mitgekriegt habe?« fragte sie. »Was für Fotos will der von Christian?«

»Christian hat für Kröder Erpresser-Fotos gemacht. Er hat sie ihm aber nicht gegeben. Vielleicht ist er einfach nicht mehr dazu gekommen.«

»Wen will er denn erpressen?«

»Endenich, diesen Immobilienhai. Christian hat Schweinkramfotos von ihm in Kröders Puff gemacht und dann wohl auch selbst entwickelt und vergrößert. Außerdem von Endenich zusammen mit Kröder. Jochen Diekes meint, die dealen mit gefälschten Autoersatzteilen.«

»Und woher weißt *du* das alles?«

»Die Fotos lagen in Danielas Kleiderschrank. Da hab ich sie gefunden. Sie sind jetzt bei Jochen. Kröders Komplize ist gestern hier eingebrochen und hat danach gesucht. Daniela will sie auch haben.«

Vorsichtig entfernte Jan das Papierknäuel von seiner Nase und nahm ein neues. Die Blutung ließ nur langsam nach. Er stand vom Badewannenrand auf und humpelte ins Wohnzimmer.

Der Anrufbeantworter hatte sechs Anrufe gezählt, aber nur zwei Nachrichten aufgezeichnet. Die erste war der Anruf von Kommissar Dorff, den Jan heute morgen mitgehört hatte, die zweite war von Donato Torricelli, der ebenso wortreich wie pathetisch um Rückruf flehte. Jan drückte die Löschtaste. Er wählte Jochen Diekes' Nummer, aber wieder sprang nur der Anrufbeantworter an. Er bat ihn noch mal, sich baldmöglichst zu melden, und legte auf.

»Langsam mach ich mir Sorgen wegen Jochen. Möchte mal wissen, wo der steckt.«

Marleen war dabei, sein Blut vom Küchenboden zu wischen. Jan machte sich an der Kaffeemaschine zu schaffen, was ihm nicht leichtfiel. Mit einer Hand hielt er immer noch das Papierknäuel unter die Nase.

»Laß mich das machen.« Marleen nahm ihm den Filter aus der Hand und schob ihn zu einem Stuhl. »Setz dich hin und kühl deine Nase«, sagte sie in einem Ton, der keinen Widerspruch duldete.

Es klingelte an der Tür.

»Erwartest du jemanden?« fragte Marleen. Sie ging ins Wohnzimmer und sah aus dem Fenster.

»Kommissar Dorff«, sagte sie, als sie zurückkam.

»Mist. Ich hab's gewußt. Und du meinst, ich hätte Verfolgungswahn.«

»Er ist allein.« Wieder klingelte es, lang diesmal. Sie rührten sich nicht.

»Ich glaub, ich brauch 'nen Anwalt«, sagte Jan.

»Kennst du einen?«

»Nein.«

»Ich auch nicht.« Sie ging zum Wohnzimmerfenster. »Er geht wieder.« Sie kam zurück in die Küche. »Laß mich mal deine Nase sehen.«

Er nahm den Eisbeutel weg und legte ihn auf den Küchentisch. Marleen nahm ihm das Papierknäuel ab.

»Blutet nicht mehr«, sagte sie. Sie befeuchtete an der Spüle ein Geschirrtuch und reinigte vorsichtig sein Gesicht.

»Sieht schlimmer aus, als es ist«, sagte sie und tastete sein Nasenbein ab. Jan schrie auf.

»Ich glaube nicht, daß sie gebrochen ist«, sagte Marleen.

»Das glaub ich aber für dich mit«, fluchte Jan.

Marleen holte Becher aus dem Schrank und goß Kaffee ein.

»Im Wohnzimmerschrank steht noch 'ne Flasche Remy«, sagte er.

Marleen nickte erfreut und holte die Flasche und zwei Cognacschwenker. Gemeinsam mit dem Kaffee ließ der Cognac ein wohliges Entspannen durch Jans Glieder rieseln. Die Flasche gehörte Daniela, aber darauf kam es nun wirklich nicht mehr an. Seufzend lehnte er sich zurück. Er war müde.

»Was hast du jetzt vor?« fragte Marleen.

»Ich weiß es nicht. Ich wünschte, ich könnte was schlafen.«

»Was hält dich davon ab?«

»Ich muß mir einen Anwalt suchen.« Er rieb sich die Augen.

»Warum bist du eigentlich so panisch? Verdächtiger als ich bist du doch auch nicht.«

»Quatsch. Wenn Daniela mich beschuldigt, bin ich der Hauptverdächtige. *Du* liebst Christian doch, warum solltest du ihn töten. Nach ihrer Logik müßte ich ihn hassen.«

»Hast du kein Alibi?«

»Von Dienstag bis Donnerstag?«

»Sie müßten dir doch erst mal was nachweisen.«

»Mag ja sein, aber ich habe keine Zeit. Die verhören mich doch tagelang. Ich muß das Saxophon finden, und zwar möglichst schnell. Wahrscheinlich finde ich dabei ja auch den Mörder.«

»Frag doch mal Löwenstein, der hat doch bestimmt einen Anwalt.«

»Löwenstein, ausgerechnet. Wieso sollte der mir helfen?«

»Immerhin seid ihr Geschäftspartner. Im Knast nützt du ihm nicht viel.«

Jan dachte nach. »Ist vielleicht einen Versuch wert«, sagte er und hinkte ins Wohnzimmer. Er suchte im Telefonbuch nach Löwensteins Nummer. Es war nur die seiner Firma verzeichnet. Die Sekretärin teilte ihm in sehr kühlem Ton mit, Herr Löwenstein sei heute nicht erreichbar. Als Jan erklärte, es sei dringend, sagte sie, Herr Löwenstein erhalte *nur* dringende Anrufe. Sie erklärte sich immerhin bereit, ihm eine Notiz zu hinterlassen. Herr Löwenstein rufe dann zurück. Gegebenenfalls.

»Gegebenenfalls! Ich glaub's nicht«, fluchte Jan, als er aufgelegt hatte. Er kam wieder in die Küche gehumpelt und legte das Telefon auf den Tisch.

»Kein Erfolg?« fragte Marleen. Sie goß ihm noch einen Cognac ein.

»Am besten, ich gehe heute abend mal ins Melody. Wahrscheinlich treff ich ihn da.«
Er erstarrte. Die Wohnungstür wurde aufgeschlossen.

*

Daniela stand in der Küchentür und sagte nichts. Ihre Augen wanderten zwischen Marleen, Jans blutverschmiertem T-Shirt und der Flasche Remy hin und her. Schließlich blieb ihr Blick bei Marleen.
»Raus«, sagte sie.
»Daniela ...«, sagte Marleen.
»Raus aus meiner Wohnung.«
»Daniela, laß uns doch vernünftig ...«
»Raus, sofort.«
»Wir haben doch beide das gleiche ...«
Daniela stürzte sich auf sie. Marleen kreischte auf und versuchte sie wegzustoßen. Daniela riß an ihren Haaren. Sie war im Vorteil, weil Marleen immer noch auf dem Stuhl saß. Jan versuchte, zwischen die beiden zu kommen, wurde aber von Marleen mit dem Ellbogen an der Nase getroffen. Er heulte auf vor Schmerz, was die beiden Frauen für einen Moment ablenkte. Er lehnte an der Wand und hielt sich beide Hände vors Gesicht. Der Schmerz trieb ihm die Tränen in die Augen. Daniela sah erstaunt zu ihm. Marleen nutzte den Moment und drängte sich an ihr vorbei in die Diele.
»Die Alte ist ja wahnsinnig!« hörte Jan sie noch rufen, bevor die Wohnungstür hinter ihr ins Schloß fiel.
Daniela starrte Jan an. »Das ist mein Cognac«, sagte sie.
»Ja«, sagte Jan. Seine Nase hatte wieder zu bluten begonnen. Fluchend ging er ins Bad und versuchte erneut, mit einem Klopapierknäuel die Blutung zu stoppen.
»Wieso blutest du?« fragte Daniela. Sie folgte ihm nur bis in die Diele, als wage sie sich nicht näher an ihn heran.
»Ich hatte Besuch von eurem Geschäftspartner. Der sucht dich. Hat eine überzeugende Fragetechnik.« Jans Blick fiel auf den Revolver, den Marleen auf die Ablage unter dem Spiegel gelegt hatte. Hastig sah er sich nach einem Versteck um. Er nahm ein Handtuch vom Haken und wickelte den Revolver hinein, dann stopfte er das

Ganze in den überquellenden Wäschekorb. Er holte ein frisches Papierknäuel und sah aus der Tür. Daniela stand immer noch schweigend in der Diele.

»Gib mir die Fotos, Jan«, sagte sie leise.

»Kann ich nicht. Jochen Diekes hat sie, und der ist verschwunden.«

»Gib sie mir!«

Jan humpelte kopfschüttelnd in die Küche. Er griff nach dem Cognacschwenker und nahm kurz das Papier von der Nase für einen kräftigen Schluck. Daniela war ihm langsam gefolgt, sie stand in der Tür.

»Wenn Jochen wieder auftaucht, gebe ich sie dir. Vorher *kann* ich es nicht.«

»Die bringen mich um«, flüsterte sie.

Jan drehte sich um und sah sie an. Sie sah erbärmlich aus, die Haare strähnig, das Gesicht grau und eingefallen, viel älter als die sechsunddreißig, die sie war.

»Wo warst du eigentlich die ganze Zeit?« Er sah, daß sie zitterte.

»Pension«, nuschelte sie. »Bitte, Jan, du *mußt* mir helfen!«

»Dir helfen? Ich denk, ich bin ein Mörder!«

»Jan, bitte!«

»Sag ihnen doch die Wahrheit, warum sollten sie dich dann umbringen? Du hast die Fotos nun mal nicht. Soll Kröder sie sich doch bei Jochen abholen.«

»Du willst mir nicht helfen.«

Jan winkte ab. Es war zwecklos, mit ihr zu reden. Er nahm noch einen Schluck Remy.

»Krieg ich auch einen?« fragte sie.

»Bedien dich, ist doch deiner.«

Er sah, wie sie vergeblich versuchte, den Korken aus der Flasche zu ziehen. Er nahm sie ihr weg und schenkte in Marleens Glas ein.

»Danke«, sagte sie. Sie saß schweigend und zusammengesunken auf dem Küchenstuhl.

»Was hast du der Polizei erzählt?«

Sie antwortete nicht. Abwesend starrte sie in ihr Glas.

»Ich geh schlafen«, sagte sie unvermittelt und stand auf. Sie ging ins Schlafzimmer und zog die Tür hinter sich zu.

Jan hörte, wie sie die Jalousien herunterließ. Er überprüfte seine Nase, die Blutung hatte wieder aufgehört. Es war still, er hörte den Sekundenzeiger der Küchenuhr ticken. Eine Weile saß er nur da und versuchte, seiner Verzweiflung Herr zu werden. Er griff nach dem Telefon und wählte nacheinander Jochen Diekes, Dietmar Greiner, Friedhelm Aufdemsee und Marleen an, aber nirgendwo meldete sich jemand anderes als ein Anrufbeantworter. Erst als er seinen Aushilfskellner anrief, erreichte er jemanden – allerdings nur dessen Lebensgefährten, der sich bitter beklagte, daß sein Geliebter soviel arbeiten müsse. Soweit Jan herausfinden konnte, war Jochen gestern tatsächlich nicht aufgetaucht und hatte sich auch nicht gemeldet. Immerhin würde der Kellner heute abend wieder arbeiten. Jan bedankte sich und legte auf.

Er stand auf und ging zur Schlafzimmertür. Lange zögerte er, bevor er sie vorsichtig öffnete. Daniela lag auf dem Bett, flach und unruhig atmend. Leise betrat er das Zimmer und setzte sich auf die Bettkante. Er sah sie an. Ihr Gesicht war im Schlaf glatt und schön, aber immer wieder verzog es sich, als durchzucke sie ein plötzlicher Schmerz. Jan zog die Schuhe aus und legte sich neben sie. Der Schmerz in seinem Knöchel wurde von dem in seiner Nase überlagert. Er konnte nur durch den Mund atmen und war so verkrampft, daß er nicht wußte, wie er sich legen sollte. Trotzdem war er nach wenigen Minuten eingeschlafen.

*

Er wachte im Dunkeln auf, desorientiert.

»Mist«, sagte er, als er den Lichtschalter gefunden hatte und einen Blick auf den Wecker warf. Halb neun. Danielas Bett war leer. Er stand auf und wurde von dem stechenden Schmerz in seinem Knöchel überrascht. Die Wohnung war dunkel, Daniela nicht mehr da. Langsam ging er ins Wohnzimmer und warf einen Blick auf die Straße, bevor er das Licht einschaltete. Im Bad warf er sich kaltes Wasser ins Gesicht, um wach zu werden. Er sah in den Spiegel: Seine Nase war blaugrün angeschwollen, die Augen blutunterlaufen. Er drehte die Dusche auf und hielt den Kopf unter den kalten Strahl. Nachdem er sich geföhnt hatte, ging er zum Kleiderschrank und blickte ratlos hinein. Schließlich tauschte er sein blutverschmiertes T-Shirt gegen ein schwarzes Jeanshemd mit Druckknöpfen und zog eine ebenso schwarze Jeans an.

Er rief im Cool Moon an. Der Aushilfskellner schimpfte auf ihn ein und drohte mit Kündigung. Jochen Diekes war seit zwei Tagen nicht aufgetaucht, und die Polizei war dagewesen. Sie hatten nach Jan gefragt und hinterlassen, daß er sich bei Kommissar Dorff melden solle. Jan besänftigte ihn mit der Aussicht auf eine satte Extra-Prämie und rang ihm das Versprechen ab, die nächsten Tage den Laden zu schmeißen, was er mit der beunruhigenden Bemerkung quittierte, es gäbe ja ohnehin nichts zu tun. Als Jan schon auflegen wollte, fiel dem Kellner noch etwas ein.

»Eine Frau hat angerufen, sprach Englisch, aber mit Akzent. Fragte nach dir.«

»Sandrine Dunestre?«

»Ich hab den Namen nicht verstanden, aber er klang nicht französisch. Sie ruft Freitag noch mal an.«

Jan bedankte sich. Er ging ins Bad und holte den Revolver aus dem Wäschekorb. Im Schlafzimmer fingerte er die drei Patronen aus der Tasche seiner Jeans. Die Waffe in der einen und die Munition in der anderen Hand sah er sich nach einem sicheren Ort um. Er entschied sich für das Regal im Wohnzimmer, wo er auf einem hohen Brett, hinter den Taschenbüchern, gelegentlich sein Bargeld vor Einbrechern versteckte. Manchmal auch geliehene Pornovideos vor Daniela.

Er zog sein graues Jackett über und schloß die Tür von außen zweimal ab. Er holte sein Rad aus dem Hinterhof, schob es zur Haustür und öffnete sie einen Spalt. Auf der Straße war nichts zu entdecken. Er fuhr stadtauswärts in Richtung Melody. Normalerweise verkehrte er nicht in dem Laden, aber er wußte, daß Löwenstein regelmäßig dort auftauchte.

Das stellt sich der Lindenthaler also unter Jazz vor, dachte Jan, als er die Bar betrat. Elegant, sauber, glatt, wie es sich für eine Bar auf der Dürener Straße gehört. Es waren die Instrumente einer Band aufgebaut, aber die Musiker hatten noch nicht zu spielen begonnen. Jan bedauerte das nicht besonders, denn etwas anderes als ein paar gelangweilte Realbook-Cracks erwartete er hier nicht. Er zog eine gut ausgesuchte Beschallung aus der Konserve der tausendsten Version von »How High The Moon« allemal vor.

Löwenstein war nicht da, es war auch noch zu früh für ihn, aber Jan entdeckte seine Frau an der Bar.

»Hallo, Gisela.« Jan kannte sie von einigen Besuchen im Cool Moon. Er wußte, daß sie ihn mochte. Sie mochte alle Männer, die fünfzehn Jahre jünger waren als sie.

»Jan, Schätzchen!« Sie fiel ihm um den Hals und kippte dabei fast vom Hocker. Sie war sternhagelvoll.

Jan fing sie auf und setzte sie sanft wieder gerade.

»Jan, was trinkst du? Paul, gib Jan was zu trinken! Was ist denn mit dir passiert, Liebling, du siehst ja schrecklich aus!«

»Bin die Treppe runtergefallen.« Jan bestellte sich ein Pils.

»Kommt dein Mann noch?«

»Mein Mann, mein Mann, immer mein Mann! Reich ich dir nicht? Ich dachte, du freust dich, *mich* zu sehen!«

»Klar freu ich mich. Aber ich muß was mit Jupp besprechen.«

»Du interessierst dich nicht mehr für mich.« Sie verzog schmollend den Mund.

Jan stellte sich neben sie und legte einen Arm um sie. Er versuchte charmant zu lächeln, was mit seiner geschwollenen Nase nur mäßig gelang. Für Gisela Löwenstein war das Resultat aber völlig ausreichend. Sie kuschelte sich an ihn und trank von ihrer Bloody Mary.

»Er wird schon noch kommen. Kommt ja immer. Mich abholen. Glaubt wohl, ich würde sonst nicht nach Hause finden. Oder in fremden Betten landen.« Sie zwinkerte Jan verschwörerisch zu. »Da könnte er recht haben. Der alte Sack.«

»Na, na.« Jan fühlte sich unbehaglich.

»Ist doch wahr. Nix mehr los mit dem. Immer Geschäfte, Geschäfte und sein blöder Jazz. Für mich hat er ja keine Zeit mehr, der Herr.«

Jan schwieg. Gisela geriet immer mehr in Fahrt.

»Ich existiere doch überhaupt nicht mehr für ihn. Ich sitze allein hier rum, dann kommt er und läßt mich von Atze nach Hause bringen. Wir unternehmen gar nichts mehr zusammen, und im Bett ...« Sie machte eine abfällige Geste. »Manchmal hätt ich schon Lust auf einen knackigen Hintern wie deinen«, flüsterte sie Jan ins Ohr. Sie hing an seinem Hals, und Jan trat langsam der Schweiß auf die Stirn. Er versuchte sich aus ihrer Umklammerung zu lösen, aber sie ließ sich nicht wegschieben. Jan fing einen mitleidigen Blick des Bartenders auf.

Er griff nach seinem Pils und nahm umständlich einen Schluck über ihre Umarmung hinweg.

»Soll ich dir ein Geheimnis verraten?« Immer noch flüsterte sie in sein Ohr. »Weißt du, warum man ihn den Bär nennt?«

»Wegen seiner Statur, denk ich.«

»Nein ...« Gisela kicherte vor sich hin. »Seine Mutter hat ihn so genannt, weil er seinen Teddy nie aus der Hand gegeben hat.« Sie begann laut zu lachen. »Das mußt du dir mal vorstellen! Der Bär! Der Teddybär!« Sie lachte und konnte sich gar nicht beruhigen. Unsicher griff sie nach ihrer Bloody Mary, verschluckte sich daran und bekam einen Hustenanfall.

»Das glaub ich nicht«, sagte Jan, als sie sich einigermaßen gefangen hatte.

»Hat mir die alte Frau selbst erzählt.«

»Du solltest so was besser nicht rumerzählen.«

»Tu ich ja nicht. Nur dir.« Sie drückte ihm einen Kuß auf die Wange.

Mittlerweile hatte die Band an ihren Instrumenten Platz genommen, und Jan nickte grimmig, als sie ihren Set tatsächlich mit »How High The Moon« begannen.

»Der Gitarrist ist süß!« befand Gisela. Jan nickte nur. Sie blieb in Fahrt: »Ehrlich gesagt kommt mir dieses Jazzgedudel langsam zu den Ohren raus. Immer das gleiche. Ich möcht mal was Fetziges. *Rock'n'Roll!* Neulich hatte mein Teddybärchen Ehrenkarten für die Stones in Müngersdorf, und was macht er? Läßt sie verfallen, weil irgend so ein Jazzer in Düsseldorf spielt. Und ich muß natürlich mit! Irgend so'n Gitarrenspieler, John Abersowieso, ich kann mich nicht mal mehr an den Namen erinnern. Was hab ich mich geärgert. Manchmal ist er so *lang*weilig! Dabei ist er jünger als Mick Jagger. Aber mit Rockmusik kann man Jupp einfach nicht kommen. Geht nicht. Der hat wirklich 'nen Fimmel, was seinen Jazz angeht. Neulich hätte er beinah achtzigtausend Mark für ein Saxophon bezahlt!«

»*Was*? Achtzigtausend?« Jan drehte sich so plötzlich zu ihr, daß sie fast die Balance auf ihrem Hocker verlor.
»Ja, verrückt nicht? Soll mal Charlie Parker gehört haben. Er war drauf und dran, das Ding zu kaufen. Gott sei Dank hat Jochen Diekes es ihm ausgeredet.«
»Jochen? Wieso Jochen?«
»Wieso nicht Jochen? Jupp hat ihn halt um Rat gefragt. War ja auch vernünftig. Was ist denn los mit dir?«
Jans Gedanken rasten. Jochen kannte das Saxophon. Er hatte Jupp gesagt, es sei nicht echt. Wieso hatte er ihm das verschwiegen? Jochen hatte so getan, als hätte er noch nie was von dem Horn gehört.
»Wirklich süß, der Gitarrist.« Für Gisela war das Thema erledigt. Sie saß schwankend auf ihrem Barhocker und strahlte den Gitarristen an.
Jan war erleichtert, daß sie ihre Aufmerksamkeit dem jungen Musiker zuwandte, denn als er zur Tür blickte, sah er Löwenstein und Atze hereinkommen.
»Hallo, Jan, welche Überraschung.«
»Hallo, Jupp.«
Löwenstein warf einen Blick auf seine Frau, die so tat, als hätte sie ihn nicht bemerkt und weiter den Gitarristen anhimmelte. Er sah zu Atze und deutete mit dem Kopf auf sie. Atze nickte und packte Gisela am Oberarm. Sie wehrte sich der Form halber ein wenig. Ohne Löwenstein anzusehen verließ sie dann mit Atze das Lokal. Im Vorbeigehen nahm Atze noch mit einer routinierten Bewegung ihren Mantel von der Garderobe. Löwenstein sah ihnen verdrossen nach.
»Mein Mädchen trinkt ein bißchen viel in letzter Zeit«, sagte er.
»Wer hat dich denn so zugerichtet?«
»Peter Kröder.«
Löwenstein blickte ihn kühl an, aber sein Erstaunen war ihm anzumerken.
»Was hast du denn mit dem zu schaffen?«
»Ich eigentlich nichts. Straaten hat irgendwas mit ihm gemaggelt.«
Der Barmann reichte Löwenstein ein Glas Scotch. Er roch daran und nahm einen Schluck.

»Und wieso verprügelt er dann dich?«
»Daniela hängt auch mit drin.«
»Aha.« Löwenstein zündete sich einen Zigarillo an.
Jan konnte es ihm ansehen: Löwenstein wußte, daß eine längere und komplizierte Geschichte hinter all dem steckte. Und er wußte, daß er sie bald kennen würde, ob Jan wollte oder nicht.
»Ich wollte dich um einen Gefallen bitten, Jupp. Kannst du mir einen Anwalt empfehlen?«
»Einen Anwalt? Wieso?«
»Wie es aussieht, glauben die Bullen, daß ich Straaten umgebracht habe.«
»Du?« Löwenstein lächelte spöttisch. »War Daniela bei ihnen?«
»Genau ... woher weißt du das?«
Löwenstein faßte Jan am Oberarm und führte ihn zu einem Tisch in einer Nische. Sie setzten sich, und Löwenstein nahm einen Schluck Scotch. Er sah Jan direkt in die Augen.
»Es gibt nicht viele Dinge um mich herum, die ich nicht weiß, mein Junge. Ich weiß von Straaten und Daniela, seit ich mit ihm über das Saxophon verhandelt habe. Sie hing ja an ihm wie eine Klette. Nachdem feststand, daß er ermordet wurde, hab ich befürchtet, daß sie ausrastet. Allerdings wußte ich *nicht*, daß Kröder da mit drinhängt. Da drängt sich natürlich die ein oder andere Frage auf.«
Jan sah zu, wie Löwenstein konzentriert an seinem Zigarillo zog und dann die Asche abstreifte.
»Möchtest du 'nen Whisky?«
Jan nickte. Löwenstein gab dem Barmann ein Zeichen, und der brachte eine Flasche Johnny Walker Black Label, einen Eisbehälter und ein Glas. Löwenstein goß großzügig ein. Jan trank schweigend.
»Wenn du willst, daß ich dir helfe, mußt du mir schon die ganze Geschichte erzählen.«
Jan überlegte, und letztlich sah er keinen Grund, Löwenstein die Sache zu verschweigen.
»Christian hat für Kröder fotografiert. Hans-Karl Endenich. Im Puff und zusammen mit Kröder. Die beiden scheinen irgendwas mit Autoersatzteilen zu drehen. Wie es aussieht, wollte Kröder Endenich mit den Fotos erpressen, aber Christian ist nicht mehr dazu gekommen, ihm die Bilder zu geben.«

»Und jetzt hat Daniela sie?«
»Nicht mehr. Ich hab sie gefunden.«
»Wo sind die Bilder jetzt?«
»Bei Jochen. Willst du sie haben?«
»Nein. Erpressung ist nicht mein Metier. Würde sich nicht rechnen für mich. Für ein paar hunderttausend Mark meine Beziehungen und meinen Ruf in der Stadt zu ruinieren wäre albern. Das sollen andere machen. Wenn Endenich so blöd ist ...« Er zuckte mit den Schultern. »Tja, wenn man Prinz werden will in Kölle am Rhing, dann muß man schon ein paar Opfer bringen.«
»Vielleicht hat Endenich Christian umgebracht.«
»Kann ich mir nicht vorstellen. Endenich stinkt vor Geld, aber letztlich ist er ein Weichei. Laß die Fotos mal hunderttausend wert sein – das zahlt der aus der Portokasse. Der will nur seine Ruhe haben. Ich kenne ihn. Erstaunlich genug, daß er sich mit Kröder eingelassen hat. Ich würde mir übrigens an deiner Stelle wegen Kröder mehr Sorgen machen als wegen der Polizei.«

»Vielleicht hast du recht.« Jan betastete seine Nase. »Kannst du mir trotzdem einen Anwalt empfehlen?«

»Wenn es dich beruhigt.« Löwenstein holte seine Brieftasche hervor und suchte eine Visitenkarte heraus. »Der Mann ist gut. Außerdem schuldet er mir was. Wenn er muckt, beruf dich auf mich.«

»Vertritt er dich auch?«
»Nein. Meinen Anwalt kannst du dir nicht leisten.«
Jan steckte die Karte ein. »Danke«, sagte er.
»Glaub aber nicht, daß das irgendeinen Einfluß auf deinen Zahlungstermin hat, mein Junge.«

»Schon klar.« Jan hatte nicht im Traum damit gerechnet. »Du kannst nicht vielleicht auf dem kleinen Dienstweg rauskriegen, was die Bullen vorhaben?«

Löwenstein sah ihn kalt an. »Sonst noch Wünsche?«
Jan hob die Hände. »Tut mir leid, ich dachte ja nur ...«
»Dorff ist ein Einzelgänger. Niemand weiß, war er vorhat. Außerdem verschenke ich solche Informationen nicht.«

Jan nickte.
»Tut sich was mit dem Saxophon?« fragte Löwenstein.

»Kann sein. Ich glaube, ich weiß, wer es hat. Ich treff ihn morgen vormittag.«
»Wer ist es denn?«
»Damit du es mir vor der Nase wegschnappst?«
Löwenstein zuckte die Achseln. »Jochen war sich ja sicher, daß es nicht echt ist. Er sagte, dieses Modell sei erst ab '62 gebaut worden.«
»Er hat mir nichts davon erzählt, daß er es mal gesehen hat. Ich frage mich, warum. Hatte es einen Vogel auf dem Schalltrichter?«
»Ja, genau. Warum?«
»Wäre ein Indiz, daß es echt ist.«
Löwenstein schnaufte. »Ich werde mich mal sehr ernsthaft mit Jochen unterhalten müssen. Ich hatte das Saxophon schon in meiner Hand, ein Saxophon von Bird, o Mann. Und ich hatte von Anfang an das Gefühl, daß es echt ist. Es war einfach ... so eine Ahnung. Aber ich wollte nicht das Risiko eingehen, verarscht zu werden – ich bin nun mal nur Laie, was solche Sachen angeht. Deswegen hab ich Diekes gefragt. Ich kenne keinen, der mehr von der Materie versteht. Und jetzt erzählst du mir, es ist doch echt, und ich komm nicht mehr dran. Scheiße, verdammte.« Löwenstein nahm einen großen Schluck Scotch.
»Ich weiß nicht, wo Jochen steckt. Seit zwei Tagen telefoniere ich hinter ihm her. Er hatte mir versprochen, im Cool Moon zu kellnern. Ich mach mir ein bißchen Sorgen.«
»Wenn er auftaucht, sag ihm, ich will ihn sprechen.«
Die Band beendete »Caravan« und begann mit »Summertime«. Jan fühlte Kopfschmerzen, die sich hinter seiner Stirn ausbreiteten. Wieder tastete er seine Nase ab. Noch immer fühlte sie sich an, als sei sie gebrochen. Er trank sein Glas leer und stand auf. Er brauchte frische Luft.
»Ich danke dir, Jupp«, sagte er.
Löwenstein winkte ab. Jan war schon auf halbem Weg zur Tür, als Löwenstein ihn noch mal zurückrief.
»Noch eins«, sagte er leise, als Jan neben ihm stand, »Wenn du die Sache mit dem Teddy weitererzählst, leg ich dich um.«

*

Es hatte zu regnen begonnen. Ein feiner, aber dichter Nieselschauer dämpfte die gelben Straßenlampen. Jans Jackett war bereits klatschnaß, als er nach zweihundert Metern in die Hans-Sachs-Straße abbog. Vor seiner Haustür hatte er keinen trockenen Faden mehr am Leib. Erleichtert stellte er fest, daß seine Wohnungstür noch immer doppelt abgeschlossen war. Er zog die nassen Sachen aus und rubbelte sich die Haare trocken. Ein Kontrollanruf im Cool Moon ergab wenig Tröstendes. Es waren fast keine Gäste da, aber die Polizei hatte noch mal nach ihm gefragt. Jochen war nicht aufgetaucht, und Donato Torricelli ließ ausrichten, Jan möge sich doch endlich bei ihm melden. Jan saugte sich ein paar aufmunternde Worte für den Kellner aus den Fingern und legte auf. Müde sah er sich um. Er begann, diese Wohnung zu hassen. Nach allem, was er hier erlebt hatte, wirkte sie kalt und bedrohlich. Er rief Marleen an.

»Na? Hast du die Wahnsinnige beruhigen können?« fragte sie.

»Sie ist weg. Ich weiß nicht, wo sie steckt. Kann ich bei dir übernachten? Hier krieg ich den Blues.«

»Von mir aus. Ich muß aber früh raus. Ich will morgen wieder zur Arbeit.«

»Kein Problem, ich will jetzt nur nicht allein hiersein.«

»Na, dann komm halt her.«

Jan suchte Socken und ein T-Shirt aus Danielas Schrank und stieg widerwillig noch einmal in die klamme Boxershorts. Trotz einiger Blutflecken zog er die blaue Jeans wieder an, zog seine Regensachen über und machte sich auf den Weg.

*

»Du siehst entsetzlich aus«, sagte Marleen.

»Ich fühl mich auch so.«

»Ich laß dir ein Bad ein.«

Sie verschwand im Badezimmer.

»Glas Wein?« fragte sie, als sie wiederkam.

Jan nickte und folgte ihr ins Wohnzimmer, wo sie eine Flasche Rotwein aus dem Schrank nahm. Die Wohnung war ordentlich aufgeräumt. Sie bemerkte seinen erstaunten Rundblick.

»Ich mußte mich irgendwie ablenken«, sagte sie, als sie ihm sein Glas reichte. Sie stießen an.
»Auf bessere Zeiten«, sagte sie.
Jan nickte.
»Wo ist eigentlich der Revolver?«
»Bei mir.«
»Gibst du ihn mir wieder?«
»Nein.«
Sie nahm einen Schluck Wein. »Dachte ich mir«, sagte sie nach einer Weile. »Was hast du damit vor?«
»In den Rhein werfen.«
»Wird wohl das beste sein ... Darf ich zugucken?«
»Na klar.«
Sie lächelten sich an.
Marleen begutachtete seinen Knöchel und seine Nase, bevor er sich in die Wanne legte. Sie ließ die Tür offen und legte eine Platte auf. Jan nippte an seinem Rotwein und versuchte, sich zu entspannen. Immerhin ließ der Kopfschmerz nach. Er lauschte der Musik. Offensichtlich Charlie Parker, aber Jan hatte die Aufnahme noch nie gehört.
»Was läuft da?« rief er.
Sie kam mit dem Cover ins Bad. »Die gehört Christian, er hat noch einen ganzen Stapel LPs bei mir stehen. Ich bin dabei, sie durchzuhören.« Sie hielt ihm die Hülle hin. Charlie Parker mit Jack Saphire und Jojo McIntire, live in Paris.
»Würde es dir was ausmachen, was anderes aufzulegen?« fragte er.

※※※

Der Dealer war nervös. Er mochte das Hafengelände nicht, zu wenig Ausgänge, aber die Premierenparty in der ehemaligen Lagerhalle versprach guten Absatz. Sie hatte ihn trotz der Dunkelheit zwischen den alten Hallen sofort gefunden, sie kannte seinen Platz. Er nickte, als er sie sah. Ihre Hände berührten sich nur kurz. Mit einem hastigen Winken bedeutete er ihr zu verschwinden. Sie ging weiter ins Dunkel, hinter der Halle an der Kaimauer entlang. Der Gedanke an das kleine

Päckchen mit weißem Pulver in ihrer Hand machte sie fahrig. An die Wand der Halle gelehnt holte sie einen Taschenspiegel und einen Geldschein hervor. Sie schrak zusammen, als sie die schwarzgekleidete Gestalt bemerkte, die wie aus dem Nichts vor ihr stand. »Hallo, schöne Frau«, sagte der Mann. Sie fühlte eine verzweifelte Angst, aber auch, wie diese Angst einen gewaltigen Adrenalinstoß in ihre Adern pumpte. »Hallo, Peter«, sagte sie leise. Sie wollte diese Angst nicht mehr. »Gib mir die Fotos«, sagte Kröder. Sie starrte ihn an, bewegungslos. Ihre Gedanken kreisten um ein schwarzes Loch in ihrem Innern. »Gib sie mir!« Kreisten und stürzten hinein. »Daniela, die Fotos! Gib sie her. Jetzt!« Es war Zeit, eine Entscheidung zu treffen. »Ja«, sagte sie endlich und öffnete ihre Handtasche.

DONNERSTAG

Marleen war zur Arbeit. Sie war eigentlich noch krankgeschrieben, aber sie hatte sich so weit gefangen, daß sie lieber arbeiten wollte. Sie hatten gemeinsam gefrühstückt, dann hatte sie noch eine neue Bandage um seinen Knöchel gelegt und sich mit einem Kuß von ihm verabschiedet. Es war neun Uhr.

Jan war nervös. Er versuchte sich auf das bevorstehende Treffen mit Aufdemsee vorzubereiten und spielte in Gedanken alle möglichen Varianten durch, die aber alle damit endeten, daß er Aufdemsee in die Fresse schlug. Um sich abzulenken, begann er, in der Zeitung zu blättern. Er konnte sich nicht konzentrieren, bis er im Lokalteil auf das Foto des neu nominierten Dreigestirns der kommenden Session stieß. Hans-Karl Endenich hatte es geschafft, er würde Prinz werden. Der Wert von Christians Fotos stieg damit beträchtlich. Jan rief bei Jochen Diekes an, aber nach wie vor lief nur der Anrufbeantworter. Schließlich machte er sich auf den Weg, um in der verbleibenden Zeit ein paar T-Shirts, Socken und Unterhosen zu kaufen.

Um Viertel vor elf saß er mit einer blauen Plastiktüte im Café Wahlen und rührte ungeduldig in seinem Kaffee. Eine halbe Stunde und drei Kaffee später war Aufdemsee immer noch nicht aufgetaucht. Ein pünktlicher Mann ist ein einsamer Mann, dachte Jan und bestellte einen Cognac. Das Zucken im Augenlid hatte schon beim Frühstück eingesetzt. Er saß am Tisch, das Kinn in die linke Hand gestützt und deren Finger auf das Auge gepreßt. Er hatte das Gefühl, von den alten Damen ringsum skeptisch bis angewidert gemustert zu werden, aber als er sich umsah, waren alle nur mit ihren Cremetorten beschäftigt. Er bestellte ein Stück Schwarzwälder Kirschtorte, um irgend etwas zu tun zu haben, weniger aus Appetit. Die Kellnerin stellte gerade den Teller vor ihn hin, als Aufdemsee hereinkam.

»Guten Appetit«, sagte er und setzte sich Jan gegenüber. Er bestellte einen Kaffee und einen Grappa.

Jan griff nach seiner Gabel, aber er legte sie wieder weg und ließ die Torte unberührt stehen.

»Wieso treffen wir uns ausgerechnet hier?«

»Weil's hier Eins-A-Torte gibt. Außerdem würde es hier auffallen, wenn du mit einem Revolver rumfuchtelst, falls du bewaffnet sein solltest.« Aufdemsee lachte kurz und meckernd. »So wie ich«, fügte er dann hinzu. »Die Aktion gestern mittag ging eine Spur zu weit, findest du nicht? Deine bescheuerte Freundin mit ihrer Spielzeugpistole!«
»Die war echt, und wenn *ich* die Kugeln nicht rausgenommen hätte, wäre sie auch geladen gewesen.«
Für einen kurzen Moment brach Aufdemsees Arroganz zusammen.
»So ... da hab ich wohl Glück gehabt, was?« Er versuchte sein meckerndes Lachen, aber es kam nicht überzeugend.
»Ja, Mann, du hast Glück gehabt.«
Aufdemsee fing sich wieder. »Na, egal. Meine ist auch echt.«
»Hast du das Saxophon?«
Aufdemsee lehnte sich vor. Er stützte beide Ellbogen auf und verschränkte die Hände. »Eins wollen wir mal vorweg klären. *Ich habe Christian nicht umgebracht.* Falls du mir damit kommen willst, können wir unser Gespräch gleich abbrechen. Jeder, der das behauptet, wird es mir nachweisen müssen. Und das kann er nicht. Weil ich es nicht war.«
»Wenn du das Sax hast, wirst du dir schon ein paar Fragen gefallen lassen müssen.«
Aufdemsee grinste. »Wenn du das Sax haben willst, wirst du dir genau diese Fragen verkneifen müssen, mein Freund.«
Jan rammte die Gabel in die Torte und ließ sie dort stecken.
»Was erwartest du von mir? Soll ich so tun, als wäre nichts? Was ist, wenn ich zur Polizei gehe?«
»Was willst du denen denn erzählen? Der Typ, der meine Frau fickt, ist umgebracht worden wegen eines Saxophons, das man nicht spielen kann? Die lachen dich erst aus, und dann nehmen sie *dich* hopp.«
»Was meinst du damit?«
»Na, *du* bist doch verdächtig, oder etwa nicht?« Die Serviererin brachte Aufdemsees Bestellung.
»Nein, ich meine das mit dem Saxophon, daß man es nicht spielen kann.«

Aufdemsee zuckte die Schultern. »Wie ich es gesagt habe: Man kann es nicht spielen. Zuerst hab ich gedacht, es liegt am Blatt, da war ein fünfer Rico drin, das mußt du dir mal vorstellen. Ich hab ein zweier reingetan, aber aus dem Teil kommt kein Ton raus. Keine Ahnung, woran das liegt. Ich hab geblasen wie ein Depp, aber immer nur: Pfffff ...«

»Du hast es also.«

»Na klar, deswegen treffen wir uns doch.« Aufdemsee grinste.

»Es kann ja sein, daß es die Polizei nicht interessiert, aber ich wüßte schon gern, wie du daran gekommen bist. Christian hat es dir nicht gegeben, jedenfalls nicht freiwillig. Wo hast du es her?«

Aufdemsee sah ihn kühl an. »Wie ich schon sagte: Es gibt Fragen, die du dir verkneifen mußt.«

»Woher weißt du eigentlich von dem Konzert?«

»Ich habe meine Quellen.« Aufdemsee lehnte sich zurück. »Es reicht doch, daß ich es weiß, nicht? Du hast Schulden, und Jack Saphire soll dich retten. Aber er will das Saxophon dafür. Und das hast du nicht.« Genießerisch roch er an seinem Grappa, bevor er einen Schluck nahm.

»Du bist ja verdammt gut informiert.«

»Zumindest ausreichend, würde ich sagen. Das Saxophon stellt also einen ziemlichen Wert dar. Es wird dich darum nicht wundern, daß ich es nicht ganz umsonst hergeben kann.«

Jan sagte nichts.

»Okay, hier ist mein Angebot. Du kriegst das Saxophon. Saphire spielt, und ich spiele mit. Ich latze deine Schulden und übernehme das Cool Moon. Wenn du willst, kannst du Geschäftsführer werden. *Love it or leave it.*«

Jan griff nach seinem Cognac, aber das Glas war leer. Er spürte einen Kloß im Hals. Aufdemsees Angebot war nicht weniger als ein Tritt in die Eier. Er war sprachlos.

Aufdemsee lächelte ihn kalt an.

»Ihr habt mich lange genug zu eurem Deppen gemacht. Jetzt gibt's zur Abwechslung mal Druck von *mir*. Du mußt dich nicht jetzt entscheiden, mein Lieber, aber allzuviel Zeit solltest du dir auch nicht lassen, sonst verkaufe ich das Ding an jemand anders. Es scheint ja genug Interessenten zu geben. Löwenstein zum Beispiel.

Aber ich gebe zu, einen eigenen Jazzclub zu haben und da mit Jack Saphire zu spielen, würde mich schon *sehr* reizen.«

Jan saß ihm immer noch sprachlos gegenüber. Aufdemsees feiste Selbstgefälligkeit ekelte ihn an. Am liebsten wäre er über den Tisch gesprungen und hätte ihn gewürgt. Er stand auf.

»Lieber laß ich mir die Arme brechen.«

Aufdemsee lehnte sich zurück. »Das mußt du selbst wissen. Denk noch mal drüber nach. Ruf mich an, wenn du es dir anders überlegt hast. Kann ich die Torte haben?«

Jan ließ ihn sitzen und ging, ohne zu zahlen. Er schloß sein Rad auf und fuhr los. Er zitterte.

*

Jan schaltete das Licht über der Bar ein und nahm die Flasche Talisker aus dem Regal. Er setzte sich auf seinen Hocker und schenkte sich ein. Er würde das Cool Moon verlieren. Sein Herzblut, sein Geld und seine Ehe steckten hier drin, und das war nicht genug gewesen.

Gedankenverloren blickte er sich um. Die Bühne lag im Dunkel, sie war fast nicht zu erkennen. Die Bühne, auf der schon so viel passiert war, so viel gute Musik gespielt worden war, die Bühne, auf der Jack Saphire stehen sollte. Ihn retten sollte. Vorbei. Selbst wenn er es irgendwie schaffen sollte, seine Schulden zu bezahlen: Er wußte, der Club würde sich nicht tragen. Über kurz oder lang wäre er wieder pleite. Das Cool Moon war nur zu retten, wenn das Saphire-Konzert stattfand und die CD rauskam. Dann gab es eine Chance, die großen Namen zu holen, die das Publikum zogen und den Ruf für den Club brachten. Aber unter Aufdemsee zu arbeiten, kam nicht in Frage. Lieber mach ich den Taxischein, dachte er.

Wenn Löwenstein das Cool Moon übernähme, würde er wahrscheinlich eine Spielhalle reinsetzen. Jazzfan hin oder her, in erster Linie war der Bär Geschäftsmann. Die Aufdemsee-Alternative war die bessere von zwei schlechten. Aber Jan konnte nicht an Aufdemsees Unschuld glauben. Grübelnd hockte er hinter der Theke, aber er kam zu keinem Ergebnis. Immer wieder fragte er sich, woher Aufdemsee seine Informationen und – vor allem – das Saxophon hatte. Er ging zum Plattenregal. Gedankenverloren stand er eine Weile davor, dann suchte er »Thelonious Alone« heraus. Manchmal benutzte er dieses melancholische Meisterwerk als Rausschmeißer, wenn es wirklich spät geworden war, aber eigentlich konnte man die Platte nur einem ausgesuchten Publikum zumuten, deswegen hörte er sie nur selten. Jan blieb vor dem Plattenspieler stehen und starrte auf das rotierende Vinyl, während Thelonious Monks einsame, zerdehnte Akkorde durch den Raum schwebten. Schließlich begann er, das Plattenregal zu durchforsten, und holte einige seiner Lieblingsscheiben heraus. »Cannonball Adderley Quintett in San Francisco«, »Sidewinder« von Lee Morgan, »Tanuki's Night Out« von der Akiyoshi-Tabackin Big Band und eine Greatest-Hits-Compilation von Mose Allison. Er legte sie neben den Plattenspieler und wandte sich wieder seinem Talisker zu. Nachdenklich lauschend saß er auf seinem Hocker. Er würde nicht mehr oft Gelegenheit haben, hier zu sitzen.

Plötzlich hörte er die Tür aufgehen. Schon wieder nicht abgeschlossen, dachte er.

»Schönen guten Tag, Herr Richter«, sagte Kommissar Dorff. Er sah sich aufmerksam um und nickte anerkennend, als er sich Jan zuwandte.

»Das ist sehr schön hier. Die Musik wäre allerdings weniger mein Fall.« Er lächelte entschuldigend. »Von Jazz verstehe ich nicht viel. Das ist doch Jazz, oder?«

»Ja«, sagte Jan. »Möchten Sie was trinken?«

»Haben Sie vielleicht einen Chantré?«

»Äh ... nein. Einen Cognac kann ich Ihnen anbieten.«

»Auch gut.«

Jan suchte einen Schwenker aus dem Regal und schenkte einen Hennessy ein.

»Kann ich Ihnen irgendwie behilflich sein?« fragte er, als er Kommissar Dorff das Glas reichte.

Dorff roch daran und nickte zustimmend.

»Hatten Sie einen Unfall?« fragte er.

»Einen Unfall? Ach so, Sie meinen die Nase. Ja, einen Unfall ... mit dem Fahrrad, hab mir auch den Fuß verstaucht. Ich hab noch Glück gehabt.«

Dorff nickte nur. Er nahm ein Schluck Cognac und grunzte anerkennend.

»Feines Stöffchen.«

Jan hockte stumm hinter der Theke, während der Kommissar, das Glas in der Hand, langsam zur Bühne ging und sich dort umschaute. Jan raffte sich auf. Er ging zum Sicherungskasten und schaltete das Licht im hinteren Teil ein.

»Danke«, sagte Dorff.

Jan räusperte sich. Er stand auf, um eine etwas leichtere Platte aus dem Regal zu suchen.

»Sie sind schwer zu erreichen, Herr Richter.«

»Ich war ein paar Tage weg. Bei einer Freundin.«

»Aha.«

Ein Frühwerk von Gitte Haenning fiel ihm in die Hände, »Out Of This World«, mit der Clarke-Boland-Big Band, produziert von Gigi Campi. Gerettet, dachte er, als er sie auflegte, und rieb sein zuckendes Augenlid.

»Wir suchen Peter Kröder«, sagte der Kommissar nach einem weiteren Schluck Cognac.

Jan versuchte, nicht zu erleichtert zu wirken.

»Sie sind einer der letzten, der ihn gesehen hat. Der letzte außerhalb seines eigenen Kreises, um genau zu sein. Ich möchte sie deshalb fragen, ob Sie sich an irgendwas erinnern, das uns Hinweise auf seinen Verbleib geben könnte. Hat er gesagt oder angedeutet, was er vorhatte?«

Jan überlegte, ob er Dorff nicht einfach alles von den Fotos und dem Erpressungsversuch erzählen sollte, aber er hatte zuviel Angst, Daniela mit hineinzuziehen. Außerdem würde er selbst durch die Geschichte noch verdächtiger – Dorff würde ihm nicht glauben, daß er nichts damit zu tun hatte.

»Ich wüßte wirklich nicht … nein, tut mir leid. Wie ich Ihnen schon erzählt habe: Es waren Kröder und so ein großer Blonder mit Pferdeschwanz, sah aus wie ein Russe, sprach aber wie ein Kölner. Sie haben mich nach Christian Straaten gefragt, ob ich wüßte, wo er steckt. Und sie haben mich angegriffen. Ihnen schien an der Auskunft wirklich was zu liegen.«

»Angegriffen, was heißt das?«

Jan versuchte, sich den Besuch von Kröder und seinem Kumpan ins Gedächtnis zu rufen. Es war so viel passiert, daß er es kaum schaffte, sich an den Wochentag zu erinnern, an dem die beiden Schläger ins Cool Moon gekommen waren. Freitag, dachte er, ich glaube, es war Freitag. Das einzige, was er noch deutlich vor sich sah, waren die Metallspitzen an den Cowboystiefeln des blonden Schlägers. Ganz nah. Er kratzte sich am Kinn.

»Sie haben mich hinter der Theke zu Boden geworfen, und der Blonde wollte mir gerade in den Magen treten, als Herr Diekes reinkam. Kröder war auch bewaffnet, das hat er mir gezeigt, um mich einzuschüchtern. Die meinten's schon ernst, für meinen Geschmack.«

»Haben sie nicht gesagt, *warum* sie Herrn Straaten suchten?«

»Nein.«

»Denken Sie noch mal in Ruhe nach.« Der Kommissar trank sein Glas leer. Er sah Jan an.

Der schüttelte den Kopf und hob die Hände.

»Mir fällt nichts ein. Noch einen?«

»Nein, danke. Paßt alles prima, was sie mir da erzählen. Hilft mir nur nicht weiter. Kröder ist verschwunden. Die Kooperationsbereitschaft seiner Freunde ist, ich würde sagen, mangelhaft. Kein Wunder in Kröders Branche. Na ja, die Indizien sind auch so nicht schlecht. Ihre Aussage, der Spruch an der Wand in Straatens Wohnung, Kröders Fingerabdrücke dort … die Fahndung läuft, warten wir's ab.« Dorff stellte sein Glas auf die Theke. »Nur eine Sache wundert mich.« Er mühte sich auf einen Barhocker und fingerte ein Päckchen Stuyvesant aus seiner Manteltasche. »Kröder hat einen Kumpel, Ihrer Beschreibung nach dürfte es sich um den blonden Mann handeln, der mit ihm hier war.« Er steckte eine Zigarette an und griff nach einem Ascher. »Heißt Klaus Töller. Dieser Herr Töller machte auf mich eigenartigerweise den Eindruck, als sei er wirklich überrascht und auch besorgt wegen Kröders Verschwinden. Er hat sogar mit mir gesprochen. Kurz nur, aber immerhin.« Dorff inhalierte den Rauch und unterdrückte ein Husten. »Herr Töller hat mir erzählt, Ihre Frau hätte ein Verhältnis mit Herrn Straaten gehabt.« Er sah Jan ernst an.

Daniela war also nicht bei Dorff gewesen, dachte Jan. Er sagte nichts.

»Mir würde schon was an einem Kommentar von Ihnen liegen, Herr Richter. Ich hoffe, Sie verstehen die Situation.«

Ich muß den Anwalt anrufen, dachte Jan.

»Versuchen Sie sich bitte mal in meine Lage zu versetzen. Zuerst erzählen Sie mir eine, pardon, recht eigenartige Geschichte über ein Saxophon. Dann sind Sie tagelang nicht zu erreichen. Und dann erfahre ich, daß Ihre Frau – angeblich – ein Verhältnis mit dem Mordopfer hatte. Wissen Sie, was das für einen Eindruck auf mich macht?«

»Keinen guten«, sagte Jan leise.

»Keinen guten, Sie sagen es.« Dorff streifte sorgfältig die Asche der Zigarette ab. »Stimmt das, mit dem Verhältnis?«

»Ja.« Jan griff nach seinem Glas. Er zitterte.

»Und seit wann wissen Sie davon?«

»Donnerstag, glaube ich. Jedenfalls war Straaten da schon verschwunden.«

Der Kommissar sagte nichts. Er zog an seiner Zigarette und sah Jan unverwandt an.

»Ich wußte es wirklich nicht«, sagte Jan.

Immer noch sagte Dorff nichts. Das Schweigen wurde von der jungen Gitte untermalt.

»Sie haben also erst davon erfahren, nachdem Herr Straaten verschwunden war?«

»Ja.«

»Und wie?«

»Zufällig.«

»Was heißt das?«

»Meine Frau hatte ihre Ohrringe in seiner Wohnung vergessen.«

»Und?«

»Ich hab sie da gefunden?«

»*Sie* waren in Straatens Wohnung? Wie sind Sie da reingekommen?«

»Seine Freundin hat einen Schlüssel. Sie hat mich reingelassen.«

»Seine Freundin? Dieses Fräulein ... wie war noch ihr Name ... diese Schmale mit den roten Haaren ...«

»Pütz, Marleen Pütz.«

»Genau. Was wollten Sie in der Wohnung?«

»Ich habe das Saxophon gesucht, von dem ich Ihnen erzählt habe. Es war nicht da.«

»Das Saxophon, ach ja.« Kommissar Dorff zog nachdenklich an seiner Stuyvesant. »Dann hätten also auch *Sie* den Spruch an die Wand schreiben können.«

»Hab ich nicht. Fragen Sie Frau Pütz.«

»Hm.« Der Kommissar sah ihn forschend an. »Ist Frau Pütz die Freundin, bei der Sie die letzten Tage waren?«

»Ja.«

Kommissar Dorff betrachtete seine Zigarette. »Haben Sie ein ... Verhältnis mit ihr?«

»Nein. Wir sind nur Freunde.«

»Nur Freunde ... was sagt Ihre Frau dazu?«

»Wir reden kaum noch miteinander. Unsere Ehe ist schon lange nicht mehr ... gut.«

Der Kommissar sog konzentriert Rauch ein. Sein Blick fixierte einen Punkt an der Wand.

Jan hockte hinter der Theke und starrte ihn an wie ein Kaninchen die Schlange. Erst nachdem er die Zigarette ausgedrückt hatte, sah der Kommissar ihn wieder an.

»Wissen Sie«, sagte er, »wir Kriminaler haben ja so unsere Methoden. Jeder eine andere. Der eine macht Schulung um Schulung, damit er immer auf dem Stand der Technik ist. Der andere katalogisiert seine Erfahrung. Wieder andere halten sich irgendwann nur noch an die Vorschriften. Ich habe gute Erfahrungen mit meinem Gefühl gemacht. Es gab zwar oft Schwierigkeiten mit der Beweislage und den Kollegen, aber am Ende hatte ich doch öfter recht als daß ich mich geirrt habe. Und mein Gefühl sagt mir, *Sie* waren's nicht. Und Peter Kröder war's auch nicht. Aber mit Gefühlen ist das so eine Sache, sie stimmen manchmal, aber eben nicht immer. Sie und Kröder haben jedenfalls ein Problem, so, wie die Indizien aussehen.«

Jan nickte.

»Ich würde mich gern mal mit Ihrer Frau unterhalten.«

»Ich weiß nicht, wo sie steckt. Außerdem ist sie zur Zeit etwas durch den Wind.«

»Kann man ja verstehen, wenn ihr Geliebter ermordet wird.«

Jan sagte nichts.
»Sie wohnt nicht mehr bei Ihnen?«
»Offiziell schon, aber sie ist selten da. Ich glaube, sie wohnt in einer Pension.«
»Arbeitet sie?«
»Nicht mehr.«
»Richten Sie ihr bitte aus, daß ich sie sprechen möchte.«
»Wenn ich sie sehe ...«
»Sollten Sie vorhaben, in der nächsten Zeit zu verreisen, sagen Sie mir bitte Bescheid.« Der Kommissar stand auf und tippte an seine Hutkrempe. Auf dem Weg zur Tür drehte er sich noch einmal um. »Wirklich nett hier, aber die Musik ...« Er winkte freundlich zum Abschied.

Jan sank aufatmend auf seinen Hocker. Er schenkte sich nach und trank einen Schluck. In seiner Brieftasche wühlte er nach der Visitenkarte des Anwalts und ging zum Telefon. Der Anwalt war außer Haus, aber nachdem er sich auf Löwenstein berufen hatte, machte ihm die Sekretärin einen Termin für den nächsten Vormittag.

Jan legte auf. Er ging zum Plattenspieler.

*

Es war schon dunkel, als er langsam die Brüsseler Straße entlangrollte. Er hatte einige Stunden mit seinen Lieblingsstücken auf dem Plattenteller verbracht, bis er sich halbwegs aus seiner bedrückten Stimmung hatte lösen können. Er hatte Marleen auf der Arbeit im Altenheim angerufen, um ihr von dem Treffen mit Aufdemsee und Dorffs Besuch zu erzählen, aber sie hatte keine Zeit gehabt, ihm zuzuhören. Schließlich hatte er beschlossen, nach Hause zu fahren. Als er die Treppen hochhumpelte, fiel ihm die Tüte mit seiner neuen Unterwäsche wieder ein. Er hatte sie im Café Wahlen stehen lassen.

Es roch nach Tee, als er die Wohnung betrat. Daniela saß im Schneidersitz auf dem Sofa. Sie hatte ihre große Teetasse in den Händen, als wolle sie sich daran wärmen. Vor ihr auf dem Tisch lag ein kleiner Beutel mit weißem Pulver neben der Teekanne. Sie sah ihn an, als er das Zimmer betrat. Die Fahrigkeit und Nervosität schien von ihr gewichen. Sie saß ruhig da und lächelte.

Wie schön sie ist, dachte Jan.
»Hallo?« sagte er leise.
»Hallo.«
Er stand in der Tür, zögernd.
»Krieg ich auch eine Tasse?«
»Klar.«
Er holte sich einen Becher aus der Küche und setzte sich in den Sessel. Sie sah ihm zu, wie er sich eingoß und Zucker nahm. Dann senkte sich ihr Blick.
»Jan?«
»Ja?«
»Es tut mir leid.«
Jan sagte nichts, er wartete, daß sie ihn ansah, aber sie blickte in ihre Tasse.
»Wir haben viel falsch gemacht«, sagte sie.
»Ja«, sagte er nur. Zuviel, dachte er. Beide.
»Wir hatten auch schöne Zeiten, oder?« Daniela hob zögernd den Kopf und sah ihn an, durch ihre Haare hindurch, die ihr über die Augen fielen.
Er versuchte ein Lächeln. »Ja. Ist lange her.«
»Lange her.« Sie nickte. »Schade eigentlich.« Wieder senkte sich ihr Blick. »Wir müssen uns viel verzeihen, wenn wir Freunde bleiben wollen.«
»Freunde? Können wir wieder Freunde werden?«
»Wollen wir es?«
Jans Herz klopfte spürbar. Eine wilde Hoffnung packte ihn.
»Wir könnten es uns wieder schön machen, vielleicht.«
Sie lächelte ihn an, aber schon bevor sie zu sprechen begann, zeigte ihm die Trauer in ihren Augen, daß er sich geirrt hatte.
»Traust du mir noch?« fragte sie.
Er blickte zu Boden. Er wollte ihr trauen, immer noch, trotz allem, was er jetzt wußte. Er wollte es, wollte es zumindest versuchen, aber er spürte, daß er es nicht schaffen würde. Zuviel war passiert. Und wie konnte sie ihm trauen, nachdem er ihren Traum vom eigenen Häuschen mit seinem Egoismus niedergewalzt hatte? Er antwortete nicht. Es gab nichts zu sagen.
»Siehst du«, sagte sie.

Sie schwiegen, jeder in sich hineinhorchend.

»Ich liebe dich«, sagte er schließlich. Es war die Wahrheit.

»Ich dich nicht. Nicht mehr.«

Auch das war die Wahrheit, er spürte es. Sie saßen sich schweigend gegenüber, Tee trinkend, gedankenverloren. Irgendwann blieb sein Blick an dem Plastikbeutel auf dem Tisch hängen.

»Was ist da drin?« fragte er.

»Kokain.«

Er sagte nichts.

Sie hob ihren Blick. »Der Beutel ist noch zu«, sagte sie.

»Und?«

»Ich meine, er ist immer noch zu.«

Er sah sie verständnislos an.

»Seit gestern. Seit ich ihn gekauft habe.«

Langsam begriff er, was sie meinte. Er sah skeptisch auf den Beutel. Daniela stand auf, ging mit dem Beutel in die Küche und holte ein Messer. »Komm mit«, sagte sie. Jan folgte ihr ins Bad. Sie öffnete den Klodeckel, schnitt den Beutel auf und schüttete das Pulver in die Toilette. Sie sah ihn an und betätigte die Spülung.

»Okay?«

Er nickte. »Okay.«

Sie setzten sich wieder ins Wohnzimmer. Wieder saßen sie sich schweigend gegenüber.

»Hältst du mich noch für einen Mörder?« fragte er schließlich.

Daniela hob den Kopf und sah ihn an. »Es tut mir leid, wirklich. Ich hätte das nicht sagen dürfen. Aber anfangs habe ich es wirklich geglaubt«, sagte sie leise.

»Du warst nicht bei der Polizei.«

»Die hätten mich doch gleich dabehalten.«

»Kröders Kumpel hat dem Kommissar von dir und Christian erzählt. Jetzt bin ich auch verdächtig. Kommissar Dorff will dich übrigens sprechen.«

»Mich?« Panik in den Augen, als sie ihn ansah. »Ich kann nicht.«

»Warum nicht? *Du* bist doch nicht verdächtig. Du könntest ein gutes Wort für mich einlegen. Wo ist das Problem?«

Sie umfaßte ihren Körper mit beiden Armen und krümmte sich nach vorn. Stumm schüttelte sie den Kopf.

»Was ist los? Die tun dir doch nichts. Die suchen nach Kröder.«
»Der war's nicht.«
»Wieso bist du da so sicher? Die Polizei ist anderer Meinung.«
»Als Christian auf einmal verschwunden war, hab ich ihn überall gesucht. Ich wußte, daß er Donnerstag eine Verabredung mit Kröder hatte, um die Fotos zu übergeben. Auf einem Parkplatz in Vingst. Ich war da, weil ich hoffte, daß er auftaucht. Ich war so verzweifelt. Kröder hat da eine ganze Stunde auf ihn gewartet. Das hätte er wohl nicht getan, wenn er gewußt hätte, daß Christian tot ist.«
»Er könnte da noch gelebt haben.«
»Dann wäre er gekommen. Später habe ich Kröder noch mal vor Christians Wohnung gesehen, da war Christian schon tot. Die Polizei stand vor dem Haus, da ist er wieder verschwunden. Kröder hatte die Wohnung ja schon durchsucht. Sie warteten auf Christian, warum sollten sie sonst noch mal wiederkommen? Kröder war's nicht.«
»Wie seid ihr eigentlich an ihn geraten?«
»Er hat Christian angesprochen, auf einer Fotoausstellung im Kalker Bürgerzentrum. Christian hatte da auch ein paar Bilder hängen. Kröder hat gutes Geld geboten für einen einfachen Job, und Christian war pleite. Er war ja ständig pleite. Wenn ich geahnt hätte, was alles daraus wird ...« Daniela sah aus dem Fenster. »Was meinst du, wer es war?«
»Friedhelm Aufdemsee. Wahrscheinlich.«
Sie sah ihn entgeistert an. »Friedhelm? Wie kommst du auf *den*?«
»Er hat das Saxophon.«
»Welches Saxophon?«
»Das von Charlie Parker.«
»*Er* hat das? Das gehört doch Dietmar Greiner.«
»Was?« Jan sah sie verblüfft an. »Moment mal, was erzählst du mir da? Es gehörte Christian!«
»Nein, es gehört Dietmar. Das hat Christian mir jedenfalls erzählt.«
»Das verstehe ich nicht. Er hat es mir angeboten, er wollte Teilhaber am Cool Moon werden. Jack Saphire sollte es bekommen.«
»So genau weiß ich darüber auch nicht Bescheid. Christian hat mir nicht alles erzählt, er hat nur ein einziges Mal davon gesprochen,

betrunken. Er war furchtbar besorgt wegen Dietmar. Er sagte, Dietmar habe ein Saxophon von Charlie Parker, und das würde Unglück über ihn bringen, es müsse irgendwie verschwinden. Es klang alles ziemlich seltsam, aber er wollte nicht mehr darüber erzählen. Er sagte, es wäre besser, wenn ich nicht allzuviel davon wüßte. Ich glaube, er bereute, überhaupt davon gesprochen zu haben.«

»Er machte sich Sorgen um Dietmar?«

»Ja, Dietmar hat ihm wirklich viel bedeutet. Er hatte großen Einfluß auf Christian. Christian war geradezu abhängig von ihm.«

»Christian von Dietmar? Das sah von außen aber anders aus.«

»Ich weiß, ich habe mich auch darüber gewundert, als ich ihn näher kennenlernte. Dietmar war mir immer irgendwie ... unheimlich. Christian hat es nicht gesagt, aber ich hatte das Gefühl, daß er meine Hilfe brauchte, um sich von Dietmar zu lösen. Nach außen wirkte Christian immer so cool und überlegen, aber er war ganz anders. So ... zerbrechlich.«

Jan fühlte einen Stich, als er sie so reden hörte. Er versuchte, den Schmerz zu ignorieren.

»Ich muß Greiner finden. Er ist mir ein paar Erklärungen schuldig. Er hat mir eine ganz andere Geschichte von dem Sax erzählt.«

»Meinst du wirklich, Christian ist *des*wegen umgebracht worden?«

»Ich wette meinen Arsch. Eine Menge Leute sind wirklich scharf darauf. Sag mal ...«, etwas fiel ihm plötzlich ein, »was wollte Christian eigentlich in Lissabon?«

»Lissabon? Keine Ahnung, wie kommst du auf Lissabon?«

»Er hatte schon gebucht. Es hat irgendwas mit dem Saxophon zu tun. Ich *muß* Greiner finden. Wenn ich nur wüßte, wo er steckt. Er ist seit Tagen verschwunden. Aber selbst wenn ich ihn finde, muß ich ihn erst mal zum Reden bringen. Die letzten Male war er nicht sehr kooperativ.«

»Wie willst du das machen?«

Jan dachte nach, an seinem Daumennagel kauend. Sein Blick fiel auf das Regal und wanderte höher. An den Taschenbüchern auf dem obersten Brett blieb er hängen. Er stand auf und griff nach dem kleinen Hocker.

»Er ist nicht mehr da«, sagte Daniela leise.

»Was?« Er fuhr herum. Sie sah schweigend zu Boden. Hektisch stieg Jan auf den Hocker und riß die Bücher aus dem Regal. Dahinter war nichts.

»Wo ist er?« Er stand auf dem Hocker und sah auf sie hinab. Immer noch starrte sie zu Boden.

»Er ist im Rhein.«

»Im Rhein? Wieso? Woher wußtest du überhaupt davon?«

Er stieg von dem Hocker und setzte sich darauf.

»Ich brauchte Geld, gestern. Du hast da manchmal welches versteckt, bei deinen Videos, deswegen hab ich nachgeguckt. Ich hatte solche Angst. Da hab ich ihn mitgenommen.«

Sie hatte also von seinen Kassetten gewußt. Er ging nicht darauf ein.

»Und wieso hast du ihn in den Rhein geworfen? Er gehörte mir gar nicht!«

Sie antwortete nicht. Beide Hände vors Gesicht gepreßt, saß sie mit gesenktem Kopf da.

»Was hast du damit angestellt?«

»Laß mich«, sagte sie.

Das Telefon klingelte. Jan nahm ab, es war Löwenstein.

»Einer meiner Fahrer hat mir gerade erzählt, er hätte Jochen Diekes ins Eigelsteinviertel gefahren, ziemlich betrunken. Ein Laden namens ›Durst‹ in der Weidengasse, kennst du den?«

»Hab ich mal von gehört, war aber noch nicht da. Werd ich schon finden. Danke für den Tip.«

»Geht aufs Haus, diesmal. Gewöhn dich gar nicht erst dran. Ich hab jetzt keine Zeit, sonst hätte ich mich selbst drum gekümmert. Sag ihm, wenn er sich nicht bei mir meldet, kommt Atze ihn holen. Das ist *kein* Scherz.«

»Wann hat dein Fahrer ihn abgeliefert? Find ich ihn da noch?«

»Probier's einfach. Ich würde mich vorsichtshalber beeilen.«

»Alles klar.«

Er legte auf.

»Ich muß weg.«

Daniela nickte nur.

»Bleibst du hier?«

Wieder nur ein stummes Nicken.

»Du bist mir noch eine Erklärung schuldig, das ist dir klar?«
»Ja«, sagte sie, ohne den Kopf zu heben.
Er strich ihr sanft durchs Haar.

*

Jochen saß auf einem Barhocker an einem wackeligen hohen Tisch unter einem Foto von zwei sich küssenden Frauen. Man sah auf den ersten Blick, daß er völlig besoffen war. Die Kneipe war düster und verranzt, die Musik brüllend laut. Einigen der Gäste sah man an, daß der Laden seinen Namen zu Recht trug.

Jan zuckte zusammen, als plötzlich vier oder fünf Leute ihre Gläser mit Slammer in einem gemeinsamen Rhythmus heftig auf die Theke knallten und den Inhalt dann hinunterstürzten. Der Mann hinter der Theke legte gerade eine Platte auf, und Jan wurde von echtem Entsetzen ergriffen, als die Deutsche Fußball-Nationalmannschaft anhob, »Fußball ist unser Leben« zu singen. Er sah sich um, aber der Rest der Gäste fand es offensichtlich völlig normal. Er stellte sich zu Jochen, der abwesend in eine Ecke stierte.

»Tach, Herr Diekes«, sagte er.

Jochen fand nur mühsam zu sich. Er schien Jan erst auf den zweiten Blick zu erkennen.

»Jan, o Gott. Hallo, Jan. Es tut mir leid.« Er hob eine Hand, wie abwehrend. »Olli, ein Pint für meinen Freund hier«, brüllte er dem Mann hinter der Theke zu, der ihm besänftigend zunickte und dann brachial Guinness in ein großes Glas zapfte.

»Kannst du mir *bitte* mal sagen, was mit dir los ist? Wieso läßt du mich hängen, ohne dich zu melden? Und seit wann treibst du dich *hier* rum?«

»Oh, das is' klasse hier. Superladen. Olli issen Superwirt, echt du, super. Kanns' *du* dir sogar noch 'ne Scheibe von abschneiden. Ehrlich.«

Jan sah sich noch einmal um. »Jazz läuft hier ja wohl nicht.«

»Jazz, hör mir auf mit Jazz. Schnauze voll von Jazz«, sagte Jochen. »SCHEISS JAZZ!« brüllte er plötzlich. Er wurde von den anderen Gästen mit großem Hallo unterstützt.

»Genau, Jochen, zeig's ihnen!« rief jemand von der Theke.

»Was ist denn mit *dir* los?« Jan sah ihn verständnislos an. Jochen legte einen Arm um Jans Schultern und näherte sich seinem Ohr. Er hatte eine umwerfende Fahne.

»Jan, mein Freund. Ich hab's verkackt.«

»Ein Pint!« brüllte Olli von der Theke, und Jochen versuchte gestikulierend aufzustehen, um es abzuholen. Jan drückte ihn wieder auf den Hocker und holte sich das Glas. Es war noch hellbraun. »Das geht auf Jochen«, sagte er, und Olli nickte grinsend. Jan stellte das Glas auf den Tisch. Es würde noch einige Minuten dauern, bis es trinkbar war.

»Jetzt mal in Ruhe und von vorn. Was ist los, was hast du ›verkackt‹?«

»Das Saxophon. Beinah hätt ich's gehabt. Aufdemsee hat es, der Arsch.«

»Wieso hast du mir nicht erzählt, daß du es kennst? Du hast es für Löwenstein begutachtet, stimmt's?«

»Stimmt.« Jochen kicherte in sich hinein. »Löwenstein. Der *Bär*. Jazzfan. Was für ein Blödmann.« Wieder legte er den Arm um Jan. »Soll *so* einer ein Horn von Bird besitzen? So ein Flachkopf? Er hat's in der Hand und fragt *mich*, ob er's kaufen soll. Na*tür*lich hab ich nein gesagt! Mannomann, was glaubste denn? Na *klar* isses echt. Du machst den Koffer auf und weißt Bescheid. Ein Horn von Bird. Überhaupt kein Zweifel. Du *weißt* es, wenn du es siehst. Aber *er* muß *mich* ja noch fragen.« Wieder näherte er sich Jans Ohr. »Wer blöd fragt, kriegt 'ne blöde Antwort«, flüsterte er, um dann in brüllendes Gelächter auszubrechen.

Jan sah ihn beunruhigt an. Er hatte Jochen noch nie auch nur annähernd in so einer Verfassung erlebt.

»Löwenstein will dich sprechen deswegen.«

»Ach, der kann mich am Arsch lecken.«

»Er sagt, wenn du nicht kommst, schickt er Atze.«

Jochen zuckte die Schultern. Er griff nach seinem Glas.

»Du wolltest es also für dich haben?« fragte Jan.

»Na klar. Du doch auch.«

»Ich wollte es nicht für *mich*, das weißt du. Wieso hast du es Christian nicht einfach abgekauft, nachdem Löwenstein abgesprungen war?«

»Mann, wo soll ich denn achtzigtausend Ocken herhaben?«

»Ich hätte gedacht, du kannst dir so was leisten.«

»Du hast se wohl nicht alle. Ich bin froh, wenn ich meine Deckel bei dir bezahlen kann. Ich bin geschieden mit zwei Kindern. Weißt du, was ich End des Monats überhabe? Ich konnte nur hoffen, irgendwie anders dranzukommen. Hätte ja auch fast geklappt.« Er trank sein Glas leer und hielt es hoch. »Olli, noch eins!« brüllte er. Olli nickte freundlich und zapfte ein neues Pint an. Der Mann hatte die Gelassenheit eines Löwenbändigers. Jan begann ihn zu bewundern. Einer aus der Gruppe an der Theke begann, lauthals und mit Inbrunst zu singen, »Eimol Prinz zo sinn, in Kölle am Rhing«, wurde aber bald von einer tosenden Rocknummer übertönt, deren Refrain von den Leuten an der Theke mitgebrüllt wurde. »*Burn, motherfucker, burn!*« Kein Laden für Warmduscher, dachte Jan und wandte sich wieder Jochen zu.

»Erzähl weiter.«

»Als Christian tot war, wußte ich sofort, daß ihn jemand wegen dem Horn umgebracht hat. Also ist der, der das Horn hat, der Mörder. Logisch.«

»Und du wußtest, wer es hat?«

»Greiner wußte es.«

»Woher?«

»Keine Ahnung.«

»*Er* hat dir gesagt, daß Aufdemsee es hat?«

»Genau.«

»Wieso?«

»Weil ich ihn gefragt habe.«

»Wo hast du ihn überhaupt gefunden?«

»In der Liebigstraße. Bei seiner Sekte.«

»Was für eine Sekte?«

»Ach, das ist doch so'n religiöser Spinner. Der ist in so 'ner christlichen Sekte, die haben da ihren Tempel. Da war er die ganze Zeit.«

»Noch nie von gehört. Woher wußtest du das?«

Jochen zuckte die Schultern. »Man muß sich nur merken, was die Leute einem erzählen. So was kann ich. Einmal Bulle, immer Bulle, sacht man doch.« Er versuchte ein Grinsen.

»Greiner hat dir das erzählt?«
»Nö, Christian. Irgendwann mal bei dir an der Theke. War ja Greiners bester Freund. Deswegen hab ich auch gedacht: Wenn irgendeiner Bescheid weiß, dann Greiner. Ich hab gedacht, ich nehm ihn in die Mangel, dann spuckt er schon aus, was er weiß. Ich bin also dahin und rein in den Tempel. Er kniet da, is' am Beten. Keine Sau da sonst. Ich zu ihm hin und sach: Wo ist das Horn? Sacht er: Aufdemsee hat es. Einfach so. Ich dachte, ich muß ihm aufs Maul hauen, damit er auspackt, aber nix war. Aufdemsee hat es. Einfach so. Ich sach noch: Woher weißte das? Zuckt er nur mit den Schultern. Ich weiß es halt, sacht er.«

»Und dann?«

Jan wartete, aber Jochen schwieg.

»Warst du bei Aufdemsee?«

»Ja.«

»Und?«

»Dann hab ich's verkackt.« Jochen rieb sich die Stirn. Er atmete schwer. »Weißt du was? Der hatte gar keine Ahnung, was er da in der Hand hielt.« Jochens Brustkorb zitterte vor Lachen oder Schluchzen, Jan war sich nicht sicher. Jochen zog die Nase hoch und sah ihn an.

»Wenn ich ihm zweihundert Mark dafür geboten hätte, hätte ich's einfach so mitnehmen können. Aber ich hab natürlich sofort die harte Schiene gefahren. Ich war mir ja sicher, er ist der Mörder. Ist ihm ja auch allemal zuzutrauen. Ich sach: Du hast Christian umgebracht, wegen dem Horn. Da lacht der mich aus. Statt dessen fragt er mich, was denn so Besonderes an dem Ding sein soll. Er konnte nicht mal drauf spielen, hat er mir erzählt. O Mann, allein die Vorstellung: Aufdemsee spielt auf einem Horn von Bird! Aufdemsee! *Ekel*haft. Weißt du, was er getan hat? Er hat das Blatt rausgenommen und *weg-ge-schmis-sen*! Ein fünfer Rico von Charlie Parker! Das kann man doch nicht fassen! Weggeschmissen! Ich hab nachher sogar seine Mülltonne durchwühlt, aber die war schon geleert worden.« Jochen sah aus, als wollte er in Tränen ausbrechen. »Ich sag: Mann, Jack Saphire will für das Teil im Cool Moon spielen, und du tust, als hättest du keine Ahnung von nix! Du bist der Mörder. Gib mir das Ding, oder ich geh zur Polizei.« Olli brachte Jochen sein Pint. Jochen griff gierig danach und trank einen großen Schluck von dem noch schaumigen Stout, bevor er fortfuhr. »Das Arschloch war einfach nicht zu beeindrucken. Mach doch, sagt er. Erzähl ihnen, was du weißt. Die lachen dich aus. Und er hat natürlich recht. Der war aber auch hart drauf. Hatte wohl vorher Ärger im Metronom gehabt.«

»Das war also vorgestern?«

»Ich glaub schon, ja. Vorher war er ja auf Tour.«

»Was hättest du denn getan, wenn er den Mord zugegeben hätte? Wärst du zur Polizei gegangen?«

»Zur Polizei? Wieso? Ich wollte nur das Horn.«

»Und der Mord an Christian wäre dir egal gewesen?«

»Das geht mir doch am Arsch vorbei. Straaten, der Blödmann. Was hab ich mit dem zu schaffen? Ist mir immer nur auf'n Sack gegangen. Soll'n sich die Kollegen drum kümmern. Wennsen kriegen, gut, wenn nicht ...« Achselzucken.

Jan versuchte, sich zusammenzureißen, aber er spürte, wie die Wut in ihm hochkochte.

»Du würdest einen Mörder decken, um an das Sax zu kommen. Bist du irre? Auch wenn er nicht dein Freund war – du hast mit Christian oft genug an der Theke gestanden, du hast ihn mehr als einmal spielen hören, und der Mörder wär dir egal? Ich faß es nicht – ich faß es *echt* nicht! Und was ist mit mir? Mit dem Cool Moon? Du hast mich ruiniert! Hintergangen, angelogen und ruiniert! Ich habe dir vertraut, Mann. Ich hätte eine Chance gehabt. Ich hätte das Cool Moon retten können. Jetzt bin ich erledigt. Dankeschön. Du blödes Arschloch. Wenn ich das Löwenstein erzähle, dürftest du ein Problem haben. Und zwar ein ernstes. Aber vorher sollte *ich* dir noch auf die Schnauze hauen.«

Jochen rieb sich den Nacken. Als er den Kopf hob, sah Jan, daß er Tränen in den Augen hatte.

»Es tut mir leid, Jan. Aber es war so wichtig für mich. Ich wünschte, ich könnte es wiedergutmachen.«

»Vergiß es.« Wütend starrte Jan in eine Ecke.

»Es tut mir wirklich leid.«

»Da kann ich mir nix für kaufen.« Jan griff nach seinem Glas und leerte es. Dann stand er auf. Ohne einen weiteren Blick auf Jochen ging er zur Tür.

»Kann ich nicht irgendwas tun, um es wiedergutzumachen?«
Jan drückte die Tür auf und war schon halb draußen, als er plötzlich stehenblieb. Fast eine halbe Minute verharrte er, die Tür in der Hand. Dann drehte er sich um und ging auf Jochen zu. Er sah ihm in die Augen.
»Doch«, sagte er, »du kannst etwas tun.«

*

Die Toreinfahrt war stockfinster. Jan trat durch die Schlupftür im Rolltor. Er ließ sie offen, damit wenigstens ein Rest der gelblichen Straßenbeleuchtung in die Dunkelheit fiel. Er brauchte mehrere Minuten, bis sich seine Augen so weit angepaßt hatten, daß er erkennen konnte, wo er hintrat. Er tastete sich die Wand entlang vorwärts, stieß auf eine Metalltür, verschlossen. Je weiter er in die Einfahrt hineinging, um so dunkler wurde es. Er drehte sich um und sah durch die offene Tür zurück auf die Liebigstraße. Gegenüber leuchtete der Schriftzug des Schlachthofs über die triste Straße. Der kurze Blick ins Helle genügte, um ihn wieder zu blenden. Vorsichtig tastete er sich weiter, bis er plötzlich einige Meter vor sich einen schwachen Lichtschein wahrzunehmen glaubte. Er ging darauf zu und fand sich vor einer Holztür mit einem Fenster. Er blickte in einen Flur, der durch eine einzelne Kerze in einem metallenen Ständer beleuchtet wurde. Einen Moment zögerte er, bevor er leise und vorsichtig die Klinke drückte.

Die Tür war offen. Er trat ein, die Kerze flackerte im Windhauch, der durch die Tür zog. Er versuchte, sie geräuschlos zu schließen, was ihm nicht ganz gelang. Die Klinke quietschte leicht, als er sie losließ. Regungslos stand er und lauschte. Es roch nach Weihrauch. Nichts rührte sich. Langsam ging er den Flur hinunter. Am Kopfende war eine bleiverglaste Flügeltür, durch deren bunte Scheiben er Kerzen leuchten sah. Wieder zögerte er, bevor er die Klinke drückte. Auf einmal wurde er von einem seltsamen Gefühl erfaßt, das er widerwillig als Angst identifizierte. Er hatte keine Ahnung, wer und wie viele hinter dieser Tür auf ihn warteten. *Lonely are the brave*, dachte er und drückte die Tür auf. Zahlreiche Kerzen beleuchteten eine Art Gebetszimmer, in dem vier Reihen Kirchenbänke vor einem einfachen Altar standen.

Greiner kniete in der Mitte der dritten Bank, das Gesicht in den Händen verborgen. Sonst war niemand da. Jan setzte sich etwa einen Meter entfernt neben Greiner. Er sagte nichts, und Greiner rührte sich nicht, obwohl Jan sicher war, daß er ihn bemerkt hatte. Jan sah sich um. Der Raum war bis auf die Kerzenständer schlicht und schmucklos. Auf dem Altar stand ein Holzkreuz. Er wartete. Nach etlichen Minuten hob Greiner den Kopf und sah geradeaus zum Altar.

»Hallo, Jan«, sagte er.

»Hallo, Dietmar. Woher wußtest du, daß ich es bin?«

»Ich habe auf dich gewartet.« Er drehte sich zu ihm. »Jochen war ja schon hier.«

Jan sah ihn an. In dem flackernden Kerzenlicht sah Greiner gespenstisch aus. Seine Augen, tief in den Höhlen, waren kaum zu erkennen. Er war totenbleich.

»Du hast mir nicht die Wahrheit erzählt, Dietmar.«

»Die Wahrheit ...« Greiner erhob sich von den Knien und sank neben Jan auf die Bank.

»Ich wüßte sie gern, Dietmar, die Wahrheit.«

»Wollen wir nicht alle die Wahrheit wissen?«

»Komm mir jetzt nicht so. Ich bin nicht hier, um mit dir zu philosophieren. Ich will die Geschichte des Saxophons hören. Von Anfang bis Ende. Von Ludo bis Aufdemsee. Es gehörte dir, stimmt's?«

Greiner blickte zum Altar. »Nein.«

»Sondern?«

Wieder wandte er den Kopf zu Jan. Sein Blick aus den verschatteten Augenhöhlen war beängstigend, doch sein Mund lächelte plötzlich.

»Wußtest du, daß Albert Ayler mal einen Riß in die Wand gespielt hat?«

Jan stöhnte. Die Geschichte wucherte schon seit zwanzig Jahren.

»Jetzt lenk nicht ab. Wem gehörte das Saxophon?«

»Es gibt Zeugen dafür. Viele haben es gesehen. Ein Riß in der Wand.«

»Hundertzwanzig völlig bekiffte Jazzfreaks bei einem Konzert, und dann ist da ein Riß in der Wand. Natürlich wissen alle genau, daß er vorher nicht da war, nie im Leben. Wie kann er nur dahingekommen sein? Logisch, Albert hat ihn hineingespielt, die einzige Erklärung. Klar. Vor Zeugen. Erzähl mir nicht diese Kinderkacke. Wem – ge – hört – das – Sax?«

»Hab ich dir das nicht gesagt, letzte Woche schon? Es gehört sich selbst.«

Greiner legte beide Arme auf die Rückenlehne hinter sich. Sein Kopf sank nach vorn. Er saß da wie gekreuzigt. Immer noch lächelte er.

»Willst du mir nicht einfach die ganze Geschichte erzählen, Dietmar?«

Greiner ließ einige Zeit verstreichen, bis er sprach.

»Du hast doch auch mal Musik gemacht, nicht wahr? Warst du mal dabei, wenn ein Wunder passiert ist?«

Jan sagte nichts, er wußte genau, daß er als Musiker niemals an einem Wunder beteiligt gewesen war. Einmal, bei einem Radrennen, ja. Flügel waren ihm gewachsen. Aber nicht als Musiker. Er hatte zugehört, wenn sie passierten, einige wenige Male, aber daran beteiligt hatte er nie sein dürfen.

»Wunder sind selten. Manchmal passieren sie aus dir heraus, manchmal trägt etwas das Wunder in dich hinein. So etwas kann das Saxophon ... Wir haben es ins Zimmer gestellt, wenn wir geprobt haben. Du konntest es fühlen, es war voller Kraft. Sie strömte heraus, aber –«

»Wer ist wir?«

»Christian und ich. Es war *unser* Saxophon.« Sein Lächeln erstarb.

»*Euer* Saxophon? Was heißt das?«

»Wir waren Freunde. Es gehörte uns beiden.«

»Du hast mir erzählt, Christian hätte es aus Ludos Wohnung mitgenommen. Gestohlen, quasi. Wieso gehört es dann euch?«

»Es war meine Idee, aber Christian hat es getan. Ich wollte es haben, seit Ludo es uns gezeigt hatte. Christian hat das Wunder nicht so gefühlt wie ich, nicht so ... intensiv.«

»Dann hast du ihn hingeschickt, und er hat es geklaut?«

Greiner sank von der Bank wieder auf die Knie. Er faltete die Hände und begann mit geschlossenen Augen, ein lateinisches Gebet zu murmeln. Plötzlich stockte er, als litte er Schmerzen.

»Christian hat den Wagen ins Wasser rollen lassen, nicht ich.«
Jan wurde kalt.
»Welchen Wagen?« fragte er, obwohl er die Antwort wußte. Wie betrunken mußte man sein, um mit seinem Auto in den Rhein zu fahren?
Greiner antwortete nicht. Er begann wieder zu beten. Jan schlang die Arme um sich und versuchte, ein Zittern zu unterdrücken. »Du behauptest, Christian hätte Ludo ermordet? Das kann nicht dein Ernst sein.«
Greiners Gebet endete abrupt. »Ich war dabei, es war mein Plan«, flüsterte er.
»Ihr habt Ludo im Rhein ertränkt? Gemeinsam?«
Greiners Gesicht drehte sich langsam zu ihm. Es war erfüllt von schierem Entsetzen.
»Ja ... verrückt, nicht?«
»Verrückt?« Jan starrte in Dietmars verzerrtes Gesicht. »Verrückt im Sinne von geisteskrank, ja.«
Immer noch sah Greiner ihn an. »Hast du es mal gesehen?«
»Nein.«
»Dann kannst du es nicht verstehen.« Dietmars Kopf fiel nach vorn. »Wir haben es aus Ludos Wohnung geholt. Zuerst war es bei Christian. Es hat unserer Musik Kraft gegeben, aber ...«
»Aber was?«
Greiner rang nach Worten. »Es hat ... da war etwas ... es hat etwas aus dir herausgesaugt. Für alles, was herausströmte, saugte es etwas in sich hinein. Christian bekam Angst vor ihm. Er wollte es nicht mehr. Er wollte nichts mehr davon wissen. Er tat so, als wäre es meins, als hätte *ich* Ludo umgebracht. Er stritt ab, irgendwas damit zu tun zu haben. Er brachte es in meine Wohnung, aber das konnte ich nicht ertragen. Bei mir ist es so eng. Es lag unter meinem Bett, ich konnte es spüren, im Schlaf ... wenn ich schlafen konnte. Christian wollte es loswerden, wollte es zu Geld machen. Geld! Er war besessen von der Idee. Er spürte das Wunder nicht mehr. Aber ich. Ich wußte genau, daß es für Geld nicht fortgehen würde. Wir haben uns sehr gestritten. Daß er es Löwenstein angeboten hat, hab ich erst von dir erfahren. Christian war kein guter Mensch. Ein Lügner.«

»*Du* planst kaltblütig einen Mord und sagst, *Christian* sei schlecht? Verwechselst du da nicht was?«
»O nein, das verstehst du nicht. Ich hab es nicht wegen Geld gewollt. Ich wollte es, weil es ein Wunder ist. Aber Christian wollte es nur zu Geld machen.«
»Ein Wunder? Was ist das für ein Wunder, für das ihr Ludo getötet habt?«
Langsam wandte sich Greiners maskenhaftes Gesicht ihm zu.
»Ein böses«, flüsterte er. »Es ist böse, jetzt weiß ich das. Ich habe bereut.«
»Bereut? Aber nicht gebüßt.«
»Noch nicht. *Noch* nicht.« Greiners Blick wanderte zu dem Kreuz auf dem Altar. »Ich werde büßen, kein Zweifel.«
»Was wollte Christian in Lissabon?«
»Er sollte es Jojo McIntire wiederbringen. Er hätte ein Recht darauf gehabt. Ich habe das Ticket gekauft.«
»Warum bist *du* nicht einfach geflogen?«
»Weil ... weil ich es mir nicht zugetraut habe. Ich glaube, ich hätte es nicht gekonnt – es jemand anderem geben. Christian hätte es McIntire geben können. Aber er wollte nicht. Er wollte es Jack Saphire geben. Er wollte dein Teilhaber werden. Mit Saphire spielen. Unsere eigene Bühne im Cool Moon haben.«
Wieder sank Greiners Kopf auf seine Brust. Lange sagte er nichts. Jan saß neben ihm, das Gesicht in beide Hände gestützt. Er wartete – voller Angst vor dem, was Greiner noch erzählen würde.
Seine Stimme war tonlos, als er weitersprach, als bete er eine Litanei.
»Er wollte es unbedingt so machen wir waren bei mir und er will es mitnehmen ich sage nein aber er greift sich einfach den Koffer ich sag Christian tu's nicht aber er hört nicht auf mich und ich halt ihn fest er will mich wegstoßen ich sag ich laß es nicht fort nicht für Geld und dann ist das Messer da in meiner Hand ich weiß nicht wo es her kommt direkt in meiner Hand und ich sage nein es bleibt hier und dann liegt Christian da liegt da. Tot.«
Greiner setzte sich auf die Bank und sank zur Seite auf die Sitzfläche. Jan hörte ihn schluchzen. Er saß da wie gelähmt, neben Greiner, der seine Seele beweinte, die zur Hölle fahren würde.

Jan verlor jedes Gefühl für Zeit. Er saß neben Greiner und versuchte die monströse Geschichte zu erfassen, aber es gelang ihm nicht. Der schlaksige, unsichere Mann, den er schon so lange zu kennen glaubte, hatte zwei Menschen getötet und wartete nun darauf, von seinem Gott gerichtet zu werden. Eine Kerze nach der anderen brannte nieder und erlosch. Nur noch zwei Lichter kämpften gegen die Dunkelheit in dem kleinen Gebetssaal. Jan erhob sich. Er ging zur Tür und schaltete das Licht an. Die Neonröhren verbreiteten brutale Helligkeit. Greiner blieb bewegungslos auf der Bank liegen.

»Wieso hat Aufdemsee es jetzt?« Seine eigene Stimme kam Jan auf einmal unnatürlich vor.

Greiner rührte sich nicht. Er antwortete, ohne Jan anzusehen.

»Ich stand da, den Koffer in der Hand. Auf einmal wollte ich es nicht mehr. Es war, als wolle es fort von mir, ganz plötzlich. Dann war Friedhelm an der Tür. Wir waren wohl verabredet, wegen irgendwas, einem Gig, ich weiß nicht. Ich hab aufgemacht und es ihm gegeben. Es wollte weg. Ich hab es ihm gegeben, und dann hab ich ihn weggeschickt. Das war alles. Ich habe den ganzen Abend neben Christian gesessen. Ich habe versucht zu beten, aber Gott wollte mich nicht hören. Irgendwann nachts hab ich Christian dann in meinen Wagen geladen und zum Rhein gefahren.«

Langsam kam Greiner hoch, setzte sich erst auf die Bank und stand dann auf. In dem weißen Licht der Neonröhren war alles Gespenstische von ihm abgefallen. Er sah nur noch schwach und bemitleidenswert aus. Sein hagerer, gekrümmter Körper steckte in durchgeschwitzten Kleidern. Er stützte sich an der Lehne der Bank ab, als könne er sich sonst nicht auf den Beinen halten. Sein Blick war todmüde, und das Entsetzen über sich selbst stand in seinen Augen.

»Das ist die ganze Geschichte. Die Wahrheit, wie ich sie kenne.«

Jan nickte. Ohne ein weiteres Wort ging er zur Tür hinaus. Er sehnte sich nach frischer Luft.

***

»Ich habe es nicht getan, Nica, ich habe sie ihm nicht verkauft.« »Scht, Charlie, sei still. Dr. Freymann wird gleich da sein.« Baronin Pannonica de Koenigswarter beugte sich über den auf dem Boden liegenden Mann und kühlte ihm vorsichtig mit einem feuchten Tuch die Stirn. Besorgt tastete sie nach seinem fliegenden Puls. Ihre Tochter stand starr vor Entsetzen in der Tür des Hotelzimmers und preßte die Hand vor den Mund. »Ich habe sie ihm nicht verkauft, obwohl er mir einen guten Preis geboten hat ... einen verdammt guten sogar.« Sein Flüstern war kaum noch zu verstehen. Die Baronin näherte ihr Ohr seinem Mund. »Wen hast du nicht verkauft, Charlie?« Sie streichelte sanft über seinen Kopf. Seine Augen öffneten sich einen Spaltbreit, und sein Mund schien sich zu einem Grinsen verziehen zu wollen. »Meine Seele, Nica«, flüsterte er, »meine Seele. Ich habe sie ihm nicht verkauft. Jetzt kriegt er sie umsonst.« Charlie Parker schloß die Augen.

FREITAG

Aufdemsee hatte alles vorbereitet, einen Vertrag formuliert und einen Notartermin vereinbart. Der Vertrag sicherte ihm das Cool Moon ab Sonntag, nach dem Konzert, im Gegenzug für das Saxophon, sofern Jack Saphire es als echt akzeptiere, zuzüglich der Übernahme sämtlicher Verbindlichkeiten bei Banken und anderen. Jan bedauerte, daß sich das nicht auf sein privates Girokonto bezog, aber alles in allem bezahlte Aufdemsee einen stolzen Preis.

»Wir sehn uns in meinem Club«, sagte Aufdemsee zum Abschied.

»Du wirst mich niemals in *deinem* Club sehen. Bis Samstag gehört er mir. Ich organisiere noch das Konzert, dann siehst du mich nie wieder im Cool Moon.«

»Schade, ich hatte darauf gezählt, daß du mein Geschäftsführer wirst.«

»Da wirst du dir jemand anders suchen müssen oder es selbst machen.«

Aufdemsee zuckte nur grinsend die Achseln und stieg winkend in seinen Sportwagen.

Jan hatte die Nacht auf einer Bank am Rheinufer verbracht, bis die Feuchtigkeit des Morgentaus ihn vertrieben hatte. Greiners Geschichte hatte ihn aller Kraft beraubt, hatte seine Probleme in ein anderes Licht gerückt.

Er würde Dietmar Greiner nicht anzeigen. Er tat ihm leid und kam ihm gestraft genug vor. Dazu kam die Sorge, die Polizei könne das Saxophon als Beweismittel beschlagnahmen. Nach dem Konzert wollte er versuchen, Greiner zu überreden, sich selbst zu stellen. Vorher konnte er auch Marleen und Daniela nichts erzählen.

Es war früher Morgen gewesen, als er endlich nach Hause kam. Er hatte die schlafende Daniela vom Wohnzimmersofa ins Bett gebracht und dann Aufdemsee telefonisch seine Zustimmung zu dem Deal gegeben. Daniela hatte gelächelt, als er sie zudeckte.

Sandrine Dunestre hatte sich hocherfreut gezeigt, als er sie anrief. Es hörte sich an, als sei sie erleichtert, Saphire endlich eine positive Nachricht überbringen zu können.

Der Rest des Tages verging wie im Flug, es gab noch unglaublich viel zu tun, um das Konzert auf die Bühne zu bringen. Er traf sich mit dem Tontechniker im Cool Moon und telefonierte ununterbrochen mit Presse, Radioredakteuren und Musikern. Er hatte unerwartete Schwierigkeiten, die Band zusammenzubekommen, die erste Garde war komplett ausgebucht. Einen brauchbaren Bassisten fand er erst in Wuppertal, der Schlagzeuger war eigentlich zweite Wahl, und einen Pianisten konnte er überhaupt nicht bekommen. Er hatte einigen Klavierspielern auf Band gesprochen, aber bis zum frühen Abend hatte sich keiner gemeldet. Die Sache begann, ihn nervös zu machen. Er rief Chris an und fragte ihn nach dem jungen Russen, der im Metronom gespielt hatte. Aber Chris hatte seine Adresse nicht. Auch Aufdemsee wußte nicht, wie er zu erreichen war. Der Kontakt war über Greiner gelaufen.

Es war bereits nach sieben, als er dazu kam, Jochen Diekes anzurufen.

»Endlich, ich dachte, du hättest mich vergessen.«
»Und?«
»Alles klar. Morgen mittag«
»Okay.« Jan legte auf. Er nickte zufrieden.

Es tat gut, mal wieder hinter der Theke zu stehen. Im Cool Moon war es erstaunlich voll. Offensichtlich wirkte sich jetzt schon aus, daß in den Radiosendern auf das Überraschungskonzert von Jack Saphire hingewiesen wurde. Die Redakteure hielten das zu Recht für eine veritable Sensation. Der Vorverkauf lief erwartungsgemäß phantastisch, Jan rechnete damit, in wenigen Stunden die letzte Karte zu verkaufen. Immer wieder klingelte das Telefon. Meistens waren es Kartenwünsche oder einer der Pianisten, der voller Bedauern absagte.

Es war elf, als Jan den letzten Klavierspieler, der in Frage kam, von seiner Liste strich. Er hatte ein Problem.

»O nein. Bitte nicht«, sagte er halblaut, als sein Blick zum Eingang fiel.

Donato Torricelli kam freudestrahlend auf ihn zu. Jan war froh, hinter der Theke zu stehen, sonst wäre Donato ihm sofort um den Hals gefallen.

»Jan, *mio amico!* Endlich! Wo hast du gesteckt? Ich hab dich gesucht!«

»Hallo, Donato. Ich war ... äh, weg.«

Donato blickte sich um, als wolle er sicher sein, daß ihn niemand hören könne, und winkte Jan verschwörerisch näher zu sich. Er flüsterte mit italienischer Geschwindigkeit und großen Gesten über die Theke hinweg. Jan verstand nicht die Hälfte. Was er mitbekam, waren die Begriffe Cousin, Freund, Tochter, Verlobter und *fantastico*. In ihm keimte die schwache Hoffnung, seine Position als Manndecker zu verlieren.

»Er ist zwar erst sechzehn, aber das ist doch kein Problem, oder? Ich verstehe, wenn du jetzt beleidigt bist, weil ich dich und Jochen belauscht habe, letzte Woche.« Er hob die Arme bedauernd. »Das tut mir leid, aber es war nicht absichtlich. Ehrlich, das mußt du mir glauben!«

Donato wirkte verlegen, und Jan nutzte die Chance, um in die Offensive zu gehen. »Das war jedenfalls kein guter Stil«, sagte er, während er hektisch in seinem Gedächtnis suchte, was Donato belauscht haben könnte.

»Als du Jochen von dem Jack-Saphire-Konzert erzählt hast, hab ich sofort an Boris gedacht. Er wäre genau der Richtige, glaub mir.«

Jan hatte das Gefühl, es in seinem Hirn knirschen zu hören, als seine Gedanken so plötzlich die Richtung ändern mußten.

»Boris? Dieser russische Pianist?«

Donato sah ihn mit einem Ausdruck namenloser Enttäuschung an. »Jan, bitte, wovon erzähl ich dir seit einer Woche? Hörst du mir nicht zu?«

»Äh, mein Anrufbeantworter ...« Jan kratzte sich am Kopf. »Boris ist der Verlobte der Tochter des Freundes deines Cousins?« Jan begann zu lachen.

»Nein. Der Cousin des Verlobten der Tochter meines Freundes. Das versuch ich dir seit einer Woche zu erzählen. Was ist so komisch daran?«

»Und er spielt *nicht* Fußball?«

»Doch, aber er ist linker Manndecker, das ist ja deine Position.«

Jan sank auf seinen Hocker. Er verbarg das Gesicht in den Händen. Tränen traten in seine Augen. Er konnte nicht aufhören zu lachen.

»Ich hätte da noch eine Flasche sehr guten Barolo«, sagte er, als er sich endlich wieder beruhigt hatte.

*

Sein vorletzter Abend. Jan hatte ihn genossen. Die meiste Zeit hatte er am Zapfhahn gestanden und sich das Treiben angesehen. Es war halb drei, und er hatte gerade die letzte Runde für die Handvoll verbliebener Gäste ausgerufen, als das Telefon klingelte.

»Cool Moon, Jan am Apparat«, meldete er sich.

»*Am I talking to Jan Richter?*«

Jans Herz tat einen Sprung, als er die Stimme erkannte.

SAMSTAG

Sie saßen zusammen am Frühstückstisch, was sie so lange nicht getan hatten, daß Jan sich an das letzte Mal nicht erinnern konnte. Er war leise neben sie ins Bett gestiegen, um sie nicht zu wecken, als er nach Hause kam. Sie hatte das Frühstück zubereitet und ihn um elf sanft geweckt, nur kurz, bevor sein Wecker es getan hätte. Sie hatten wenig gesprochen, aber es war ein freundliches Schweigen gewesen. Es war kurz vor zwölf, als er die Zeitung zuklappte.
»Ich muß mal kurz weg. Bist du gleich noch hier, so in einer Stunde?«
Sie nickte, und biß in ihr Honigbrötchen.
Jan stand auf. »Vielleicht dauert es nicht mal so lange.«

*

Es war erst kurz nach halb eins, als er bereits wieder die Tür aufschloß. Daniela saß unverändert im Morgenmantel am Frühstückstisch und las den Sportteil. Er stellte eine Plastiktüte vor sie auf den Tisch und setzte sich ihr gegenüber.
»Was ist das?«
»Guck rein.«
Sie nahm die Tüte und sah hinein. Ihre Augen weiteten sich. Ihr Blick wechselte vom Inhalt der Tüte zu Jan und wieder zurück.
»Wieviel ist das?«
»Hunderttausend.«
»Wo hast du die her?«
»Von Endenich.«
»Endenich? Du hast ihm die Fotos verkauft?«
»Jochen war mir noch einen Gefallen schuldig.«
Wieder wanderten ihre Augen zwischen der Tüte und Jan hin und her.
»Und jetzt?«
»Es gehört dir.«
»Mir?« Sie sah ihn unsicher an. »Du hättest es behalten können.«
Er saß da, die Arme auf dem Tisch verschränkt. Er zuckte die Achseln.

»Was ist mit deinem Club?«

»Weg, ab morgen.« Er nahm die Thermoskanne und goß sich Kaffee ein.

»Weg? Du gibst auf? Und was ist hiermit?« Sie hielt die Tüte hoch.

Er lächelte traurig.

»Damit kann ich keinen Jack Saphire bewegen, in meinem Club zu spielen. Ich kann damit meine Schulden bezahlen, und in sechs Monaten wär ich wieder pleite. Außerdem waren es deine Fotos.«

»Es waren Christians.«

Wieder ein Stich, aber nur ein leichter, wie er erstaunt bemerkte.

»Wir könnten's noch mal probieren«, sagte er.

Sie sah ihn an, ihre Blicke hefteten sich aneinander. Lange sahen sie sich in die Augen, bevor sie sprach.

»Es würde nicht gehen. Du, auf einem Bauernhof? Nein.« Sie lächelte. »Es ist lieb von dir, daß du es versuchen möchtest, aber du kannst es nicht, selbst wenn du wolltest. Unsere Geschichte ist vorbei, Jan.«

Immer noch sahen sie sich in die Augen. Dann nickte er.

»Was hast du vor?« fragte er.

»Ich will weg. Weg aus Köln.«

»Wegen Kröder?«

»Ja, aber anders als du denkst.«

»Wie meinst du das?«

Sie senkte den Blick und schwieg.

»Hast du ihn getroffen?« fragte Jan.

Sie kaute auf der Unterlippe. »Vergiß es. Bitte!« sagte sie flehend.

Ungläubig sah er sie an. »Das ist nicht dein Ernst«, sagte er.

Lange saßen sie sich schweigend gegenüber. Dann hob sie den Kopf und sah ihm in die Augen.

»Genau«, antwortete sie. »Es ist nicht mein Ernst. Ich habe keine Ahnung, wovon du redest.«

»Ich ja offensichtlich auch nicht.«

»Ist vielleicht besser so.«

Jan nickte nachdenklich. »Vielleicht«, sagte er.

Sie blickte auf die Tüte. »Willst du gar nichts davon?«

»Gebrauchen könnte ich schon was. Ich hab noch Schulden.«

Sie griff in die Tüte und holte vier Bündel Hunderter hervor.
»Okay?«
Er nickte.
»Und was machst du?« fragte sie.
»Urlaub, erst mal.« Er lächelte.

*

Jan standen die Tränen in den Augen. Jack Saphire hatte sensationell gespielt, das Cool Moon stand Kopf, das Publikum war außer sich. Der Toningenieur hatte während des Konzerts immer wieder begeistert in Jans Richtung gestikuliert. Nicht einmal Aufdemsee war in der Lage gewesen, den phantastischen Erfolg zu verhindern. Jan stand wie in Trance hinter seinem Tresen.

Saphire hatte vor dem Konzert das Saxophon begutachtet, das Aufdemsee vor ihn hingestellt hatte. Seine Augen hatten geleuchtet, als er den Koffer aufklappte.

»Yeah«, war alles, was er sagte, bevor er mit dem Koffer in seiner Garderobe verschwand. Sandrine Dunestre hatte ihm nachgeblickt und dann mit ernstem Gesicht das Cool Moon verlassen. Jan hatte sich gewundert, daß sie bei dem Konzert nicht dabeisein wollte, aber er hatte sie nicht vermißt.

Die Intensität, die Saphire auf die Bühne brachte, war unglaublich. Die Band, die am Nachmittag nur einmal gemeinsam geprobt hatte, wurde förmlich mitgerissen. Die Musiker spielten, wie Jan sie noch nie gehört hatte.

»So muß es gewesen sein, als Albert Ayler den Riß in die Wand gespielt hat!« brüllte ihm Jupp Löwenstein ins Ohr, als Jan eine Flasche Scotch an seinen Tisch brachte. Jupp war völlig begeistert. Sogar Gisela Löwenstein schien es zu gefallen. Sie kniff Jan in den Hintern.

Von allen Seiten wurde ihm auf die Schulter geklopft. Jan erlebte alles wie durch einen Schleier. Der Abend lief an ihm vorbei, nur die Musik bohrte sich in sein Hirn. Als Saphire nach der letzten Zugabe in der Garderobe verschwunden war, kam Marleen hinter die Theke und nahm ihn in den Arm.

»Alles okay?«

»Ach, Scheiße.« Er zog die Nase hoch. Alles war so gewesen, wie er es sich vorgestellt hatte, nur besser. Und jetzt war es vorbei. Er rang sich ein Lächeln ab.
»Ich hab was für dich.« Er griff in seine Brusttasche und holte einen Packen Hunderter hervor. »Meine Schulden.«
Sie nahm das Geld und sah ihn mit hochgezogenen Brauen an. »Kannst du dir das leisten?«
»Finanziell bin ich halbwegs saniert. Nur seelisch nicht.«
Sie nickte und küßte ihn auf den Mund. Er wußte, daß sie ihn verstand.
Er sah Jack Saphire aus der Garderobe kommen. Saphire kam zur Theke, die Gäste wichen respektvoll auseinander, als er durch den Raum ging. Er ging auf Jan zu und sah ihm in die Augen.
»Great job, man«, sagte er und hielt ihm die Hand hin.
Jan drückte sie kräftig. »Tonic-Water?« fragte er.
Saphire grinste. »Champagne!«
Saphire hatte gut geladen, als er nach zwei Stunden die Koffer mit seinem Tenor und Charlie Parkers Altsaxophon aus der Garderobe holte. Er schüttelte Jan noch einmal die Hand und war auf dem Weg nach draußen zu seiner wartenden Limousine, als sich die Tür des Cool Moon öffnete und Sandrine Dunestre gemeinsam mit einem sehr alten Mann den Raum betrat.
Jack Saphire erstarrte mitten in der Bewegung, er stand in einer bizarren Pose dem Mann gegenüber, der ihn mit kalten Augen musterte. Alle Gespräche erstarben, der Kellner, der gerade eine neue Platte auflegen wollte, hielt inne und sah erstaunt auf. Jan hatte den Mann noch nie gesehen, trotzdem wußte er sofort, wer er war, noch bevor Sandrine Dunestre ihn vorstellte.
»Marquis Ducqué, mein Vater«, sagte sie.
Auf einen Stock gestützt, ging der Marquis auf Saphire zu, der zögernd zurückwich.
»Gib es mir, Jack«, sagte er ruhig.
Saphire schien zu schrumpfen vor dem Mann, aber er rührte sich nicht. »Ich hab es gefunden«, flüsterte er.
Der Marquis lachte leise.
»Ich habe es gefunden, Jack. Du solltest es nur abholen. Wie damals in Lissabon, erinnerst du dich? Da hast du versagt, mein Freund.«

»Lissabon? Jojo ...« Saphires Blick zuckte zwischen Sandrine Dunestre und dem Marquis hin und her. »Ihr Schweine ...« Er hielt den Koffer krampfhaft fest.
»Es ist nicht für dich. Du bist nicht groß genug, und das weißt du.« Der Marquis machte einen weiteren Schritt auf Saphire zu und streckte auffordernd die Hand aus. »Es war nie für dich gedacht. Du weißt, für wen es war. Gib es mir, Jack.«
Saphire zitterte. Langsam reichte er dem Marquis den Koffer. Der große Mann nickte. Saphire sah ihn haßerfüllt an, dann ging er schnell an ihm vorbei und zur Tür hinaus. Niemand im Raum sagte etwas, bis Jupp Löwenstein sein Scotchglas auf die Theke knallte und auf den Marquis zuging. Er warf ihm seinen Zigarillostummel vor die Füße.
»Wer sind Sie?« fragte er.
Der Marquis lächelte, aber seine Augen strahlten nur Kälte aus. »Ich bin ein Sammler, Monsieur«, sagte er. »Ich sammle Genies.«
Er drehte sich um, und Sandrine Dunestre führte ihn aus der Tür.

EPILOG

Jan stellte die Lehne zurück und schloß die Augen. Er fühlte sich seltsam leicht. Von einer Last befreit. War das Cool Moon eine Last gewesen, oder war es nur die Erleichterung darüber, daß er heil aus einer Reihe harter Tage herausgekommen war?

Eigentlich egal, dachte er.

Er hatte Dietmar Greiner überredet, sich der Polizei zu stellen. Greiner war in einer furchtbaren Verfassung gewesen, weit eher reif für die Klapse als für den Knast. Am Ende schien er froh, aus der Welt zu verschwinden und Buße tun zu können. Jan hatte ihn im Taxi zum Waidmarkt gebracht und zugesehen, wie er langsam, ohne sich umzudrehen, durch die Glastür ging.

Daniela war nicht mehr dagewesen, als er nach Hause kam. Auf dem Küchentisch lag ein kurzer Brief, ihre Koffer waren verschwunden. Er hätte sie gern noch mal gesehen, aber vielleicht war es besser so.

Jan drehte an dem Knopf in der Armlehne. Die Musik im Kopfhörer wurde lauter. Mozart, wie er vermutete. Er würde Marleen vermissen. Er sah aus dem Fenster über die gleißend weißen Wolken hin. Er haßte fliegen, aber es waren ja nur drei Stunden bis Lissabon.

Quitéria würde ihn am Flughafen abholen.

Lächelnd schlief er ein.

***

Die große Citroën-Limousine hielt in der Haltebucht bei dem Radarkasten auf der Zoobrücke. Der Fahrer ging um den Wagen herum und öffnete die Tür des Fond. Marquis Ducqué und seine Tochter stiegen aus. Sandrine Dunestre trug den Koffer. Sie stützte ihren Vater, während sie langsam zurückgingen, bis sie sich über dem Rhein befanden. Sie legte den Koffer auf das Geländer, und der Marquis öffnete ihn. Er lächelte leise, während er das in seine Einzelteile zerlegte Instrument ansah. »C'est beau, n'est-ce pas?« Sie nickte. »Adieu, mon oiseau«, sagte er, als er den geöffneten Koffer fallenließ. Schweigend sahen sie ihm nach, wie er trudelnd fiel und aufs Wasser prallte. Im Mondlicht konnten sie sehen, wie der Koffer noch einen kurzen Augenblick schwamm, bevor er vom Fluß überspült wurde und verschwand. »Bon«, sagte der große Mann.

DIESES BUCH ist fiktiv. Sämtliche Handlung ist erfunden, auch wenn einige (jazz-)geschichtliche Personen auftreten: Kenny Clarke, genannt Klook, Schlagzeuger; Red Rodney, genannt Chood, Trompeter; Hugues Panassié, konservativer französischer Jazzkritiker; Baronin Pannonica de Koenigswarter und natürlich Charlie Parker, Bird selbst. Baronin de Koenigswarter war tatsächlich bei seinem Tod anwesend, seine letzten Worte sind allerdings meiner Phantasie entsprungen. Daß Bird bei einem Auftritt in Paris – mit einem Symphonie-Orchester, ohne jede Probe – gezaubert hat, berichtet Red Rodney in Ross Russells leider vergriffenem Buch »Bird lebt!«. (Von einem magischen Saxophon ist da allerdings keine Rede. Schade.) Jack Saphire und Jojo McIntire, ebenso (natürlich) der Marquis Ducqué sind frei erfunden und niemandem nachgebildet. Von der Session nach dem Billie-Holiday-Konzert im Bohème am Eigelstein gibt es verschiedene Versionen der Erinnerung – ich habe mich für die entschieden, die am besten in die Geschichte paßt, die aber, zugegeben, leider nicht die wahrscheinlichste ist – und Jojo McIntire war natürlich auch nicht dabei. (Näheres und Weiteres, zum Beispiel über Gigi Campi, nachzulesen bei Robert von Zahn: »Jazz in Köln«.) Sämtliche in der Gegenwart handelnden Kölner Musiker sind ebenfalls erfunden. Nicht-handelnde, wie Klaus König und Marion Radtke, sind echt, lebendig und empfehlenswert. Die erwähnten LPs (außer, logisch, Charlie Parker »Live in Paris«) können bei Chris Bishop im Metronom (gibt es auch beide) gehört werden – ältester Guinness-Ausschank in Köln, unbedingt empfehlenswert. Das Durst ist wirklich nichts für Warmduscher, Pfannkuchen im Café Courage gibt's nur dienstags, und das Cool Moon gibt's leider nicht.

ZU BEDANKEN habe ich mich bei Antje Diehl für Hardware, Software, Hotline und Portugiesisch; Lisa McCartney für Hotline, Französisch und Metro-Stationen; Christian Gottschalk für Bernie Klapproth, Unterstützung bei harter Recherche in Lissabon und auch sonst; Olli Kluth für den Bunnahabhain; Heinz Protzer, unbekannterweise, für Phil Woods; Robert von Zahn für motivierende Neugier; Stefanie Rahnfeld für guten Rat und Christel für alles.

Historische Kriminalromane

ISBN 3-89705-122-2
380 Seiten, 19,80 DM

ISBN 3-89705-149-4
420 Seiten, 19,80 DM

ISBN 3-89705-161-3
220 Seiten, 16,80 DM

ISBN 3-89705-123-0
360 Seiten, 19,80 DM

ISBN 3-89705-145-1
290 Seiten, 19,80 DM

www.emons-verlag.de